力水
画 瑠奈璃亜
超難関ダンジョンで10万年修行した結果、世界最強に
～最弱無能の下剋上～
5
モンスター文庫
JN019626

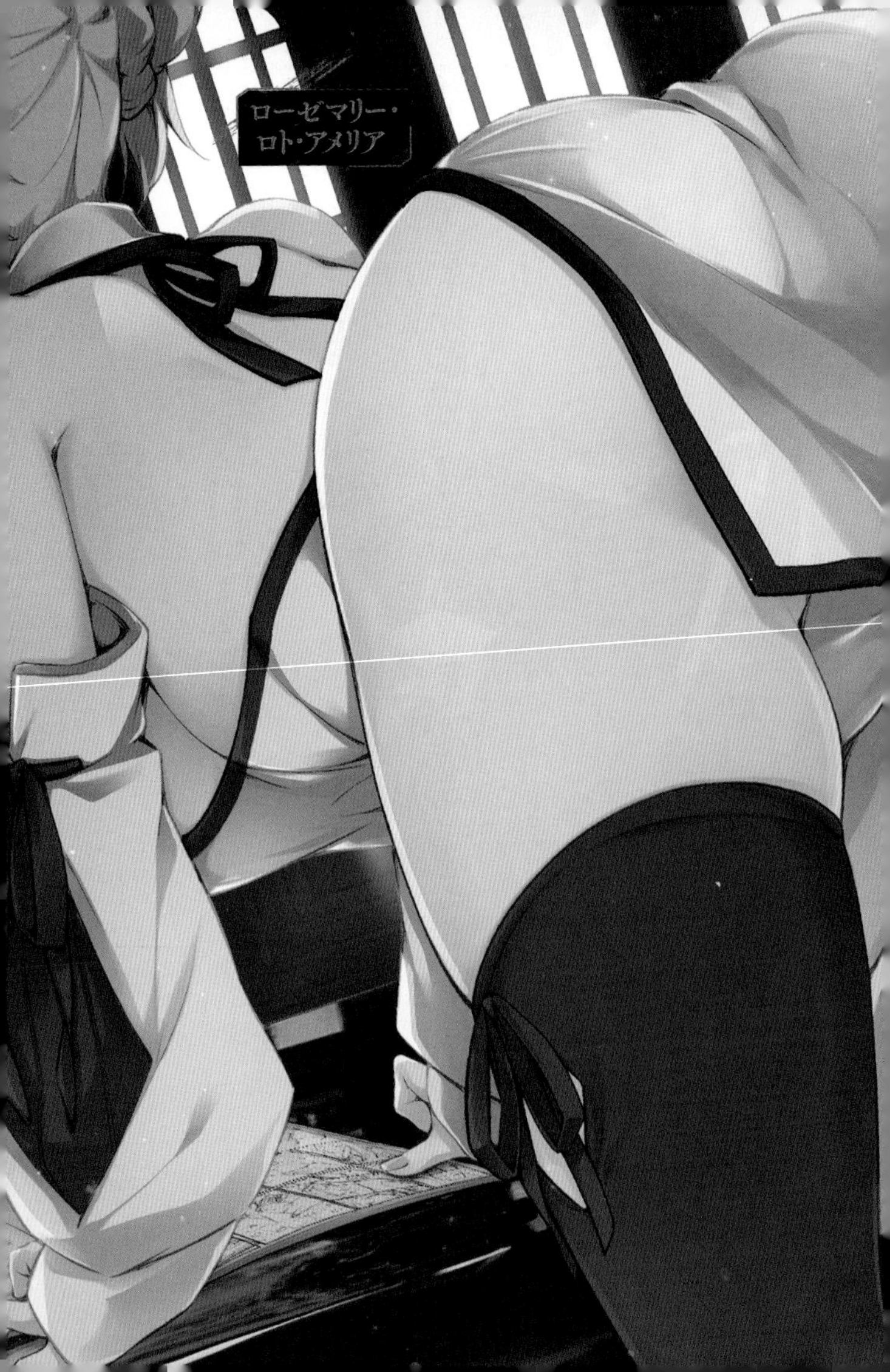
ローゼマリー・
ロト・アメリア

「カイ、貴方には
【世界魔導院《バベル》】に入学して
いただかなくては
なりません」
「はあ？ この私が
【世界魔導院《バベル》】に
入学？ なぜそうなる」
カイ・ハイネマン
アスタロス

タルタロス

ルミネ・ヘルナー

「兄ちゃんだけは
姉さまにも負けないから」

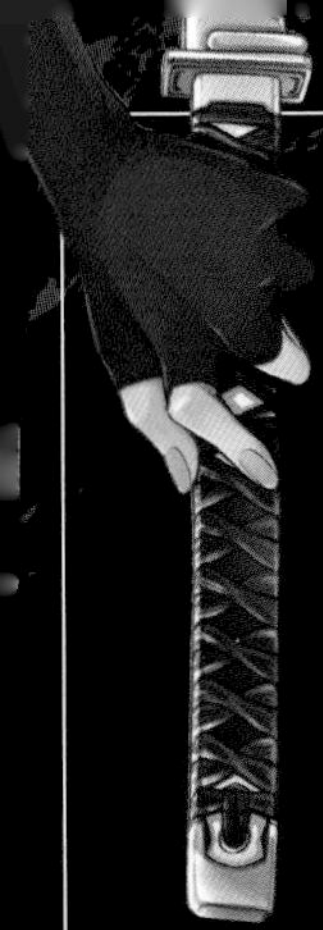

CONTENTS

超難関ダンジョンで10万年修行した結果、世界最強に～最弱無能の下剋上～⑤

力水

MONSTER bunko

プロローグ

イーストエンド――精霊の都市【イッチ】

あのデボア事件から約四カ月が過ぎる。アリスたち、【迷いの森《ロストフォーレスト》】による精霊の街の開発も、かなり順調に推移している。もうじき完成も近いということで、視察もかねて【イッチ】で定例会議をすべく訪れているわけだが――。

真っ白な丈の高い石でできた城塞に囲まれた都市の城門を潜り抜けると、一風変わった光景が広がっていた。

「ほう、中々のものではないか」

白色の石板が敷き詰められた通路に沿うように、美しい流線形の建物が規則正しく立ち並んでいた。

「な、なんですか？　これは？」

隣のローゼが頬をヒクヒクさせながら、周囲の建物をキョロキョロと見回している。

「サトリが開発に関わらせて欲しいというから許可を出したんだが、まさかあいつにこんな才能があったとはな」

同じ精霊であるからか、サトリは精霊たちに相当ご執心であり、私にこの都市の開発への参画を求めてきたから許諾したのだ。その際、迷宮で獲得した建築系の本が山ほどあったのでそれらの本を開放し、建築などの土木作業を得意とする討伐図鑑の者たちに協力を指示。それ以来放置していたが、まさかこんな風になっていたとは……。サトリの奴、大方、建築系の図鑑の仲間たちに泣きついたのだろう。皆、サトリには弱いからな。

「ふんふんふーん♫」

暫く白色の石の通路を進むと今も鼻歌を口遊《くちずさ》みながら、緑色のローブにとんがり帽子を被った童女アリスが、街の広場で作業をしていた。そして、広場の木箱の上には得意そうにお座りをしている子猫。おそらく、この猫をモデルに石像でも作っているのだろう。

そういえば、最近各都市の防衛システムについてギリメカラに相談されたっけな。都市の入口に設置する石像を核にし、都市に許可なく侵入した者に悪質な呪いを発動するんだそうだ。世界は強者で溢れている。だから、この案自体は即採用した。問題はギリメカラの奴がその石像を私に似せて作りたいと言ってきたことだ。本当にそれだけは勘弁願いたい。だから、観光客にも受け入れられやすいように各都市のマスコット的存在を当てるように強固に主張した結果、【リバティタウン】はエルディムの守護鳥とされてきた大鷲を、この【イッチ】は精霊ケットが選ばれる。今はそのモデルの作業ってわけだろう。

『あー、御方様《おんかた》！』

私に気付いた子猫が胸に飛びつき頬擦りをしてくる。この子猫は精霊ケット。彼女はフェリスが己の恩恵《ギフト》【イーター娘《こ》】を使用して眷属化した猫耳姿の少女であり、このように子猫の姿にもなれる。どうにもこの精霊に相当懐かれてしまったようで、遭遇する度にこんなモフモフなスキンシップをされている。

「うむ、ケット、お前はいつも良い毛並みだな」

子猫の頭をそっと撫でていると、隣のローゼから咳払いをされる。

「どうかしたか？」

眉間に皺が寄っているし、ローゼの奴、相当ご機嫌斜めのようだ。

「いえ、別に……」

嘘言えよ。明らかに不満ありありだろうが。まあ、残念王女の気まぐれはいつものことか。

「アリス、ご苦労様だ。それって水魔法だよな？」

話題を変えるべくアリスに労いの言葉を口にする。この寝ぼけた容姿とは対照的に、水系の魔法を高速で射出して石像を作るなど、アリスは思いの外《ほか》器用な奴なのだ。

「うん！　水の魔法は使い勝手がいいの！　線のように細くした上、高速射出すれば、木はもちろん、石や金属すらも装飾することが可能！　他にも——」

眼を輝かせてドン引きするほど早口で捲し立てるアリスを右の掌で制止すると、

「了解した。新たな魔導書が必要ならば言ってくれ」

「まだ不要なの。この魔法を存分にしゃぶりつくしてから——」

ぐふふと、アリスは童女には似つかわしくない笑みを浮かべて妄想に浸ってしまう。こいつ、ドンドン、おかしな方向に直走《ひたはし》っていないか。まあ、別に実害がないからどうでもいいわけだが。

「う、うむ、じゃあ、お前たちも頼むぞ」

『うん！　任せてッ！』

ケットが小さな肉球を上げ、

「任せてなの！」

アリスも右手を上げて、作業を開始した。


丁度街の中心にある真っ白な一際大きなドーム状の建物へと入る。多分ここが精霊の都市の行政府だろう。建物の中はやはり、白一色であり、奇抜な形のソファーや階段の至るところに様々な装飾が成されていた。

「これほどの施設、我が国でも作ることはどうやっても不可能！　どうして、カイが関与するとこうも非常識になるのですか！」

爪をガチガチと噛みながら、そう独り言ちるローゼを無視して暫し待っていると兎の精霊がやってきて建物の中心にある半円球状のホールのような場所に案内してくれた。

ちなみに、現在、ファフとミュウ、フェンの三人はマーリを連れて近くの森に遊びに出かけており、ここにはいない。ギリメカラに子守を命じたから安全だろう。ま、子供は難しい会議よりも、遊ぶのが仕事だ。それでいい。

ホールは円状に椅子が配置されており、その中心には大きな白石でできた円卓があった。私がその円卓に近づくと、精霊たちが一斉に立ち上がって胸に手を当てて深く礼をしてくる。

「随分、いい都市になったじゃないか」

私の率直な感想に、

「うむ、そうじゃろう、妾たちも頑張ったのじゃ！」

フェリスは嬉しそうに大きく頷く。

そして出席者の一人であったオボロが率いる【朱鴉】が私の前までくると一斉に跪き、

「我らが至上の王に絶対の忠誠を！」

声を張り上げる。

こいつらもか……というのはきっと私だけの感想ではあるまいよ。というか、ローゼ！　何だ、その呆れかえった顔はッ！　私だってな、こうなるとは思わなかったんだ！　第一、こうなるのが嫌だから、ギリメカラではなく、ネメアに修行を任せたんだぞ。

「ま、予定調和だわな」

ザックの言葉に、アスタも無言で顎を引く。ローゼは深い深いため息を吐くと、

「では、さっそく定例会議を始めましょう」

会議の開始を宣言する。

「預かった下級ポーションは、この前のオークションで百億オールで売れたネ！」

Vサインで得意げに報告するリンリンの言葉に、ローゼの隣のフェリスが飲んでいたお茶を吹き出した。

「ひゃ、百億ぅぅッ!!?」

震えた声で繰り返すフェリスに、実際予想していたローゼは顔色一つ変えずにお茶を啜っている。ザックにいたっては興味すらないのか、大きな欠伸をしていた。ホント、お前戦闘以外の興味が一切ないのな。まあ、アスタも本を読んでいるし、似たようなものだが。というかフェリス、お茶を吹き出したせいで顔がグシャグシャになっているぞ。

「百億か。タオ家への支払い、人件費や維持費を差し引いても優に五十億は新事業に回せる。とすると当面の課題はマンパワーか」

マンパワー――人的資源。経済で最も重要なファクター。それがこのイーストエンドには致命的に欠けている。もちろん、クサール領を併合したアキナシ領なら三万近くの人数にはなるが、いかんせん、旧クサール領は現在、ケッツァーの無茶苦茶な領地運営により、その領民が餓死寸前だ。旧クサール領に余剰人員を出せるほどの余裕はない。

これから、この領地を発展させるには新事業が必要。その新事業のいくつかはすでに想定しているし、他にもやりたいことが沢山ある。だが、生憎《あいにく》肝心要の労働力が足らない。

「ええ、【リバティタウン】とこの精霊の都市【イッチ】を合わせても約二千程度。【朱鴉】は防衛、【迷いの森】は都市開発の要、新事業に割ける人員はありません。つまり、新事業を行うには圧倒的に人員が不足しています」

領主が無能なほど不幸なことはない。理想だけでは何もつかめやしないんだ。故にローゼには日々、私が厳選した経営に関するダンジョン産の本を与えて読ませている。結果、ローゼは

乾いた布が水を吸収するがごとく、経済に関する知識を獲得していた。

「ああ、新規の住民を増やすしかない」

私の計画には最低でも数十万単位の人員が必要。どうにかして確保するしかないが、そもそもイーストエンドの一番のネックは住民がいないことのわけだし、簡単に見つかるなら世話はない。

「カイに心当たりは？」

「悪いがないな」

私の否定の言葉にローゼはジト目を向けてくると、

「それって本心ですか？」

疑心たっぷりに尋ねてくる。あのな、私はお前たちが信仰する全知全能とかいう胡散臭い神とやらではない。知らぬものは知らん。

「今回は大マジだ。生憎、通常の方法では心当たりがない。どうしたもんかね」

両掌を上にして肩を竦めてみせる。

「此奴らのように、裏社会の者たちを補充してみてはどうじゃ？」

三大勢力に親指の先を向けてフェリスが提案してくるが、

「却下だ」

それを即座に否定する。

「なぜじゃ？　妾には妙案に思えるんじゃが？」

「すでに状況が激変しているからさ」

「そうネ。今回のポーションの販売で今や、この都市は世界中の裏社会の注目の的なのネ。おまけに、すでに我ら【タオ家】が手を組んでいるのは広まっているはずネ。そんな鉄火場のような状況で、リスク覚悟で領民になるのは他の組織の間者か、欲望塗れのクズだけなのネ」

リンリンの発言通り、すでにこの都市の情報は情報屋を介して裏社会中に広まってしまっている。裏社会と繋がりのある豪商たちの耳にも入っていることだろう。つまり、ここで裏社会の者を受け入れることは内部に他組織のスパイを抱え込むことになる。それは愚策中の愚策なのだ。

「同じ理由で奴隷商どもを通じて奴隷たちを身請けするのも駄目だ。世界と関わりを断っている世捨て人のような集団でなければならぬ」

「それは確かに、かなり難しいですねぇ」

ルーカスがしみじみと私たちの前に横たわっている難問という名の深い溝を口にする。

「ああ、難しいさ。どの組織にも所属せず、誰とも関わらず生きている人間などいやしない。もし、いたとしてもすぐに野垂れ死んでしまうのがおちだからな」

「しかし、でも主《しゅ》は先ほど、『通常の方法で』とおっしゃった。ならば、特殊な方法ならお考えがあるのではないのですかな？」

口角を吊り上げて、今丁度口にしようとしていたことを尋ねてくる。

「いや、別にそう特殊な方法ではない。ただ、少々毛色が違う者たちなだけだ」

「それは⁉」

鬼気迫る表情で身を乗り出してくるローゼに、若干引きながらも、

「この北にいる魔族たちの勧誘だな。あそこは四大魔王アシュメディアの勢力範囲だが、どうも、最近奴らの間で大きな動きがあったようだからな。今なら、もしかしたら誘いに乗るかもしれんが、情勢的に難しいか」

知らせてよい部分だけを掻い摘んで説明する。これが今、アシュがこの会議に参加していない理由でもある。アシュは次の大きな舞台のメインキャストの一人。今、まだ主役が決定していないが、おいおい見つければいいさ。

「当たり前です！　今アメリア王国はその魔王アシュメディアと戦争しているのですよ。このタイミングでアシュメディアの支配領域の魔族を領民に迎え入れたとなれば、アメリア王国政府、いや全人類を敵に回すことになります！」

相変わらず面白いな。タイミングという言葉からも、将来的には魔族を受け入れる構想はあるんだろう。狂信的なアメリア王国の王族とは思えぬ思考だ。

「ああ、だから毛色の違う者たちだと言っただろ。いずれにせよ、今の段階では考えちゃいないさ」

今の北の闇の魔族たちが我らの同胞となるかは、彼らの今後の選択次第。今はまだ保留の段階だしな。

ローゼは暫し警戒心たっぷりの表情で私を凝視していたが、私が魔族の勧誘を度外視してい

ると判断したのかようやく安堵し、

「既存のどの組織にも属さず、関わりを切って生きている人間なんてそう簡単にいやしませんもんね」

ため息交じりに呟く。

「『人間なんていないか』、確かにな。なら、いっそのこと、魔物を領民に加えてみるか」

「ま……もの？」

ローゼは暫し、口をパクパクさせていたがオウム返しに何とか言葉を絞り出す。

「うむ。アシュメディアの支配領域の下に広がる【ノースグランド】には、ゴブリンやオークなどの魔物の部族が多数集落を形成しているようだし、何気にいい領民候補なんじゃないか？」

このイーストエンドは高い崖の下に広がる密林地帯である【深魔の森】と崖の上の【ノースグランド】という領域に分かれている。

【ノースグランド】の北部には四大魔王の一柱《ひとり》、アシュメディアの支配領域が広がっているが、この【深魔の森】とを区切る断崖絶壁の存在により、基本魔王軍、人類軍ともに大規模侵攻をすることができない。よって、大きく北西部から回り込む形で常に両者の戦線は形勢されてきた。

しかも、この【ノースグランド】はそのほとんどが密林や湿地、荒野で構成されており、ほぼ未開の地。しかも、この地には竜の一族や幻獣種などの凶悪で強力な存在が多い反面、この地特有の資源もないことから、危険を冒してまで支配する意義がない。故に、戦略的意義に乏しく、今の今までこの【ノースグランド】は放置状態であり、魔物たちの楽園と化している。

スパイに調べさせたところ、この【ノースグランド】には、ゴブリン、オーク、コボルトなどの多種雑多の魔物が存在し、日夜勢力争いをし、まさに群雄割拠の状況らしい。通常、理性と知性のない魔物は群れることはあっても他者を支配するという欲求はない。ただ日常を本能に従い生きるだけ。なのに、ここの魔物は日常的に苛烈な戦争を繰り広げている。理由は定かではないが、ここに生息する魔物は最低限の理性と知性を持っていることを意味する。ならば領民化は可能だろう。もし理性や知性もない、人類の敵となるしかない存在なら滅ぼせばいいだけだし。中々良い案だと思うぞ。

「ん？　なんだよ？」

周囲から向けられるまるで不思議生物でも目にしたかのような不躾な視線に、訝しげに尋ねると、

「ねぇ、カイ、それっていつもの悪い冗談ですよね？」

ローゼが頬を引きつかせながらも念を押してくる。

「いや、割と本気だぞ」

「変よ！　絶対変っ！　どうしたらそんな発想になるのっ⁉」

ローゼは据わりきった目で遂に頭を抱えて口からブツブツと呪文のようなものを吐き出してしまう。

「ぶははっ！　裏の三大勢力の次は、ゴブリンやオークを領民にするってかッ！　流石は師父、相変わらず発想がぶっ飛んでいる！」

ザックが噴飯しつつも、両手でテーブルをバンバン叩く。

「そんなに奇異な発想かね？」

うんうんと首を縦に振る一同に、深いため息を吐くと、

「反対なら仕方ないな」

そうは言ったが、このままでは新規の事業に着手できない。人員の確保は当面の最優先事項なのだ。何よりも――【ノースグランド】は次の大きなゲームの舞台でもある。キャストが揃い次第、ゲームを開始するつもりだ。

ほくそえみながら、そんな計画を頭の中で構築していると、

「マスターは全く諦めていないのである」

先ほどからずっと沈黙を守ってきたアスタが初めて、皮肉たっぷりの感想を述べたのだった。

◇◆◇◆◇◆

「カイ、貴方には【世界魔導院《バベル》】に入学していただかなくてはなりません」

朝食後の団欒の席でローゼから突拍子もない事実を宣告される。

「はあ？　この私が【世界魔導院《バベル》】に入学？　なぜそうなる？」

　素っ頓狂な声を上げる私に、

「ロイヤルガードは原則騎士。騎士が未成年の場合には、王国指定の教育機関への所属義務があります」

　ローゼはしてやったりという顔で大きく頷く。この様子では知っていてあえて黙っていたな。

「あのな、私はあくまで仮のロイヤルガード。騎士なんぞではない。したがって、教育機関へ通う必要もない」

　この歳になって学生ごっこなど御免被る。今更感が半端じゃないしな。第一、私は未成年ではなく、れっきとした紳士《十万歳》だ。

「私のロイヤルガードとして王国が認定している以上、事実はどうあれ対外的には騎士です。そして、王族とロイヤルガードの両者が未成年である場合には、両者とも同じ教育機関へ所属しなければならない。そんなルールになっております」

「同じ教育機関ねぇ。つまり、バベルにあるお前が所属する学園に私が入学しなければならないってわけか？　お前は魔法が使えぬ私にそれが可能と考えているのか？」

【世界魔導院《バベル》】はその名の通り、魔導を探求する若人たちのための学び舎であり、その都市の中には複数の学園が存在する。そして、その学園にはランクがあり、入学試験の成績で振り分けられる。ローゼの所属している学園はミルフィーユと同じであり、かなりの上位校。私は魔法がからっきしだ。魔法を重視するバベルの上位校など受かるはずもない。

「現行試験のシステムなら上位校への入学は難しいかもしれませんね」

「ふむ、それならお前は今在籍している学園を退学となってしまうぞ？」

「ええ、今の学園には未練はこれっぽっちもありません。それに、色々あって今、私は長期休学の身。どのみち、今在籍している学園の退学は規定路線でしたよ」

退学となれば今までのローゼの努力が無駄になる。だからこそ、私に試験を受けさせようとしている。そう考えていたわけだが、このローゼの言動からして違ったようだ。

「お前はもう、私がバベルの入試後に入学する学園に転校することを決めているわけだな？」

大方、王位承継戦が開始されたり、馬鹿王子《ギルバート》にちょっかいを出されたりなど、ローゼは長期の休学を余儀なくされている。常に結果を求められる上位校であれば長期の休学は十分な退学の理由となる。おそらく、それを見越してローゼは私の入学するバベル内での学園に自発的に転校しようとしているのだろう。確かに、退学になるのと自主的に転校するのでは、同じ結果でも対外的には後者の方が傷つかずに済む。

「いずれにせよ、カイが関与する以上、バベル内での既存の学園のレッテルなど微塵も価値はなくなります。私がいくら止めても、そんなステレオタイプな価値基準など強引に粉々に壊してしまうでしょうし」

ローゼは断定口調で極めて人聞きの悪いことを口走る。

「あのな、お前、私をどこぞの破壊主義者と勘違いしてやいないか？」

皮肉気味の疑問に、

「勘違いではなく、紛れもない事実なのである」

「だよなぁ」

アスタとザックが異口同音でそんな不愉快な感想を述べる。

「すでに全ての手続きは終えてあります。馬車も手配済みです。朝食を食べたらすぐにバベルへ出立いたしましょう」

「おい、まだ話は終わっとらんぞ！」

一切私の抗議の声に耳を貸さずに、ローゼはそそくさと食堂を後にする。

「全く……」

まあ、ローゼがバベルの学生である以上、当分はバベルでの生活を強いられる。そしてバベルは各国王族の権威が届きにくく、賊が襲うには絶好の場所。特にギルバート派の奴らの短慮さは呆れが入るレベルだしな。いつどこで襲われるかわかったもんじゃない。

もし、ローゼが死ねば、十中八九、イーストエンドは強欲貴族どもに接収される。あの地の成立には私が深く関わっている。クズどもに渡すなど論外だ。当面はローゼの傍を離れないのが吉だろうさ。

それに、久々の馬車に揺られての旅も悪くない。最近、意に反した領地経営なるものに根を詰めすぎていたのも事実だ。丁度良い休暇だと思うとするか。

私もバベルへの旅への準備をすべく、自身の部屋へ歩き始めた。

◇◆◇◆◇◆

？？？

それは果てが見えない巨大な空間と、そこに置かれた一つの円卓。血のように赤い床、頭上にも真っ赤に染まった途方もなく広い空が広がっていた。その円卓に五柱の超越者たちが座している。

一柱が赤色の肌の三面の鬼神。
二柱目は背から双頭の竜を生やした髭面の大柄な老人。
三柱目が全身に紅の幾何学模様が刻まれた少年。
四柱目は六枚の漆黒の翼をもつ美しい黒髪の女性。
そして――

「皆、此度は集まってくれて感謝するよ」

五柱目の奇抜なメイクをし、派手な服装をした道化師の姿の男、ロプトが口火を切る。

出席している一同から訝しげな視線がロプトに集中する。それもそうだ。ロプトの様子は普段の軽い様子は微塵もなく、今まで一度も見たことないような真剣そのものだったのだから。

「ロプト、どうしました？　貴方らしくありませんね？」

両眼を黒色の布で覆った六枚の黒い翼をもつ女性が微笑を崩さずロプトに、今一同が覚えている疑問を尋ねる。

「もう、君らも薄々、勘づいてはいるんだろう？　そういうことさ」

「おいおい、ロプトぉ？　お前、本気であのマーラが死んだって言いたいのか？」

三面の鬼神が笑顔の面で茶化すように問いかける。

「ああ、十中八九、マーラは滅んだ」

「きひひ！　あの小僧、あれだけ大口を叩いておきながら、こうもあっさり負けるか。まさに六大将、いや、悪軍の恥さらしじゃなぁ」

背から双頭の竜を生やした髭面の大柄な老人が、さも可笑《おか》しそうに嘲笑する。

「はっ！　テュポン、それを言うならお前んとこのティアマトとパズズもあっさり消されたようじゃねぇか。俺の軍団でも結構噂になってるぜぇ。意気揚々とどこぞの世界に大軍を率いて現界したはいいが、仲良く音信不通になっちまったってな」

三面の鬼神の小馬鹿したような指摘に、

「それは――マーラの小僧が姑息にも裏で手を回したからじゃろうがっ！」

口から火柱を吐きながら激高して立ち上がるテュポンに、

「やめなよ。ティアマトだけじゃないさ。先ほど中将アジ・ダカーハの消滅の報告があった。そうだよね？　アンラ？」

ロプトがアンラと呼ばれた全身に紅の幾何学模様が刻まれた少年へ確認すると、

「ああ」

アンラは不機嫌そうに両腕を組みながら頷く。

「冗談だろ？　お前んとこの三頭竜って旧世代の数少ない生き残りだよな？　あれが滅んだってのか？」

今までマーラ消滅の件につき微塵も本気にしてはいなかったのだろう。三面の鬼神は当初、笑いの面で軽口を叩いていた。だが、アジ・ダカーハ消滅の件を耳にした途端、その顔が厳格な面へと切り替わり、隣のアンラへと問い詰める。

「真実さ。特殊なジャミングでもされたんだろう。現界した場所も誰にやられたかも不明だけど、ただ、あいつの最後とびっきりの恐怖の感情だけが入ってきている。どうやら、相当こっぴどくやられたらしいねぇ」

「恐怖？　あのアジ・ダカーハがですか？　あれの不死性は私であっても相当厄介です。どこの誰があれを恐怖の中で滅ぼすほど圧倒できるというんです？」

両眼を黒色の布で覆った女性の、当然覚えるであろう疑問に、

「知らない」

アンラはぶっきら棒に即答する。

「知らないって、貴方、仮にもアジ・ダカーハの主人でしょう？　貴方の側近が襲われたのです。敵は貴方に因縁がある可能性が高い。しかも、あの不死竜を滅ぼせるだけの力の持ち主。心当たりくらいあってしかるべきです」

さらに両眼を黒色の布で覆った女性が執拗《しつよう》に詰め寄るが、

「だから、全て不明、そう言っているだろっ！」

アンラは遂に癇癪《かんしゃく》のような怒声を上げてそっぽを向いてしまった。

アンラのこの態度を目にして、事態が洒落や冗談ではないと分かったのか一同の顔から一切の余裕が消えていく。

「おい、クソピエロ。本当にマーラは滅んだのか？」

「ボクの予想が正しければね。すでに現界していた六天神に滅ぼされたんだろうさ」

「クソがっ！　天の野郎どもに先を越されたってわけかっ！」

ロプトの言に三面の鬼神が怒りの面で左の掌に右拳を叩きつけて怒号を上げる。

「どうやら、事の重大性を理解してもらえたようだね。そうさ。此度のゲームはすでに始まっている。ボクら悪軍の中でいがみ合っている余裕はないんだよ」

「ロプト、その口ぶりだと此度のゲーム盤に心当たりがあると考えてよいのね？」

両眼を黒色の布で覆った女性の問いにロプトは大きく頷くと、

「世界レムリア。かの天軍六天神最強、デウスの孫娘アレスの管理世界だよ。ともかく、ボクらにはもう一つの敗北も許されない。それは分かっているよね？」

皆をグルリと見渡しながら、そう確認する。

「「「……」」」

苦虫を噛み潰したような顔で皆が大きく頷く中、

「六天神かっ！　相手に不足はねぇよ！　まどろっこしいのは主義じゃねぇ！　次は俺が直々

にぶっ殺してやるぜぇ！」

三面の鬼神が立ち上がり、首をコキリと鳴らすが、

「おめでたい奴じゃ。そう簡単に儂ら六大将が現界できたら世話ないわい」

呆れたようにテュポンが三面の鬼神の言葉を直ちに否定するが、

「いんや、ゲーム盤には今面白い駒がいるしね。アスラ、君の現界も不可能じゃーないさ」

ロプトが軌道修正する。

「ほう、できるのかっ⁉」

期待のたっぷり籠った表情を隠そうともせず、三面の鬼神アスラがロプトに尋ねると、

「ああ、上手くいけば僕ら全員の現界も可能かもしれない」

ロプトははっきりとした口調で自己の予想を口にする。

「ほう、全員の現界ねぇ。マジでそそられるじゃねぇか！　どうやるんだっ⁉」

詰め寄るアスラに、

「まあまあ、そう慌てなさんな。今からゆっくり話すよぉ。綻び一つない計画をねぇ」

ピエロは顔を醜悪に歪ませて悪だくみを話し始める。それはまさに御伽噺に出てくる悪神そのものであった。

第一章　バベルへの旅路

今回のバベルまでの旅路に同行したのは、私なしではいられぬファフとマーリ、ミュウ、そして保護者枠としてアシュ、アンナ、ついてくる理由が不明のザック、アスタだった。

この無駄に濃いメンツで二週間ほど馬車に揺られ、遠方に雲を突き抜けて聳え立つ塔が視界に入る。あれが、バベルの塔。世界的教育機関——バベルの中枢だ。世界中の魔導士や剣士があの塔に入るのを渇望し、この地を訪れる。

むろん、今の私はあんなくだらん塔に入りたいとは夢にも思わない。剣士の本質は闘争の中にこそある。我欲を捨ててどれほど剣を振れるかが肝心なのだ。権威や名誉など、強さと最も対局に位置するもの。ない方がよほどいい。まあ、無能の私など塔の方から願い下げだろうがね。

馬車がバベルの都市内へと入ると、

「人がいっぱいだねぇ」

「一杯なのです！」

「一杯でしゅ」

ファフとミュウが馬車から身を乗り出して両眼を輝かせながらキョロキョロと周囲を確認し、マーリもアンナに抱きかかえられながら二人の真似をして感嘆の声を上げる。この道を行く人の数は流石の私も予想していなかった。相当な数だし、しかも、その半分近くが若者だ。ファフたちが興奮するのも当然かもしれない。

「では宿をとったら、ごはんにしましょう！　バベルの美味しい店をご案内しますよ」

ローゼが両手を腰にあてて、ファフとミュウに片目を瞑ると、

「わーい！　ごはん！　ごはん！」

「わーいなのです！　ごはんなのです！」

「マンマ、マンマでしゅ」

「美味しいのっ！」

「美味しいのですっ！」

「んまんまでしゅ！」

馬車の中ではしゃぎまくるファフたち児童に皆、苦笑しながらも馬車を降りる用意を開始したのだった。


ローゼの案内で到着した宿泊施設は、この都市の南西。立ち並ぶ店は中心部の絢爛豪華なものと比較して、かなり庶民的なものとなっている。多分、この南西地区はいわゆる王侯貴族や豪商以外の一般の学生が住む区画なんだと思う。

ローゼのこの地区を知り尽くしている様子からいって、普段からこの地区に寝泊まりをしているんだろう。ローゼは仮にも王族だ。本来のバベルからあてがわれている場所は、この地区

ではあるまい。きっと、彼女自身が望んで、ここを自身のバベルでの拠点としているのだ。相変わらず、権威主義の塊のような国家の王族とは思えぬ発想だ。まあ、建物だけがいくら豪華でも、お上品な輩しかいない場所など息が詰まる。私としてもこの地区の方が、遥かに居心地がいい。

ローゼとともに、宿へと入っていく。ローゼが受付で手続きをしている間、私は宿の入口付近にある木製の柱に背中を預けて周囲の様子を窺っていた。

「あー、カイ・ハイネマン！」

女の叫び声に視線を向けると、ブロンドの髪をボブカットにした少女が私を指さしていた。こいつは——ライラの従妹、ルミネだな。私と同様、クズギフトホルダーであり、相当肩身の狭い思いをしていた。ライラは【この世で一番の無能】という最悪の恩恵《ギフト》でも、私への態度を変えなかった少女だ。当然ルミネにも態度を変えず、とても可愛がっていた。

「おう、久しぶりだな」

右手を軽く上げてニカッと笑みを浮かべると、ルミネは呆気にとられたように暫し私を凝視していたが、

「何その作り笑い。メッチャ、気色悪いんですけどっ！」

ドン引きしたような顔で一歩後退して、人聞きの悪いことを言いやがる。こいつの表情、きっとガチだ。確かに最近、野獣ザックからさえも、私が笑みを浮かべる姿は悪魔か魔王にしか見えないから人前で笑うのは止めた方がいいという冗談を頻繁にされる。もしかして、あれっ

て本心だったのだろうか。いやいや、そんなはずはないさ。ルミネやザックの感性がおかしいだけだ。そうに違いない。

「そうかい。それで、お前はなぜここにいる?」

ともあれ、私の都合の悪い話題は早急に変えることにした。

「そんなのあんたに関係ないでしょ!」

そっぽを向いて両腕を組む。こいつも変わっていないな。ルミネはライラを信頼している。というより、ライラ以外の全ての人間を信用していないと言ったらいいか。一人でこの都市を訪れるはずがないのだ。こいつがこの都市にいるということは、きっとライラもいるんだろう。ライラか懐かしいな。一度会いに行ってもいいかもしれん。丁度そんなことを考えていると、

「カイ・ハイネマン! 金輪際、お姉様に関わるなッ!」

そんな故郷で何度も耳にした捨て台詞を吐いて、宿の階段を駆け上がっていく。

ふむ、どうやらローゼも手続きが終わったようだし、私も行くとしよう。


宿を取った後、ローゼのおすすめのレストランで舌鼓を打つ。流石は舌の肥えている王族であるローゼおすすめの店。食いしん坊姉妹のファフとミュウはもちろん、料理人志望のアシュすらも美味いから参考になると言わしめるものだった。

食後、バベルの東西に延びる大通り《メインストリート》沿いにある総合雑貨店、【ラスゥクルト】を訪れる。

ここは、このバベルの都市で使用する各学園の制服の仕立てから、学園で使用する武器や防具

などの武具、そして、日用雑貨全般が売られているらしい。八階建ての商業施設など、アメリア王国の王都でも見たことがない。流石はバベルというところか。

　ファフとミュウは一階のスイーツ店に首ったけのようだったので、同じくスイーツを食べたそうにしていたアシュにマーリともども子守を委ねて、その間に私たちは用事を済ませることにした。

　今、私たちはローゼに案内されるがまま、最上階である八階を訪れている。最上階は下の階と比べて小規模の店ばかりであり、武具、洋服など様々なものが置いてあった。

　ローゼは八階の最奥の店へと歩いていく。その店の前まで到着すると、店の入口から学生たちで長い列を作っていた。その列の最後尾で待つこと、一時間後、ようやく私たちの順番となる。

「ローゼマリーです。親方さんに頼んでおいたものできてますか?」

「はいよ、ちょっとお待ちね」

　受付の恰幅の良い女性は、名簿のようなものに右の人差し指を当てて暫し確認していたが、すぐに奥の部屋に案内してくれた。

　案内された奥の部屋は工房だった。ローゼが工房に入ると、

「親方さん、ローゼです」

　声を張り上げる。奥で鉄を打っていた顎髭を長く伸ばした小柄で耳の長い中年の男が、その手を止めずに、

「おう、少し待っておれ」

そう指示をする。

その十分後、小柄な髭面の男は鉄を打ち終わると隣の部屋へと入って真っ白な鞘に入った長剣を持ってくる。そして――。

「ほら、これが頼まれていたものじゃ」

その真っ白な鞘に入った長剣をローゼに手渡す。

「ありがとうございます！」

その剣の鞘には美しくも独特の装飾がされていた。あれはアメリア王国の国章。つまり、王家の紋。もちろん、王家以外で勝手にその紋を入れることなど到底許されぬものだ。

「その様子だと、お主の求める騎士は見つかったようじゃな」

私たちを見渡し、最終的にザックに視線を固定すると何度も頷いてそんな感想を述べる。

「ええ、多分、親方さんの想像とは違うと思いますけど」

ローゼは私に向き直ると、真っ白の長剣を渡してくる。

「おい、まさか、そんな弱そうな坊主がお前さんの騎士かっ⁉」

親方のそんな驚愕の声に、

「はい。彼が私のロイヤルガードです」

ローゼは即答する。絶句して私を凝視する親方に、

「鈍いとは恐ろしいことである。この怪物をしてまさか弱そうな坊主と称するとは……」

アスタが肩を竦めて、ため息交じりに首を左右に振り、

「全くだ。実際に師父を目にすれば、御伽噺の中の世界を破滅させた魔王も一目散で逃げ出すだろうよ」

ザックもアスタに同意する。言いたい放題のアスタとザックに、

「おぬしら——」

状況を呑み込めていない親方が、口を開こうとした時、外で僅かな騒めきが起こる。

「ラスゥクルト、入りますよ」

その声とともに耳が長い銀髪の少女がこの工房に入ってくる。紫と白を基調するプリーツスカートとベスト。そしてこのベストの上から絢爛な装飾がされたローブを纏っていた。

「これは姫様！」

片膝を突いて臣下の礼をとる親方から察するに、やはり見た目通り、ラスゥクルトはエルフか。それにラスゥクルトはこの総合雑貨店の名前でもある。大体事情は呑み込めてきたな。

「カイ様、ごきげんよう」

銀髪の少女は挨拶とともにスカートの裾を摘まんで礼儀正しく一礼してくる。この女、確か、ミルフィーユとか言ったか。ローゼ曰く、このバベルに在籍する学園のクラスメイトだった。

「うむ。お互い元気そうで何よりだ」

「ローゼも、ごきげんよう」

ローゼに軽く右手を上げ、

「ええ、ミルフィー、ごきげんよう。それで今日はなんの御用かしら？」

感情豊かなローぜらしからぬ人形のような笑みで受け答えをするローゼに銀髪の少女、ミルフィーユは微笑を浮かべると、

「近くまできたので、ラスゥクルトに挨拶に来ましたら、偶然カイ様に御会いできたのですわ！」

私の右腕にしがみ付いてくる。うむ。この女、以前は相当怯えられたのだが、今回は全くそんな感じはしないな。逆にやけにフレンドリーだし。

「ちょっとミルフィー、私の騎士に何をなさるのかしら？」

さらに声が低くなり、笑みが三割増しとなるローゼ。どうでもいいが、ローゼ、今のお前、私から見てもかなり怖いぞ。ファフとミュウがいなくてよかった。間違いなくガタブル状態だったな。

このローゼの様子から言って、このミルフィーユという女とローゼはあまり仲が良くないんだろうか？　以前、ローゼから聞いた感じでは、仲が悪いようには思えなかったんだがな。アンナは平然としてるし、異常事態というわけではなさそうだが。

ミルフィーユはローゼの言葉に答えもせず、私を見上げながら、

「カイ様、来週の統一試験、応援しています！　カイ様なら間違いなく首席合格だと思いますけど」

激励の言葉を投げかけてくる。この様子からして、おざなりのお世辞というよりは本気で私

の合格を確信しているようだ。

ここは世界の魔法使いたちの楽園、バベルだぞ。試験内容も魔法に特化したものに決まっているだろう。ローゼもミルフィーユもなぜ魔法が使えぬ私が合格できると断定しているんだろう。

素朴な疑問を解消すべく私が口を開こうとした時、外から一際大きな騒めきと怒号が聞こえてくる。直後工房に転がり込んでくる店員らしきエルフの青年。

「親方、テトルさんの名で予約をしていたのですが、それがどうやら、アメリア王国のギルバート王子の依頼だったようで、待てないからすぐに応対しろとのことですっ！」

「今、応対中じゃ。順番に受けるから暫し待てと申し伝えておけ！」

「そ、そう言いましたが、ご納得していただけず、護衛の騎士の方が暴れだして外は相当な騒ぎになっております！」

泣きそうな顔でエルフの青年が叫ぶ。

「全く、聞くに勝る馬鹿王子のようじゃのぉ」

そう吐き捨てると親方は受付の方へ向かうべく、工房を出ていく。

ふむ。ギルバート王子とは、ローゼの弟の馬鹿王子のことだよな。僅かも待てぬから暴れる？　まさか、そんな子供の癇癪のようなことを公衆の面前で仮にも王族がするのか？

王族とは必要以上に対面を気にするものと思っていたが、どうにも信じられんな。

「ギル……」

「我らもいくぞ」

顔に激しい怒りの表情を浮かべているローゼを促して私たちも受付に向かう。

受付では親方、ラスゥクルトと金髪のイケメンのグループが言い争っていた。あの中心の金髪イケメンは、王位承継権の告示の場で一度見たことがある。アメリア王国の王子ギルバートだ。

「作れぬとはどういうことだっ！」

ギルバートの隣にいる赤髪の少年が怒声を上げる。

「作れぬとは言っていない。その条件を全て満たす武具を造るにはかなりの工程を踏まねばならぬ。それを三日で仕上げるなど不可能と言っておるのじゃ！」

至極まっとうな意見だな。武具の鍛錬とは、武人の魂を生み出す行為だ。そう簡単にできたら世話はない。

「けっ！　とんだ三流鍛冶師じゃねぇか！　なーにが、バベル最高の鍛冶師だっ！　おい、テトル、この落とし前、どうつけてくれるんだ⁉」

赤髪の少年が、テトルと呼ばれた鼻根部にそばかすのある大人しそうな少年に詰め寄るとその胸倉を掴み、怒声を浴びせる。

「で、でも、本当に親方は素晴らしい鍛冶師で……」

不憫なくらい萎縮しつつもテトルは反論を口にする。

「口答えすんなっ！」

テトルの鳩尾に赤髪の少年の膝がめり込み、崩れ落ちる。周囲から上がる小さな悲鳴。

「お前の無能さには俺たち、心底うんざりしているんだ！　特に今回手に入れねばならない武器は殿下が次の大会で使用するもの！　あの大会には学園の名誉もかかってるんだぞっ！　分かってんのか⁉　お前は殿下と学園、双方の名誉に傷をつけようとしてるんだっ！」

赤髪の少年は馬鹿馬鹿しい妄言を叫ぶ。武器一つで闘争に勝てるわけがあるまい。武器は己の分身であると同時に、写し鏡。それを握るものによって名剣にもなれば、駄剣にもなる。そんな武器の注文をしている暇があるなら、剣を振るべきなのだ。その方がよほど勝利に近づける。

「ゴ、ゴメン、で、でも、僕は殿下に最高の武器を持ってほしくて……」

消え入りそうな声でそう口にするテトルの右肩に手を乗せると、

「まあまあ、ここの店主は作れないことはないと言ったのだし、君が責任をもって店主を説得したまえ。もし、できぬようなら責任の取り方は分かっているよねぇ？」

真っ白な衣服を着た垂れ目の護衛の男が耳元でそう囁く。本来咎めるべき護衛の大人が、子供を脅迫するか。やはり、アメリア王国の貴族どもには嫌悪感しか湧かぬな。

「わかり……ました」

消え入りそうな声で頷くテトル。

「ギルぅ！」

まさに悪鬼の形相で割って入ろうとするローゼの右腕を掴む。

「カイ、なぜ――」

「いいから、ここは任せろ」

状況は十分すぎるほど理解した。見苦しい獣どもの行為を見ているのにも飽きた。というか、不快極まりない。一歩前に出ようとすると、

「師父、あまりやりすぎんなよ。苦労知らずの餓鬼どもには師父の調教は少々、刺激が強すぎる」

ザックが人聞きの悪い忠告をしてくる。

「そうであるな。哀れな虫けらに、ミジンコほどの慈悲をかけるのも良いのである。ほら、一日一悪ともいうし、マスターではなく、吾輩がその調教承ってもよいのである」

アスタの意味不明な進言に、

「いやいや、言わねぇよ！　普通、一日一善だっての！　アスタの姉さん、マジでそれ願望入ってるからっ！　頼むからあんただけはやめてくれ！」

慌てて右手をブンブン顔の前で振りつつも切実な要望を口にするザックに、

「カイ様があれを成敗するんですね。すごく興味があります！」

ウキウキ顔でミルフィーユが身を乗り出す。

「カイ、ザックじゃないけど、あまりやりすぎないように」

肩を竦めながら、アンナが凡そ昔の彼女では考えられない発言をする。

「アンナ、お前、仮にも王族を守護する騎士だろ？　止めなくていいのかよ？」

「どうせ、カイのことだから止めたって無駄だし」

「そうかもしれんが……いや、違うだろ！」

アンナも大分、ローゼ様を嵌めた怨み、私忘れてないよ！」

「アンナも大分、変人と奇人の中にいて変わってしまったな。少し前まではもっとこう——」

「ともかくさ。カイ、やっちゃって！」

アンナは笑顔で親指を上げてくる。お前ら、絶対楽しんでるよな？　そうなんだよな？

「はぁ……」

まあいいか。大きなため息を吐きつつ、私はゆっくりと奴らのもとまで歩いていく。

「なッ⁉　貴様は――」

白色の鎧を着た垂れ目の騎士の叫びをガン無視して、ギルバートの後ろ襟首を掴む。

「き、貴様ぁ、無礼もの！　僕は――」

騒々しく騒ぎ立てるギルバートを店の外まで放り投げると、私も店を出る。

何事かと大勢の人々が私たちを遠巻きに眺める中、

「貴様ぁ！　今自分が何をしたか分かっているのかっ！」

ギルバートのお付きの垂れ目の騎士が抜刀して、私に剣先を向けてくる。

「どうした？　こいよ？」

左の掌を上にして手招きをする。

「小僧がぁ！　殿下への不敬！　手足を切り落として司法官に引き渡してやる！」

とても騎士とは思えぬ台詞を吐きながら、私の右肩をめがけて剣を振り下ろしてくる。おそらく本気だろう。少なくとも素人の少年少女ならば、司法官に引き渡すまでもなく致命傷だ。

「どこまでもクズな奴だな」

私は奴の剣を右手で受け止める。

「な⁉」

驚愕に目を見開く奴の足を払う。奴は綺麗に空中で数回転すると、顔面から地面に叩きつけられる。グシャッと鼻骨が潰れる音。呻き声を上げる青年騎士を脚でひっくり返して横臥にしてその顔を踏みつける。そしてアイテムボックスから料理用に取っておいた使い捨ての木製の串を取り出すと、右手でクルクルと回し、奴の頬肉に突き立てて床に縫い付け、踏みつける。

響き渡る絶叫の中、ギルバートに向き直り、奴の下までゆっくりと歩いていく。たったそれだけで、赤髪の少年を始め、ギルバートの御付きの少年たちは小さな悲鳴を上げつつ、脇に退けて道を開ける。こいつらはいつも口先だけ。口では忠誠だの命を賭けるなど大層なことを言ってはいるが、己の身に危険が及べば途端に逃げ惑う、所詮そんなところか。唯一、さっきのそばかすの少年テトルだけが、震えながらも私の前に立ちはだかっていた。

「のけ、その獣には調教が必要だ」

裏社会の人間でも悲鳴の一つを上げる私の威圧にも、やはりテトルはガチガチと歯を鳴らしながら、両腕を広げてギルバートを庇おうとする。こいつの目は本気だ。どうやってもどきやしないだろう。

「悪いな、少年、お前の気概は十分賞賛に値する。しかし、やはりケジメは必要なのだ。少し眠れ」

私はそう告げると、テトルの背後まで移動して、その頸部を右手で軽く叩き意識を刈り取る。

崩れ落ちるテトルをそっと地面へ仰向けに寝かせる。

「さてと」

ギルバートに目に向けると、一目散に背を向けて逃げようとしていた。

「命懸けで庇った配下を見捨てて一人尻尾を巻いて逃げるか。心の底から不快な奴だな」

私は床を蹴り一瞬で奴との距離を詰めて、その胸倉を掴むと高く持ち上げる。

「は、離せ！　無礼ものがぁっ！　この僕を誰だと思っている！　アメリア王国第一王子、ギルバート・ロト・アメリアだぞっ！」

「だから？」

「だからだとぉッ⁉　貴様は王族に剣を向けたんだっ！　これは万死に値する罪！　すぐに父上に報告して――」

「ぐがっ！」

鬱陶しくなった私はギルバートを床に放り投げる。

背中から落ち、もんどり打って苦悶の声を上げるギルバートに私は足元にあった護衛の騎士の剣を奴の眼前まで蹴り上げる。

「その剣で私に向かってこい。少し稽古をつけてやる。もちろん、ハンデはやるさ。私はこの両拳しか使わん。だから、お前の全身全霊を賭けて向かってこい。それとも無能で素手の私にも怖くて逃げだすか？」

「い、いやだ……」

私の挑発にもギルバートはただ顔を左右に振って拒絶する。

「剣を取らぬつもりならそれでもかまわんぞ。ただ——しこたま殴るだけだしな」

右拳を左の掌でゴキリと鳴らしながら、ギルバートへ近づいていく。

「うあ……」

震える手でギルバートは足元の長剣を取ると、

「うあああぁぁぁっ！」

情けない声を上げつつ私に向けて斬りかかってくる。それを楽々躱し、奴の顔面に右拳を叩きつけた。


泣こうが喚こうが、一切構わずギルバートを殴り続けた。遂にはボロ雑巾のようになったギルバートの顔面に私の右ストレートがクリーンヒットし、ギルバートは地面に俯せに倒れて気を失う。

当初はこんな獣の調教など簡単に切り上げるつもりだった。一つ私に誤算があったとするなら、こいつはザックやジグニールと同様、武の神に愛されているということ。

「カイ君、また迷惑をかけてしまったようだね」

背後から聞こえるすまなそうな声に振り返ると、大剣を担いだ青髪に無精髭を生やした男が佇んでいた。

「おう、アル、あんたもここにいたのか」

顔だけ向けて、久々の再会に左手を挙げて答える。

「ああ、重要で面倒な会議がここで開かれているものでね」

アルノルトも肩を竦めてみせてくる。アルノルトの登場により、今まで泣きながら震えていたギルバートの御付きの少年たちはその背後に一斉に隠れる。主人がズタボロになるのを黙って見ていて、その上、自分の身の安全を希求するか。本当に度し難い奴らだ。ま、例外は──今も寝ているそばかす少年だ。彼だけは最後までギルバートを守るべく私に抗い続けていた。

「それで、もういいかな?」

「ああ、獣の調教には十分だ」

バカ王子が意外な戦闘センスを見せるから、つい楽しくなってやり過ぎてしまったが、そろそろ引き際だとは思っていた。これだけ痛めつければ、当面のバカ王子の教育には十分だろうさ。

ギルバートと、今も痛みに喚く垂れ目の騎士の串を引き抜き、上級ポーションを取り出して振りかけて全快させる。上級ポーションなら、この程度の傷は完治できる。ほら、この手の奴らは後々、傷がどうとか五月蝿そうだからな。ギルバートは気絶したままだったが、案の定、回復した騎士は立ち上がると、震える右の人差し指で私を指すと、

「アルノルト騎士長、こいつは私たちに傷つけて、あまつさえ、ギルバート殿下まで――」

必死の表情でアルノルトに訴えかけた。

「傷？　どこがだい？」

「ここにさっき、串を刺されていたんです！　貴方も見たでしょうっ！」

「さあ、俺は見ていない。軍務卿はどうですかな？」

背後で形の良いカイゼル髭をつまんでいるダンディな男に尋ねるが、

「私も見ていない」

即答される。

「んなっ⁉　あ、貴方たちは――」

「それより、タムリ上級騎士、君たちのここでの振る舞いはすでに報告を受けている。そもそも、ここはアメリア王国ではない！　君らの行為は祖国の顔に泥を塗る行為だっ！　恥を知れ！」

そう突き放すと、気を失ったギルバートをアルノルトが背中に担いで軍務卿に目配せをすると、軍務卿もテトル少年を担ぐ。そして――。

「君らも行くぞ！」

ギルバートの取り巻きの赤髪の少年たちにそう促すと、彼らも慌てたようにそのあとに続く。

「じゃあ、カイ君、また」

アルノルトは、右手を挙げると立ち去って行った。

◇◆◇◆◇◆

――バベル北部の高級住宅街。

世界各国の王侯貴族や豪商の子息子女。そこはバベルでも一部の選ばれた者のみが入ることが許された超が付くセレブタウン。その絢爛豪華な大きな屋敷の一間で、アメリア王国第一王子ギルバート・ロト・アメリアは、円形のテーブルを蹴り倒し、

「くそっ！　くそっ！　くそぉぉっ！　僕は王子だぞっ！　この僕を――無能の分際でぇぇぇ――――ッ!!」

怒りのままに激高する。王子のギルバートが、大衆の面前で一方的に殴られ続けるという屈辱を受けたのだ。カイ・ハイネマンは当然、死罪になるべきだ。

しかし、カイ・ハイネマンはやりすぎを理由に、奴の主人であるローゼとともに注意を受けるにすぎなかった。逆に、一連の騒動につき、ギルバート側に主に非があるとして、一週間の謹慎処分が科せられてしまう。

「ローゼ王女のロイヤルガードのカイ・ハイネマンか。あんたの上級騎士、えーと、確かぁ……あー、タムシ、違うなぁ――そうだ！　タニシ君だ！」

赤色の髪をツーブロックにした優男が、パチンと指を鳴らして叫ぶが、

「タムリ上級騎士です。聖騎士《パラディン》、ヒジリ様」

すかさず、長い髪を後ろで束ねている金髪の女性が訂正する。

「そうそう、タムリ君。彼って一応、ギルのお気に入りだったし、それなりに強かったんだよねぇ？　じゃ、やっぱり、彼を圧倒したカイ・ハイネマンって強かったんだ」

妙に断定的なこのヒジリの指摘に好奇心が刺激された室内にいるメンバーは好き勝手に話し始めた。

「カイ・ハイネマンって、【この世で一番の無能】とかいう、冗談のようなギフトホルダーだろ？」

「ああ、神に最も疎まれ、見捨てられた無能の背信者。それが仮にも上級騎士に勝つ？　とてもじゃないが、信じられんな」

「大方、卑怯な手でも使ったのでしょう？」

「我々なら、そんな手を使われても無能なんぞに後れはとらない。つまり、タムリが無能すぎたってことさ」

ヒジリはパンパンと両手を叩くと、背後を振り返り、

「で？　サトル、君はどう思った？　一度彼と会っているんだろう？」

黒髪の美少年に興味津々に尋ねると、

「雑魚だよ！　王にゲラルトと戦うように指示されて、何もできず震えていたくらいだから

な」

　口を尖らせて叫ぶ。

「うーん、ゲラルト君より弱い……益々分からないな。なら、彼はあのエルディムの件には無関係だってこと？　ならば、エルディムの民をあんなバケモノに変えた新の黒幕は他にいる？　それとも……」

　普段のおちゃらけた様相とは対照的なギラギラした獣のようなヒジリの様子に、同席者が眉を顰める中、

「ヒジリ？　カイ・ハイネマンについて何か知っているの？」

　ヒジリの顔を覗き込みながら、艶やかな黒髪を長く伸ばした美少女がその意を尋ねる。

「いや、別に何も。それより、マシロ、君のお抱えの四聖ギルドも此度のデボア復活の件で完璧に消滅している。君はこれからどうするつもりだい？」

　ルーレットのボス、マダラの離反の情報は王都一の情報屋からマシロたちの耳にも入ってきていた。その直後にマダラを始めとするルーレットは、悪竜デボアの復活のあおりを食って壊滅してしまう。こうして、勇者四聖ギルド、コイン、カード、ダイス、ルーレットはこの世界から完全消滅してしまった。

「どうもしない。手持ちの駒が多少なくなったくらいで計画に変更はないわ。このまま続行よ」

　黒髪の少女マシロはそう静かに宣言する。四聖ギルドを失ったことにつき、微塵の感慨も覚

えているようには見えなかった。

「だろうな。それでこそお前らしいか。ところで、カイ・ハイネマンはどう対処する？」

ヒジリは暫し寂しい笑みを浮かべていたが、一転神妙な表情に変えて確認する。

「もちろん――」

ギルバートが口を開こうとするが、

「放置よ」

それを遮るかのようにマシロがそう言い放つ。

「ふざけるなっ！　奴はこの僕に特大級の不敬を働いたんだぞっ！　絶対に殺すっ！　でなければ、諸侯にも示しがつかんっ！」

「ダメ。カイ・ハイネマンはレーナとキースの幼馴染。我らが彼を殺せば、下手をすれば二人を敵に回すことなる」

「そんなもの、闇討ちでもなんでもすればいいだろっ！」

呆れたようにマシロは大きなため息を吐くと、

「あのね、貴方たちの独断専行であの宰相に目を付けられたのを忘れたの？　このタイミングでカイ・ハイネマンを闇討ちしても十中八九、失敗する。もし、そうなれば、それは公になり、レーナとキースの信頼を決定的に失い、二人は私たちのチームを去る」

幼子を諭すように語り掛ける。

「くそっ！」

ギルバートは怒り心頭でソファーに腰を下ろし、床を足裏で何度も打ち付け始めた。

「レーナとキースは対魔族戦の要。絶対になくてはならない人材よ。私情なら貴方が王位を承継し、魔族を駆逐した後、存分に粛清しなさいな。それからなら、私たちはいくらでも力を貸すわ」

マシロはそう言い放つと、一同をグルリと眺め見ると腰に両手を当てて――。

「私たちの目的は魔族と魔物の絶滅、ただ一つ。それこそが人類共通の使命！」

声を張り上げる。一斉に胸に手を当てる騎士たち。

「魔族を殺せ！　魔族の街を壊し、田畑を焼け！　魔族なら女子供も関係ない、一匹残らず駆逐せよ！　正義は我らにこそあるッ！」

マシロの声に騎士たちの咆哮が上がった。

◇◆◇◆◇◆

【世界魔導院《バベル》】の最上階
「改めて見ても、徹底的におかしい」
バベルの塔の最上階の学院長室で、バベルの統括学院長イネア・レンレン・ローレライは資料に目を通しつつ、もう何度目かになる感想を口にしていた。
カイ・ハイネマンは今後、この世界のキーマンとなり得る人物だ。強さはもちろん、その性格など、人物の詳細につき可能な限り把握しておきたかった。この資料は、諜報部のチームに調査をさせていたもの。その調査資料に書かれていたのは、到底信じられぬ悍ましい事柄ばかり。

アメリア王国の王位承継権に端を発したイーストエンドの領主にローゼマリー王女が就任。むろん、イーストエンドにまとも人など住んではいない。まさに領民ゼロからの出発であり、新たな領民を確保する必要があった。そこで、カイ・ハイネマンが打った手は、中立国家、エルディムのローゼ陣営への引き入れだった。もちろん、エルディムはバベルと東の大国ブトウにレアメタルであるオリハルコンの独占販売権を認める代わりに、辛うじて中立国家として保護されていたに過ぎない。ローゼ陣営の提案を飲むということは、その自治を失うということを意味する。通常なら絶対に受け入れぬ選択をカイ・ハイネマンは、力業でやってのける。

エルディムを狙っていたアメリア王国の高位貴族の大軍を、エルディムの民に力を与えて返り討ちにしてしまったのだ。非力な者たちに大軍を打ち破る力を授ける。これが人間ならあり得ぬ話だが、カイ・ハイネマンは超越者《トランセンダー》。そんな出鱈目もまかり通るのだろう。

結局、エルディムの民は自らの自治権を放棄し、ローゼ陣営へと加わることになる。その際にオリハルコンの採掘権を放棄したことに、バベルの上層部の者たちはかなり奇異に感じているようだった。だが、それは実に愚かな考えというものだ。そもそも、根底にある前提が間違っている。此度エルディムが得たのは、超越者からの超常の力。それに比べればオリハルコンの採掘権など塵にも等しい。エルディムが超越者の加護を選択するのは至極まっとうな選択というものなのだから。

カイ・ハイネマンは超越者。ここまでなら、超越者の力押しというだけで何とか納得はできた。しかし、次に彼が目を付けたのは、アキナシ領に眠る悪竜デボアと精霊の里の精霊たち。彼は故意にデボアを復活させて、やはり精霊たちに力を与えて討伐させてしまったのだ。その際に精霊たちの助っ人として選んだのが、裏のキングとも称される【タオ家】、【迷い《ロストフォーレスト》の森】、【朱鴉《あけがらす》】の三者だ。

裏の三大勢力は表の大国さえも手を焼くゴロツキどもだ。このゴロツキどもと精霊たちに命じてアメリア王国のアキナシ領の鉱山に眠る災厄の悪竜デボアを討伐させてしまう。

アキナシ領の悪竜デボア封印については、寿命が短い種族には知れ渡ってはいないが、エルフ族や魔族、竜族など数百年単位の寿命を持つ種族の間では既知の事実。

あの悪竜が出現したのはアメリア王国の東側。デボアはその街々を徹底的に焼き尽くした。その絶大な力を目にした、当時のローレライ政府はデボアとの契約を試みようと接触するが、その任務を受けおったチームが全滅してしまう。以来、ローレライ政府はデボアを【特級危険霊害】として、一切の接触を禁じたのだ。

結局アメリア王国の英雄コテツと精霊王タイタンの文字通り命を懸けた戦いの末、デボアは封印されて長き眠りにつく。カイ・ハイネマンはそんな超越者と遜色ない力を持つデボアを故意に復活させて、やはり精霊たちに力を与えて討伐させてしまう。

もちろん、精霊たちの力は人と比べれば強大だ。しかし、デボアは当時最強の精霊王と称されたタイタンをして、封印をするのが精一杯だった怪物。ローレライ国を代々守護する風の精霊王ジンも、デボアはこの世界に紛れ込んだイレギュラーと断言していた。そもそも精霊たちに討伐できる存在ではないのだ。報告では進化して人型となったデボアにさえも精霊たちは終始互角以上の戦いを繰り広げていたらしい。つまり、カイ・ハイネマンから超常の力を得たことは、もはや明白。

しかも、イネアが最も恐ろしく感じているのは、此度のデボア復活の計画は行き当たりばったりではなく、入念に練られたものであること。デボアを精霊たちに討伐させる計画を立てていたことからも、カイ・ハイネマンにとってデボアは取るに足らない相手ということを意味している。

これがただの過信にすぎないなら、よほどよかっただろう。だが、デボアの死体を依り代に出現した巨大な三頭竜をカイ・ハイネマンは圧倒的な力で倒している。今回の一連の騒動により、ミルフィーユの【解明者】の恩恵《ギフト》の正確さを皮肉にも実証した結果となった。

つまり、彼は――。

「この世界が遭遇した歴史上最強の超越者《トランセンダー》……」

超越者《トランセンダー》――精霊、竜種さえも超える超常の存在。それらは不可思議で誰も目にしたこともないが、御伽噺、神話には必ず出てくる。そんな人という種の理解を拒む荒魂《あらみたま》。

正直、ミルフィーユの言は彼女の誇張だと思っていた。だってそうだろう？　本来拝謁することすら叶わない歴史上最強の超越者が本気で自分を人間と考えているのだ。そんなのは悪い冗談だ。だからこそ、人族の愚かな王子がこのような特大級の不敬を主張する気持ちも分からないではない。最も――。

「カイ・ハイネマンを死刑にしろか……本当に滑稽ですね」

いくら気持ちが分かっても、共感は微塵もできないわけだが。ミルフィーユの言葉が真実なら、カイ・ハイネマンは己を人間と見なしている。不快で愚かな馬鹿王子を殺さなかったのが、その証拠でもある。故に、人のルールの範囲内で行動する限り、カイ・ハイネマンと面と向かって敵対することはあるまい。これなら当初の計画通りに進められるし、それでカイ・ハイネマンの怒りを買うことは絶対にない。むしろ、ごく自然に彼を当初の計画へと誘導できる。

「まさか、ここまで綱渡りで神経をすり減らす計画になるとは思いもしませんでしたよ」

イネアは大きく息を吐き出し、

「でも――面白い！」

眼をギラギラとしたものへと変えたのだった。

第二章　バベル統一試験の開始

馬鹿王子《ギルバート》の調教の終了後、ローゼを通して厳重注意を言い渡される。

結構無茶をした自覚は一応あるにはある。バベルの塔の支配者たちからそれなりのペナルティを受けると思っていたんだが、拍子抜けだ。ま、ローゼには悪いが実力行使してきたら、全力で抗わせてもらうつもりだが。

王族で、しかも実の弟を足腰が立たぬほどフルボッコにしたのだ。多少は複雑な表情を予想していたのだが、ローゼは妙にスッキリした顔で「ギルには丁度よい薬です」と発言していた。

本来ローゼはあの手の行為が嫌いなタイプだ。相手がいくら札付きの悪たれでも、同様の行為をすれば咎めくらいする。なのに、あのむしろ存分にやってくれのリアクション。それほど彼女の堪忍袋の緒が切れる寸前ということかもしれない。ま、帝国に売り渡されそうになったり、変態の玩具にされそうになってもいるし、当然と言えば当然かもしれん。

そんなこんなで、バベルでの生活が開始される。

宿を変えたのだろう。私たちが泊まっている宿で、ライラとその従妹のルミネには一度も遭遇しなかった。きっと、ルミネの奴が泣きついたな。ルミネは昔から私にライラを取られると思い込む傾向が強かったし。

そして、一週間をブラブラと過ごした結果、試験当日となる。

王位承継戦の厄介なルールにより、どのみち、私はローゼと同じ学園に通わねばならぬ。もちろん、本来ローゼに手を貸す筋合いがない私としては、そんな王国のルールに従う必要はない。突っぱねて手を切ることもできるが、そもそもその程度でローゼを見捨てるつもりなら、とうの昔に手を切っている。それにこれはこれで、中々暇つぶしとしては面白いのも確かだ。

どうせ、学生の真似事をしなければならないなら、元々興味があったこのバベルで過ごす方が多少はマシというものだ。アメリア王国の高位貴族の中に混じって授業を受けるなど心底御免被るしな。

「カイ、くれぐれもやりすぎないでくださいね。無難が一番です」

お前は私の母親かとツッコミたくなるような台詞で、ローゼに宿の前で見送られてバベルの中心に聳え立つ摩天楼へと向かう。

塔の広大な一階の床には真っ赤な絨毯が敷き詰められ、壁には神鳥を模した装飾が施されている。どことなくハンターギルドを思わせるような構造だが、そもそもハンターギルドの創設者はこのバベルの塔の初代学院長だと聞く。こちらが元祖ということだろう。

それにしても、すごい人だな。このとんでもなく広い広間は、受験生と思しき学生で溢れかえっていた。受付カウンターへ延びる長蛇の列の最後尾に並んでひたすら待っていると、ようやく私の順番になる。

「受験票を提示するように」

受付カウンターで、黒髪を七三分けにした男性職員にローゼから渡された受験票を渡すと、

【20456】との番号が書かれた金属の板と試験のプログラムのようなものを渡され、

「そのプレートを持って試験会場へ向かいなさい」

そう指示を出される。

試験会場ね。このパンフレットに色々書いてあるようだな。数枚の羊皮紙を眺めると、案の定、試験についての委細が記載されていた。午前中が適性試験、午後が実技試験らしい。

ローゼが言うには適性試験はあくまでバベルで学ぶに相応しい最低限の適性を見るためもの。試験で重点が置かれているのは圧倒的に実技試験で、適性試験はあくまで最低限の目安にすぎないらしい。まあ、私の恩恵《ギフト》は【この世で一番の無能】だ。さらに私は魔法が使えん。もしかしたら、適性試験で弾かれるかもしれんが、それはそれ。仮にそうなったら、また別途考えるさ。

指示された場所に向かうべく踵を返そうとすると、

「なんで、あんたまでいるのよっ！」

聞きなれた音源の方に顔を向けると、ブロンドの髪をボブカットにした少女ルミネが今にも嚙みつきそうな勢いで眉目秀麗な茶髪の少年に怒声を上げていた。

「それはこっちの台詞だ！」

茶髪の少年も負けじと睨み返す。あれはルミネとローマンだな。この状況も手に取るように分かる。ルミネがいる時点で、きっとライラもこの試験を受けているんだろう。

ラムール出立前に私の手紙が不要と言ったのはそういう意味か。あのダンジョンに吸い込まれる前まで私はこのバベルを行動の拠点とするつもりだった。そりゃあ、このバベルで学生生活を過ごすならいつでも会えるし、手紙など不要だろうさ。

「あたいは、お姉様とずっと一緒！　ついてきて当然！」

「僕だって修行のためにこのバベルにきている！　お前にとやかく言われる筋合いはない！」

ホント似た者同士の二人だ。同じレベルで張り合っている。そんな素朴な感想を浮かべながら遠巻きにいがみ合う二人を眺めていると、

「カイ？」

とても懐かしい声に咄嗟に振り返る。そこには――十万年前と変わらず、ウィローグリーン色の髪の美しい少女が驚いた顔で、こちらを見ていた。

「ライラ……か？」

思わず口から漏れる疑問の言葉に、

「もうッ！　それ以外に見えますのっ⁉」

ぷくーと頬を膨らませるライラ。

「すまん、すまん、ついな」

久方ぶりに生じた僅かな動揺を誤魔化すように、遥か昔にしたようにライラの頭をそっと撫でる。

「……」

ライラは暫し無言で見上げていたが、

「カイ、少し大人になりましたの？」

そんな母上殿とそっくりな感想を口にした。

「かもな。何せ色々あったものでね」

苦笑しつつ返答する。それにしても、マズイな。母上殿に対するように口調を昔に戻せない。

「あー、カイ・ハイネマン、お姉さまから離れろ‼」

「カイ！　なぜ貴様がここにいるっ⁉」

二人揃ってほぼ同時に私を発見し、似たような叫び声を上げる。

ホント、お前たちは似た者同士だよ。

「じゃあな。私は当分この都市にいる。機会があればまた会おう」

右手を軽く上げると、ライラたちに背を向けて、実に私らしくない言葉を口にし、受験生たちの群衆に姿を溶け込ませる。


午前中は適性試験。幸か不幸か、受験生の数が多いせいだろう。周囲にルミネとローマンの姿はなく、鬱陶しいスキンシップもなく実に平和だった。ただ、その中のごく一部は遠くからこちらを眺めながら、ヒソヒソと噂話に花を咲かせている。十中八九、バカ王子の件だろうな。私も公衆の面前でかなり無茶をしたし、相当な危険人物と理解されていることだろう。ま、誰にどう認識されようと知ったことではないがね。

適性試験の最初は魔力量の試験。魔法が使えない以上、適性試験は大分不利だ。もし、この試験に不合格になればローゼとアメリア王国の王都で、他の貴族どもに混じって学園生活を送らなければならなくなる。それだけは避けたい。ローゼは実技で巻き返せると高を括っていたが、実技が純粋な戦闘とは限るまい。魔法中心の実技となれば、魔法が使えない私は0だ。稼げるところで稼ぐのが吉だろうさ。

だから、不自然にならない程度に【封神の手袋】によりD級ハンターほどの魔力に、調整することにした。

学生たちの長蛇の列に並ぶこと一時間、ようやく私の番になる。

「次、【20456】番、その水晶に手を触れて魔力を込めなさい」

どうやらこの水晶に触れて魔力を込めるとその色が変わり、魔力の保有量を測定できるようだ。

「うむ。了解だ」

右の掌で水晶に触れて魔力をゆっくりと込め始める。その中心が黒く染まり、それが次第に水晶全体へと侵食していく。

「な、何よ、これッ⁉」

若い女性の試験官が勢いよく席を立ち上がって飛び退き、裏返った叫び声を張り上げる。次の瞬間、黒色に染まった水晶はドロリと溶解して黒色の液体となってしまう。

「なんじゃこりゃ？」

魔力を込めると色が変わる仕組みじゃなかったのか？　まさか、溶けるとは夢にも思わなかった。

「……」

ボタボタと滝のような汗を流すだけで微動だにしない茶髪の女性試験官に、

「これは、どうなるのかね？」

端的に尋ねる。

「測定器に不備があった。そうよ、そうに決まってる……」

己を納得させるかのように何度も頷くと、

「【20456】番、測定器の故障により再度の実施を——」

茶髪の女性試験官が私に再度の試みを指示しようとした時、

「失格で、0点だ」

傍で見ていた同じく黒色のローブを着た年配の試験官の声が響く。

「は？　しかし、これは測定器の故障です。これで失格にするのは公平性に——」

茶髪の女性試験官は声を荒らげて反論を口にしようとするが、

「運も実力のうちよ。まだ受験生は腐るほどいるのだ。そんな無能に構っている暇はあるまい。先に進めよ」

無能ね。私をカイ・ハイネマンと知っていることから察するに、おそらくアメリア王国出身の試験官だろう。大方、あの水晶に仕込みでもされていたのだろう。

「……【20456】番、失格で魔力量0」

暫し、女性試験官は年配の試験官を睨みつけていたが、そう不貞腐れ気味に口にする。

「……」

騒めく試験会場の中、今も俯いて悔しそうに奥歯を噛みしめている女性試験官に近づくとその肩を軽く叩き、

「君が気に病む必要はないさ。予定調和のようなものだ」

そう言葉をかけると、背を向けて魔力量測定の会場を後にした。


二つ目が体力測定試験。筋力や耐久力などの一般項目を見るための試験だ。

どうやら筋力の測定はあの魔道具を押す試験で行うらしい。他の受験生が両手で力を加えてもピクリとも動かないところを見ると、特殊な魔道具か何かでできているのだろう。

私の番となり、黒色の直方体の金属のような魔道具の前に立つ。確かに、この世界は弱者と強者の差が激しいが、これは天下のバベルの試験だ。自身の能力によほどの自信がなければ受験はすまい。上位者にはC級ハンタークラスがゴロゴロいることだろう。ここも【封神の手袋】により無難に中堅であるDランクのハンタークラスまで落として臨むべきだろうな。

魔道具の所定の位置に両方の掌をつける。

「初め！」

まずは、小手調べ。おかっぱの試験官の合図と同時に、私は魔道具にほんの僅かに力を籠め

る。

　たったそれだけで魔道具は爆風を纏いながら一直線に吹き飛んでいき、会場を覆う分厚い壁に突き刺さる。

「うん？　全く重さなど感じなかったぞ？」

　というか、羽のように軽かった。先ほど同様、貴族どもの陰謀だろうか？　だとすれば、こんな私に利にしかならぬことに何の意味が？　まあ、考えても始まらん。結果良ければ全て良し、と思うしかあるまい。

「……」

　あんぐり大口を開けているおかっぱ頭の試験官に、

「この試験、これで終わりでよろしいかね？」

　端的に試験の正当性を確認する。

「……【２０４５６】、四百メル……」

　ボソリと私に結果を告知してくる。今も放心状態にあるおかっぱ頭の試験官に背を向けると筋力測定の会場を後にした。

　次の耐久力の測定は隣の区画にあり、そこには無数の木製の箱が立ち並んでいた。やけに横柄な試験官から、その箱の一つに入るように指示される。

　箱の中に入って暫く待っていると、上空から無数のギロチンが降ってきた。土砂降りのように頭上に降り注ぐギロチンに、若干の鬱陶しさを感じた私はそれを無造作に右腕で払いのける。ギロチンは粉々に破砕されつつ周囲に拡散する。拡散したギロチンの金属の破片は私を囲う木製の箱を破壊し尽くし、瓦礫と化してしまう。

「しまった……また壊してしまったか……」

どうにもDランクのハンターに膂力を設定すると、手加減が著しく困難となるな。まあ、やってしまったものは仕方があるまい。以後気を付けることにしよう。

「……」

顎が外れるほど大きく開けて、この惨状を眺めている横柄な試験官に、

「すまないが、壊してしまった。構わないかね？」

笑顔で可能な限り穏やかな口調で尋ねる。確かにこの男の態度はすこぶる悪いが、試験の備品を壊したことについては完璧に私に否があるしな。

「……」

横柄な試験官は涙目でガタガタと震えながら、何度も頷くと一目散で試験場を飛び出していってしまう。

「なんなのだ……」

まるで猛獣から逃れるような態度に、若干の納得のいかなさを感じながら、私も次の試験場へ移動する。

その他、試験は水の入った箱の中にどれだけ入れるかなどという極めて簡単な試験であり、

大した問題もなく終えることができた。

そして、適性試験の最後、召喚適性試験となる。

どうやら試験の内容はあの綺麗な白色の毛並みの大型の犬科生物に好かれるかの試験のようだ。パンフレットには、試験名――コウマとの親和度――とある。『コウマ』とはあの犬科生物のことだろう。

坊主の学生が触れようとすると手前で、白色の犬科生物に低い声で唸られ威嚇される。

次の学生も同じ。というか、今まで一度もあの『コウマ』とかいう犬科生物は誰も己に触れさせてはいない。触れるスレスレで威嚇がなされ、僅かに騒がしくなったことからも、これはどこまで『コウマ』に接近できるかの試験なのかもな。

次に触れようとしているあの金髪ボブカットの少女はルミネだな。ルミネは昔から、大のモフモフ好き。案の定、目を輝かせてその首元に抱き着いた。まさか、『コウマ』もこんな反応をするとは思わなかったのだろう。暫く目を白黒させていたが、真っ白な毛並みに顔を押しつけて奇声を上げるルミネに、コウマは大きなため息を吐いて瞼を閉じる。

ドヨメキと歓声がいたる所から起きる。あれって好かれているというより、呆れてやしないか。仕方ねぇなこの子供、きっとそんな心境だと思うぞ。ともかく、嫌いなら振り払っているんだろうし、コウマにとっても他の学生よりはルミネが気に入っているんだろうさ。

今も引っ付いて離れないルミネを困惑気味の塔の職員が引き離して、ようやくルミネの試験は終了となる。

そして――遂に私の番になる。

「次、【20456】番！」

番号を呼ばれたので、一歩前に出る。犬科生物に気に入られるか。ダンジョン産の犬科生物ならフェンを筆頭に妙に懐かれてはいるぞ。だが、所詮、イージーダンジョンの魔物だしな。

このコウマも微塵も強そうに思えんが、仮にも塔が試験官に選ぶほどの霊獣のようだし。何も強さだけが精霊や霊獣たちの格というわけではあるまい。こいつにはフェンたちにはない秘められた力がある……んじゃないのか、多分……。

横たわりながら、心底興味なさそうに私を眺めているコウマに笑みを浮かべて近づこうとした時――。

『マスター！　マスター！　僕、お腹すいたぁッ！』

私の胸に突如子狼のフェンが出現すると、尻尾をブルンブルン振りつつも、そんな催促をしてくる。そういえば、そろそろお昼の時間だったな。

「すまんな。本日、私は少々忙しい。昼飯はアシュにでも作ってもらいなさい。その代わり、今度お前の好物のハンバーグを作ってやる。だから、もう少し待つように」

そっと頭を撫でて幼子を諭すように、語り掛ける。

『うー、僕、我慢するぅ！』

「うむ、フェンはいい子だな」

抱き締めて一撫ですると、気持ちよさそうに目を細めて、

『その代わり、ハンバーグね！　約束だよッ！』

　小さな肉球を上げて、いつもの催促をした。

「分かった。分かった。約束しよう」

　私の返答に満足したのか、姿を消すフェンに苦笑しながらも、白色犬科生物コウマに視線を戻す。

　コウマはポカーンとした顔で半口を開けていたが、私と視線が合うとビクンッと全身を硬直させる。そして、急速に血の気が引いてガチガチと歯を鳴らして後退りし始めた。

　うーむ、これってどう見ても怖がっているよな。変だな。犬科生物を恐怖させるような凶悪な外見はしていないはずなんだが。最近、ザックやアスタから頻繁に魔王も裸足で逃げ出す、のような冗談を言われるが、私の外見ってそんな凶悪顔なのだろうか？　いや、そんなはずないさ。あいつらの感性がおかしいだけ。きっとそうだ。

　ここは笑顔で私に敵意がないことを知ってもらおう。口角を上げてニカッと鉄壁の笑みを浮かべながら、

「ほーら、こわくない、こわくない」

　両腕を広げてネコナデ声でコウマに近づいていく。

『ひぃっ！』

　私の姿を視界に入れるやいなやコウマは小さな悲鳴を上げて、猛スピードでバベルの塔の試験官である紺のローブにとんがり帽子を被った女性職員の背後に隠れると伏せの状態で頭を両

手で覆ってガタガタと震え出す。

笑った状態で硬直している私に、

「ほら！　あんたのその気色悪い作り笑いで、この子怖がっちゃったじゃない！　早く、どっかに行きなさいよ！」

部屋を出ようとしていたルミネが血相を変えてこちらに駆けてくると今も震えるコウマの前に立ち、庇うように両腕を広げて批難の声を上げる。

んー、どうやら、完璧にスキンシップに失敗したらしい。この試験はこの犬科生物に好かれるか否かの試験のようだし、ここまで怯えさせれば、きっとこの試験も不合格だろう。ま、内心を独白すればザックの笑顔が魔王のようだと言う私への評価に対する冗談の真実味が増した感じがして、多少なりともへこんではいる。

「試験は終わりか？」

コウマの態度に戸惑っている女性職員に尋ねると、

「え、ええ」

頷いたので、私は召喚適性試験の会場をあとにした。

◇◆◇◆◇◆

バベル適性試験対策室

バベル適性試験対策室とは、試験官たちの休憩や、バベル適性試験実施に何か問題が生じた際の教官たちの相談のために使用される大部屋である。

最も、適性試験は魔力測定、体力測定、召喚適性測定の三つであり、これらはあくまでただの測定であり、通常問題が生じるようなことはない。おまけに絶大な権力と財力のある副学院長派の試験官たちは、近年新築されたばかりの豪奢な特別監督室に待機し、こんな老朽化した部屋を訪れることはなく、派閥間のイザコザすらも起きようがない。だから、この部屋はもっぱら、学院長派の試験官たちの休憩所として使われるのが通例であるが、今回は少しばかり様相が異なっていた。

対策室の部屋の中には学院長派の幹部たちと、眼鏡をかけた紺色のローブを着用した耳の長い金髪の女性、今も頭を抱えて震えている一匹の真っ白な霊獣が存在した。

「どうなってるのよ……」

眼鏡をかけた金髪女性、バベル適性試験対策室室長、クロエ・バレンタインは次々に入る到底信じるに値しない報告に頭を抱えていた。クロエは元々、統括学院長最側近であり、調査部部長。調査部部長としてただでさえ忙しい彼女に、適性試験対策室の室長など通常さして問題が生じない役職を学院長が新たに命じることはない。だから、学院長から試験の間、調査部部長の役目を一時休止して適性試験対策室の室長の任に集中するよう指示された時、正直、日々の多忙なクロエをねぎらっての温情だと勝手に好意的に解釈していた。

しかし、この非常識な事態を鑑みれば学院長がクロエを対策室の室長にした理由など、推して知るべしだ。

「これ、全部、本当のことなの？」

各試験官につい先ほどしたばかりの疑問を投げかけるが、

「「「「……」」」」

全員困惑した顔で小さく頷く。ここにいるのは試験官の中でも信頼できる統括学院長派の試験官ばかり。嘘偽りなど述べるはずもない。そのはずなのだが、素直に信じるには内容があまりにぶっとび過ぎていた。

「魔力量測定の水晶をドロドロに溶かした？　さらに、筋力測定の魔道具を数百メル吹き飛ばして、耐久テストでは即死レベルの攻撃を無傷でしのぐ？　三十分間、水の中にいても平然としてる？　おまけに……」

クロエは今も部屋の片隅でガタガタと全身を小刻みに震わせる上位霊獣――コウマに視線を向けると大きなため息を吐く。

試験官たちから得た情報を整理すると、コウマが豹変したのは一見可愛らしい白色の子犬を目にしてかららしい。ここまでコウマが怯えるのだ。とても信じがたいが、その白色の子犬は霊獣コウマ以上の存在ということなのだろう。

ここで、コウマは幻獣の中でも最高位の幻獣、幻獣王。その存在強度は、かの精霊王にすら匹敵するとも称されている。統括学院長、イネア・レンレン・ローレライの契約幻獣でもなければ、こんな人間の適性試験の手伝いなど絶対にしない。根本的な問題はその幻獣王のコウマを怯えさせるほどの存在を一受験生が使役していたことにある。

百歩譲って魔力量測定の魔道具が溶解した件については、副学院長派の嫌がらせという線も捨てきれない。しかし――。

「その溶解した水晶からは呪いのようなものは残っていなかったと？」

「はい。調査部で徹底的に精査しましたが、水晶体からは一切の魔術的、呪術的要素は検出できませんでした。信じがたいことですが、これは……」

口籠る調査部の職員の気持ちは痛いほどよく分かる。これが意味するところは――。

「純粋に水晶体が吸収できる魔力のキャパオーバーを起こして発熱してしまったのね？」

そう。水晶体が吸収できる魔力の総量には限度があり、キャパを超えた部分は熱として変換される構造となっているのだ。

最も、あの水晶体は遺跡から発掘した魔道具を参考にしてバベルの開発部が最近開発したばかりの最新作。吸収できる魔力の限界量はこのバベルの塔総員が生み出す魔力量に匹敵する。何よりもしキャパオーバーを起こしたとしても少し熱くなる程度のはず。少なくとも溶解するなど微塵も想定されていない。つまり、その受験生が水晶体に込めた魔力量はこのバベルの塔の総員の魔力量を軽く超えてしまっていたことを意味する。

「その身体能力は人を明らかに逸脱していると？」

【20456】の筋力の検査をしたおかっぱ頭の試験官に確認すると、

「筋力測定試験に用いた魔道具はバベルの身体強化に特化した魔導士数十人でようやく運び出

した代物です。それを彼は軽く押しただけで吹き飛ばしてしまいました。おまけに……」

大きく頷きつつ、突如口籠る。

「何よっ！　はっきり言いなさい！」

虫が全身を這いまわるような猛烈に嫌な予感から、自然に声が裏返ってしまっていた。

「我ら検査部がこの耐久力テストの試験官から詳しい話を聴取しましたが、アメリア王国のある貴族から金銭を対価に【２０４５６】に危険度Ⅳの細工をするように頼まれたらしいのです」

「愚かなことを……」

眩暈にも似た絶望感に目頭を押さえつつ、クロエは呻き声を上げた。

こんな現象、人間が起こせるものでは断じていない。魔力と身体能力が常軌を逸しており、おまけに幻獣王のコウマをこれだけ怯えさせる存在。そんなもの世界広しといえ、一つしかあり得ない。それは、超越者《トランセンダー》。この世の理の埒外にいる絶対的存在。

なぜ、超越者《トランセンダー》がこんな人間種の学院の入学試験を受けているかの理由は不明だ。だが、どこその大馬鹿が小遣い稼ぎのために、よりにもよって超越者《トランセンダー》に真っ向から弓を引いたのは事実。相手は超常の存在だ。下手をすればバベル成立以来の未曽有の危機にも発展しかねない。

「この件につき、【２０４５６】番はどんな反応をしてる？」

内心を独白すれば微塵も聞きたくはない。耳を塞いで目を閉じていたいのが心情だが、生憎立場上そうもいかない。

「それが、【20456】番本人は全く気付いてすらいないらしく、試験の備品を壊してしまい謝罪すると、改めて伝えられているようです」

「気付いてすらいないか……」

思わず、溜まるに溜まった不安を吐き出すように、息をゆっくりと吐き出す。

この超越者《トランセンダー》の出鱈目具合に救われた。運よく、まだこの超越者《トランセンダー》はバベルの為した不敬に気付いていない。どうやら、最悪の事態だけは回避できたようだ。

「本件につき、直ちにイネア様にご報告を！」

クロエが調査部の側近にそう指示を出した時、

「クロエ様、その必要はありませんよ」

黒色のローブを着た目の細い男によって遮られる。

シグマ・ロックエル。イネア統括学院長の懐刀の一人であり、若いながらに魔導士副長を務めている若手の出世頭。クロエにとっては弟弟子のような存在だ。

「必要ない？　シグマ、貴方、彼を知っているの？」

「ええ、彼についてはイネア様から一切の口外禁止令が出されておりましたが、クロエ様とコウマ、貴方たちだけには可能な限りでお知らせするべきでした。申し訳ありませんでした」

深く頭を下げるシグマに初めてコウマが顔を上げる。そして、

『あれは、なんじゃ？』

コウマの口から出た女性の震え声に、シグマは大きく息を吐いて疲れたように苦笑すると、

「きっと、君の想像通りさ」

神妙な顔で噛み締めるように、そう口にする。コウマの顔色が三割増しで悪化して、再度頭を抱えてガタガタと震え出す。

これで決まりだ。イネア様は彼という存在を明確に知りながら、この愚行に及んでいる。

「シグマ、イネア様は彼を使って何をしようとしているの？」

イネア様ならば、クロエ以上に彼の危険性については承知しているはず。彼は超越者《トランセンダー》、通常謁見することすら許されぬ超常の存在。もし、激怒すればこのバベルは火の海にすらなりかねない。

「それはイネア様からもうすぐお話があるはずです」

「私は――教えなさい！　そう言っている！」

クロエの未だかつて同僚に見せたことない敵意のたっぷり籠った態度に、周囲の試験官たちから生唾を飲む音が聞こえてくる。

「すいません、クロエ様。私にはそれに答える権限がありません」

やはり、すまなそうに同じ返答を繰り返す。

イネア統括学院長、あの人は通常、非常に理性的で賢く、強い、そんな非の打ち所がない人だ。あえてただ一つ欠点を上げるとすれば、それはゾクゾクするような強いスリルに快感を覚えるという性癖があること。今回もあの【２０４５６】番という超越者《トランセンダー》を使って何かよからぬ策謀していることは、ほぼ確実だ。でもそれは――。

「このまま彼をこんな試験に参加させて、副学院長派が彼にちょっかいをかけたらどうするつもりよ!?」

すでに、大馬鹿貴族のせいで反目ギリギリのところまで行っているのだ。ここで、欲望塗れの身の程知らずどもが、この超越者《トランセンダー》に不敬を働けばどうなるかなど想像することすら容易い。

「それも覚悟の上です。というか――」

一瞬シグマの細い両眼に暗い光が灯る。やはりな。イネア様の悪癖が出た。間違いなくイネア様は――。

『お、おぬしら、まさか、あれを利用するつもりなのか!?』

信じられないものを見るかのような目でシグマを凝視しながら、コウマは金切り声で疑問の声をあげる。

「もちろん、危険は承知さ。でも、それを成す必要性が僕らにはある」

熱の籠ったシグマのこの台詞に、

『おぬしら、絶対にまともじゃない……』

頬を引き攣らせ、そう絞り出すとコウマは以降口を固く閉ざす。

「大丈夫ですよ。そう悪いことにはなりません。彼はそういうタイプじゃないようですから」

この言動からいって、シグマは彼に会ったことがあるのだろう。それで彼を知った気になったように錯覚しているだけだ。だが、それは大きく致命的な間違い。それはちっぽけな雨蛙がこの世の大海全てを理解していると過信するがごとき、驕りというものだ。超越者《トランセンダー》は何者にも理解されないから、超越者《トランセンダー》なのだから。

「自分がどれほど危険なことをしているかを、あんたは全く分かっちゃいない！」

　どのみち、イネア様の指示ならシグマはどうやっても口を割るまい。だから、投げやりに負け惜しみに似た台詞を吐き出した。

　このクロエのいわばヤケクソ気味の捨て台詞がこの上なく正しかったことをクロエはこの後間もなく、魂から味わうことになるのである。

◇◆◇◆◇◆

　バベル北部の【華の死都】エリア1
　バベルの都市の北部に広がる遺跡――【華の死都】。ここはアンデッドたちの楽園であり、ハンターギルドとバベルの双方が管理する共同管理区域。この【華の死都】の遺跡は他のダンジョン同様、深さによって難易度が変わり、エリア1～5段階へと分かれている。その最も浅い領域であるエリア1は、初級のアンデッドたちしかおらず、一般に学生たちや低ランクのハンターにも解放されている区域である。この【華の死都】エリア1の隅の廃墟の石造りの建物の中に、二人の男が存在した。
「きひひっ！　まさか、この世で一番の無能に敗北する守護騎士様がいるとはなぁ」
　ケタケタと腹を抱えて噴飯する病的にやせ細った男。綺麗に頭髪を剃ったその男の頭には髑髏の入れ墨が刻まれており、首から不死鳥の刻印の為されたペンダントを下げている。これは【バベルの塔】を卒業した証。バベルの塔は入学自体が難関ではあるが、それ以上に実際に卒業できる者はさらに少なく一割にも満たない。それほど超難関の最高学府なのだ。その卒業生ともなれば、その実力は約束されたもの。最もこの男――トウコツは一流の不死術者《ネクロマンシー》で、塔の教官の地位にありながら、悪趣味な遊びが発覚し、塔を追放されてしまっている。そんな異色な魔導士が彼である。

「笑うなっ！　私は少し油断しただけだっ！」

　今も大笑いしているトウコツに、ギルバート王子の元守護騎士タムリは、屈辱に身を震わせつつも、怒鳴り声を上げる。

「でもよぉ、その油断で天下のギルバート殿下の守護騎士、クビになったんだろぉ？　ご愁傷様だなぁ」

「まだ、クビになってはいない！　あの無能の粛清が済めばすぐに復帰する！　王子はそうお約束してくださった！」

　ギルバート王子はカイ・ハイネマンを無事殺害した暁にはタムリを守護騎士の中でも筆頭の守護騎士長にすると約束したのだ。王子は宣言されたことを必ず実行する。要は今回の任務を無事やり遂げればよい、そうタムリは考えていた。

　トウコツは肩を竦めると、

「はいはい。じゃあ、そういうことにしておこう。で、首尾は？」

強制的に話を本題へと変える。

「実技試験はこの【華の死都】エリア1で実施される。学院内部からの手引きで上手く奴を学生どもから引き離す。そこをやれッ！」

「俺は報酬さえもらえれば異論はねぇが、他の受験生とやらの命の保障まではできねぇぜ？」

「構わん。少々無茶をしても学院側が握りつぶす手はずになっている」

トウコツはニィと口角を上げると、

「お前ら真正のクズだな」

至極全うな感想を口にする。

「貴様ぁ、その侮辱はアメリア王国ギルバート王子の――」

額に太い青筋を立てて反論をしようとするタムリを右手で制止し、

「勘違いするな。その手段を選ばねぇやり方、俺的には実に好みだぜぇ。それより最終確認だぁ。俺の領域に入り込んだ学生どもは玩具《おもちゃ》にしていい。それでいいんだよなぁ？」

トウコツは念を押すように尋ねる。

「学院側との折り合いはついている。この件は事故として処理される手はずだ」

「そうかぁ。いいなぁ。久しぶりの宴だぁ。しっかり楽しまねぇとなぁ……」

首をコキコキと動かし、顔を欲望一色に染める。

「遊びは結構だが、分かってるだろうな？」

「あー、承知している。カイ・ハイネマンを殺さず案山子《かかし》にしてお前に引き渡せだろ？　無能の餓鬼一匹、大して興味ねぇよ。契約はしっかり守るさ」

右手を上げるとトウコツは廃墟となった建物を出て行く。

「絶対に失敗は許されん」

ギルバート殿下は決して甘い方ではない。失敗したら破滅。それは間違いない事実。タムリは不退転の決意でその言葉を絞り出して、歩き出した。

◇◆◇◆◇◆

バベル北部の【華の死都】エリア1の森の中には、四体の怪物とその前に跪く二人の人間が存在した。

『まさか、我らが至高の御方を……ここまで愚弄するとは……』

白色の人型の悪神、ドレカヴァクが怒りで震えながら声を張り上げる。その怒りに呼応するかのようにドレカヴァクの全身からは禍々しい真っ白な闘気がまるで陽炎のように揺らめき、周囲の土や木々を真っ白な塵へと変えていた。

『同感だな。おい、ギリメカラ！　あんな不敬な輩を見逃せとはどういう了見だ⁉　納得のいく説明がないのなら、貴様とてただでは済まさんぞっ⁉』

八つの目を持つ上半身が素っ裸の男、ロノウェが今も直立不動している象の怪物ギリメカラに右手の鋭い爪を向けつつ有無を言わせぬ口調で詰問するが、

『気持ちは分かるが、今は泳がせよ！』

ギリメカラはこれっぽっちの動揺もなく当然のごとくそう返答する。

『なぜだ⁉　奴らは我らの信仰に唾を吐こうとしているのだぞっ⁉』

ロノウェの殺気が増幅し辺りの空気すらもバチバチと弾けさせる。ドレカヴァクも両手をゴキリと鳴らしながら、ギリメカラを血走った目で睨みつけていた。

気を失いそうになるほどの強烈な二つの闘気により、跪いている白色スーツの隻眼の男スパイと白髪の老紳士ルーカスがゴクリと生唾を呑み込む。そんな一触即発の状況の中、

『それは天軍大佐テルテルがこの地に侵入していることも関係しているのだな？』

二人とは対照的に両腕を組んで比較的冷静に状況を見守っていた背後に、紅の円形の武器を背負う全身黒色ののっぺらぼうの存在、堕天使アザゼルが疑問を発する。

ギリメカラはそのアザゼルの問いに大きく口端を上げると、

『その通ぉーーーりぃ！　全ては我らが至高の御方の御意思。あの御方の掌の上よ！』

両腕を広げて天を仰いで歓喜の声を張り上げる。

『天軍大佐テルテル？　天軍大佐ごとき雑魚が先ほどのクズ虫とどう関係するというのだ？』

眉を顰めて尋ねるロノウェに、

『テルテルは死の大神タルタロスの配下、タナトス派の将校の一柱《ひとり》だ。御方様は先ほどの虫どもを上手く利用してタルタロスを吊り上げようとお考えなのだろう』

アザゼルは噛みしめるように端的に答える。タルタロス、その言葉を聞いた時、ドレカヴァ

クとロノウェはまるで雷に打たれたかのように硬直する。

『ま、まさか、先ほどの虫の不敬極まりない愚行も、そのための布石ということですか？』

ドレカヴァクが震える声で尋ねると、

『そのまさかだ！　此度の計画の狙いは天軍六天神が一柱《ひとり》、タルタロスを駆除して、我らにちょっかいを出してきた天軍への制裁及び牽制をすること！　同時に次の魔族と魔物領民化計画に用いる駒の確保と、この都市の裏からの完全掌握！　我らが偉大なる御方は先ほどのクソ虫や我らゴミムシどもの浅慮や愚行を全て読み切り、一寸の隙のないシナリオを書いておいでなのだっ！』

ギリメカラは英雄を語る吟遊詩人のごとく得々と己の信じる神の御業を語る。

『やはり、そうか！　あの御方ならそうお考えであるはずだと思っていた！』

アザゼルが熱の籠った声を上げると、

『流石は我らの父！　至高の存在っ！』

両手を組んで涙ぐむドレカヴァクに、

『悪軍の次は天軍への制裁かっ！　全くあの御方にはいつも驚かされる！』

獣のような歓喜の籠った咆哮をするロノウェ。

『それで我らはどうすればよいのだ？　下手に動いて御方様の計画を狂わせるわけには絶対にいかぬ』

『アザゼルぅ、それはいらぬ心配というものよ。あの御方は我らのようなゴミムシの短慮も愚行も全て見通しておられる。我らはいつものように己の信じるように動くべきなのだ』

ギリメカラの到底信じるに値しないこの狂った見解に、暫しこの場にいる一同は雷に打たれたように硬直していたが、

『そうか！　貴様の言う通りだ！　我らごとき凡夫が余計な気の回しすぎるなど害悪に等しいッ！』

『流石は我らが万能なる父ぃ！』

次々に皆、納得したように何度も頷き、両手を組んで涙を流す。

ギリメカラはスパイに三つ目をギョロと動かし、

『スパイ、メインディッシュの件はどうなっている？』

計画の骨子について尋ねる。

「ああ、すでに調査済みさ。テルテルとかいう精神生命体にはかなり強力な呪詛が埋め込まれている。おそらく、その呪詛をバイパスにこの地に受肉するつもりなんでしょうよ。この地に眠る精神生命体を触媒に、その呪祖を上手く使えば完全な状態で受肉が可能となるでしょう」

スパイの答えにギリメカラは満足そうに笑みを浮かべると、

『ルーカス、お前にも裏で動いてもらうぞ！』

「御意！　この大役、必ずやり遂げて御覧にいれましょう！」

ルーカスはまさに運命に取り組むような表情で決意の台詞を吐く。

ギリメカラは再度空を仰ぐと、

『では、始めるとしよう！　我らが偉大なる御方の至高にして至上の計画を！』

大気を震わせんばかりの声を張り上げたのだった。

◇◆◇◆◇◆

適性試験が終了し、次の実技試験まで間があったので、昼食をとることにした。木陰でアシュに作ってもらった弁当を食べ終えた時、

「カイ」

声をかけられ顎を上げると、懐かしの再会を果たした幼馴染が長いウィローグリーンの髪をかき上げながら、佇んでいた。

「おう、ライラも昼食か？」

今ならきっと言葉遣いも直せるかもしれんが、今更感が半端じゃない。このまま行かせてもらうとする。

「うん。隣で一緒に食べてもいい？」

「ああ、生憎私はお前を拒むほど薄情ではないよ」

皮肉に頬を緩めて了承する。

「……」

ライラは私の隣に腰を下ろすと、マジマジと横顔を無言で凝視してくる。

「どうした？」

「やっぱり、カイも大人になりましたのね。男子は少し見ない間に成長すると言いますし、そんなものなのでしょうけど……」

ライラは何度か頷き、ブツブツ意味不明な台詞を吐く。

「それはそうと、ルミネはどうした？　一緒にいなくていいのか？」

「ええ、さっき学院の方に連れていかれました。どうも、先ほどの召喚適性試験の件で話があるそうです。お昼ご飯も先方でごちそうになるそうですわ」

あー、そういやルミネは唯一あのコウマとかいう犬科生物に触れることができたんだったな。召喚適性試験の成績はぶっちぎりの一位だろう。あとは、実技試験でよほどのポカをやらない限り、それなりのレベルの学院の入学が可能となると思われる。

「そうか」

長く会っていなかったせいだろうか。どうも上手い言葉が見つからない。だから、ただ顎を引いてそう呟いていた。ライラはクスッと小さく笑うと、革の鞄から弁当を取り出して食べ始める。

結局会話が弾まなかったのは最初だけ。すぐにライラたちの最近の動向について聞き出すことができた。どうやら、ライラはかなり前から故郷のラムールを出る計画を練っていたらしい。何でも自分がヘルナー家を離れてどこまでやれるのかを試してみたくなったようだ。確かにラムールは良くも悪くも保守的なのだ。特にライラのような名家出身者は、私のような例外的な者以外、就職、結婚、私生活においてまで厳格な制限が課せられる。この留学はそんな生活に嫌気がさしていた彼女なりの細《ささ》やかな抵抗というやつかもしれない。

ともかく、ライラが己で考えて選んだ道ならそれだけで価値がある。特に、ラムールの化石のような石頭たちのステレオタイプの押しつけ思想から脱却したのは彼女にとっても僥倖だろうさ。

「ところで、カイはなぜ、突然、口調を変えたんですの？」

相変わらず唐突にこちらの答えづらいことを尋ねてくる奴だ。

「う、うむ、少々気分転換にだな……」

咄嗟に返答するも、どうにも上手い答えだとは思えない。そのはずだったが――。

「気分転換……そうですわね。それもいいかもしれませんわ」

ライラは、あっさりこの苦し紛れの答えに納得してしまった。どうやら、ライラにとって、私のこのしょうもない答えに一定の価値を見出したらしい。ともあれ、彼女が納得したならそれでいい。これ以上この話題をしても私にとって百害あって一利なし。

話題を変えるべく口を開こうとした時、周囲が騒がしくなる。黄色い声とともに、周囲に女性を侍らせながら金髪の少年が庭を突っ切って歩いているのが目に留まる。

「ねぇねぇ、あれって、ソムニ・バレル様っ⁉」

「えーーーっ⁉　あの神聖武道会ベスト四のッーー⁉」

「今回このバベルを受験してるって噂で聞いてたけど、本当だったんだ！」

「俺たちと同じ歳で、武道会決勝トーナメント入りで、しかもその功績で最年少のギルバート王子殿下の守護騎士なんだろ？　マジですげぇよ！」

　周囲の大人どもが無茶をして運悪く決勝トーナメントまで進出してしまった少年だな。己の意思如何《いかん》にかかわらず、実力以上の評価をされることは、本人にとって重荷でしかあるまい。哀れな少年だ。金髪少年がこちらに気づくと、歩いてくる。

「やあ、卑怯者の無能剣士君じゃないか。君も此度受験するのかい？」

　隣のライラが口を尖らせて反論しようとするが、それを制止し――。

「遺憾ながらな」

　苦笑しながら、肩を竦める。

「あまり無様な姿は見せないことだね。同じアメリア人として恥ずかしいからさ」

「うむ、お互いそう願うね」

　ソムニはピクッと片眉を上げるが、微笑を崩さず女性を引き連れて遠ざかっていく。

「カイ――」

　形の良い眉根を寄せて発言しようとするライラの頭の上に手を置くと、

「私は大丈夫だ」

　かつてしたように安心させるべく語り掛ける。

「あー、お姉さまに近づくなっ！」

　騒々しい我儘娘がこちらに全速力で走ってくると、ライラにしがみ付き、丁度コウマを私か

ら守ったように歯茎を剥き出しにして威嚇してくる。お前は忠犬かと内心でツッコミながらも、立ち上がり、右手を挙げると、

「じゃあな。久しぶりに話せて楽しかった。試験頑張れよ」

そう告げると実技試験の試験会場へと移動したのだった。

実技試験の集合場所は、バベルの北にある【華の死都】前の広場だった。

【華の死都】はアンデッドの群生地帯であり、難易度によりエリア1～5まで分けられている。

そしてこの【華の死都】のエリアは、厳格な立ち入り制限があるらしい。

具体的には最も浅いエリア1がバベルの都市所属の二学年以上の上級生や最低ランクのE〈新米〉以上のハンター。エリア2はバベルの都市所属の四学年以上と塔在籍の学生。及びD〈中堅〉以上のハンター。エリア3はバベルの『塔』所属の最終学年以上と、C〈ベテラン〉以上のハンター。エリア4以上はバベルとハンターギルドの許可した者のみとなっている。

ちなみに、エリア5はまだ未登達領域のようだ。この数万年間、命懸けの肌がヒリつくような冒険などしてはいない。このような禁止区域に自由に入れるなら、ハンターランクを上げることにも一定の価値はあるのかもしれん。

「そろそろか」

周囲をグルリと見渡すと、すでに広場は受験生で満たされていた。これだけ多いとライラたちの姿は確認できぬ。ま、あくまでこれは試験であり、バベルとハンターギルドの仕切りだ。

そう危険なことにはなるまい。ライラたちなら心配ないと思われる。ただ念のため、試験が開始されたら、討伐図鑑の者たちに追跡護衛させればよかろう。

そんなことを考えていると、実技試験のバベルの職員たちが現れる。当然私にはバベルの試験官になんぞ知り合いはいない。そのはずなのだが、二人ほど目にしたことがある者がいた。

一人は頭に真っ赤なバンダナをした剣士風の男。神聖武道会に出場していた剣士だ。ブライ・スタンプとかいう名だったな。ザック同様、相当スジがよかったので記憶に残っている。バベルの職員だったってわけか。ま、剣士としては未熟だし駆け出しの新米だろうけども。

あと一人は知り合いというほどではない。いつぞや路地裏の色黒の露出度の高い女だ。バルセを中心とするハンターのはずだが、なぜこのバベルにいる？　いや、この女だけじゃない。アルノルトもこの都市に所用で来ていた。勇者もこの都市にいると聞く。どうにも嫌な胸騒ぎがする。皮肉にも私のこの手の勘はよく当たる。もしかしたら、この試験、荒れるかもしれん。

純白のローブを着た長い金髪の美女が壇上に上がると、

「静粛に」

注意を促す。その声は厳しいものでも大きくもなかったが、一瞬で静まりかえる。

この女、どうして中々人心掌握に長けていると見える。バベルの職員全員が、恭しく頭を深く下げていることからも、バベルでも相当重要人物なのは間違いあるまい。まあ、あの女がどこの誰だろうが私にとって心底どうでもいいことではあるのだが。

白色のローブを着た金髪の女はグルリと一同を見渡して、

「私はこのバベルの学院長のイネアです。どうぞよろしく」

　軽く一礼すると、自らの名と身分を名乗る。学院長ってことはこのバベルのトップ。そして、あの長い耳。彼女はエルフ。加えてあの一切の無駄のない威厳に満ちた態度。数十年程度しか生きていない小娘に出せるものではない。実際には私同様、遥かに歳をとっているんだろう。

「皆さん、午前中の適性試験ご苦労様でした。ですが試験の本番はこの実技。これで皆さんがこの学院都市バベルに学生として入学できるのか、そして入学する学院が決定します」

　奇妙なほど静まりかえる中、誰かの息を飲む音がシュールに響き渡る。そりゃあ、私のようなごく一部の例外を除いてこの場に人生を賭けて来ているものが大半だろうし、当然の反応だろうな。

「では早速ルールを説明させていただきます。まず、三人一組のチームを組んでもらいます」

　波のように沈んでは起こる雑然とした声に、

「静まれ！　学院長の御言葉の途中じゃぞ⁉」

　すぐ傍に立つ緑色の豪奢なローブを纏い、とんがり帽子を被ったムキムキのマッチョな老人の激昂により、ピタリと嘘のように声は止む。あの偉そうな態度から察するに、あの老人もこのバベルでかなりの地位にあるんだろう。

「我ら塔側が放ったアンデッドを討伐してもらいます。アンデッドの強度によってそれぞれ百点、五十点、十点、スカの四つが割り振られ、制限時間内にその得点数を競っていただきます」

中々面白い趣向の試験だ。おそらく、ただ点数が高いアンデッドを倒しただけでは高得点は獲得できまい。評価の対象となるのは、自分たちのチームに適した強度のアンデットをどれほど多く制限時間内に討伐できるかだ。そして、より問題なことがある。

「少々、質問してもいいかね？」

右手を上げて尋ねるとほんの一瞬だったが、学院長の右の眉がピクンと跳ね上がる。そして——。

「おい、貴様、儂は学院長の御言葉の最中だと先ほど言ったはずじゃぞ⁉」

緑色のローブの巨体の老人が額に太い青筋を張らせながらも、ドスの利いた声を上げてくる。

ゴクッと学生たちが喉を鳴らす音が聞こえる。

「構いません。なんでしょうか？」

イネアは眼球を向けるだけで巨体の老人の発言を抑えると、静かに問いかけてきた。

「この試験では、他のチームを襲撃することは許されるのかい？」

私の質問に先ほどとは比較にならない豆が爆ぜたような騒がしさが生じる。イネアが右手を挙げると、やはり、ピタリと喧騒が止まる。イネアは軽く頷くと、

「他のチームに襲撃されて各自が持つバッジを三人とも奪われればそのチームは失格となります」

私の予想通りの返答をした。

「二人までなら奪われても問題はないと？」

「ええ。失格はあくまで三人同時に奪われた場合です。加えて、試験終了後、その獲得したバッジの保有する点数が加算されます」

　バッジの保有する点数ね。大方、アンデッドを倒すごとにそのバッジとやらに点数が加算される魔法的な仕組みでも施しているんだろう。確かにアンデッドには人や動物を不死者へと変えるという呪いがある。たかが学生の試験で学院側がそんな危険なことを許可することには違和感があったが、呪いの効果を消失させるなど、様々な改造でも為されているんだろうさ。

「制限時間終了後に、バッジをチームの一人以上が所持していることが最低条件だと？」

「はい。もちろん、故意に命を奪うような行為は厳禁です。度が過ぎる攻撃も減点対象とさせていただきます」

　中々刺激的すぎる試験内容だな。この点、ローゼから、普段の実技試験は神聖武道会のような集団戦で人数を絞った上での個人戦と聞いていた。それがこの変わりよう。辻褄が合わないことが山ほどある。やっぱり、この試験、裏があるな。

「了解した」

　もう聞くことはない。あとはなるようになるだけだ。

「委細のルールの説明と組み分けについては、担当者から発表があります。それでは受験生の方々の健闘と安全を心からお祈り申し上げます」

　学院長が壇上から下りると、バベルの職員たちによっていくつもの大きな立て札が立てられ、剣士ブライが壇上に上がって試験のルールの委細について話し始める。

実技試験はこうして開始された。

組み合わけが発表され、私の傍には二人の男女がいる。

一人は四面体の物体を両手でイジリながら坊ちゃん刈りにした小柄な男と、もう一人は長い金髪をおさげにした大人しそうな女だ。四面体の物体をいじくっている小柄な男は、幼い顔付きからも十代だろう。一方、金髪の女は長い前髪で顔の大部分を隠しており、十代にも見えるし、三十路と言われてもさして驚きはしない。要はよく分からない外見ってわけだ。

「ラムネ。魔導士を志望してる。よろしく」

青髪を坊ちゃん刈りにした男は、こちらに振り向きもせずに四面体の物体をいじりながら、そっけなく挨拶をする。

「私は……キキ、剣が得意……です。よろしく……」

一方、金髪をおさげにした女は消え入りそうな声で自己紹介をしてきた。

「カイ・ハイネマン、剣士だ。よろしく頼む」

私がにこやかに微笑みつつ右手をあげた時、よく聞きなれた言い争う怒鳴り声が聞こえてくる。

「お前と同じチームなど心底おぞけが走るッ！」

ローマンが不愉快な感情を隠しもせずに、そう吐き捨てる。

「それは私の台詞よっ！　次期当主なんでしょ⁉　ずっとラムールに引き籠ってりゃいいじゃ

ないっ！」

　即座に悪態を吐くルミネに、

「貴様こそ、こんな場所までついてきて、ライラさんに迷惑だとは考えなかったのかっ⁉」

　ローマンも声を荒らげて大声で捲し立てる。

「お姉さまと私はいつも一緒。それが私の幸せであり、お姉さまの幸せなの！　あんたの価値基準を押しつけないでくれるっ⁉」

「なんだとぉっ！」

「なによっ！」

　鼻先を突き合わせていがみ合う二人。本当にこいつら期待を裏切らないな。もう分別がない赤子ではない。もっと落ち着いてもらいたいものだ。現にもう一人のチームメイトの小柄で釣り目の少年は終始オドオドしているし。マウンテンパーカーにバケットハットを深く被っているから顔の様子は詳しくは窺いしれないが、面倒な奴らがチームメイトで相当落ち込んでいることだろう。

　それにしても、ローマンとルミネが同じチームか。単なる偶然と言えばそれまでだが、やはりどうにもキナ臭い。今年からの急な試験内容の大幅な改変も気になる。用心には越したことはない……か。

（デイモス。いるか？）

（はっ！　御身の傍に）

私の背後の草むらに隠れるように跪く、黒色のローブを着た黒色の骸骨。

デイモスは先王ハリーとタイニーを我らの都市、【リバティタウン】に送り届けてから、ギリメカラの修行を受けさせていたが、本人のたっての希望により、このバベルに同行させたのだ。どうも、デイモスは以前の精霊の里での失態を挽回したく躍起になっている節がある。むろん、真に私が気に入らぬ奴なら端から殺している。すでに禊は済んでいるのだ。それをいくら説明しても、本人は全く納得できずにいるので、今回の任務の成功をもって正式にデイモスを赦免しようと思っている。特にデイモスは聞くところ、生前人間の魔導士だったようだし、こういう裏方には向いているだろうさ。というか、ギリメカラたち、討伐図鑑の愉快な仲間たちにはこうして姿を隠して現れるなどの配慮は到底無理だしな。逆にあの剣の道のような派手な演出で大騒ぎとなって試験どころじゃなくなっているだろうさ。

そんなこんなで、デイモスはこの手の隠密系の任務には最適なのだ。

(ライラ・ヘルナーという少女を知っているな?)

(はっ！　御身の傍に控えさせていただきましたので)

(では、お前に頼もう。ライラ・ヘルナーを守れ)

(はっ！　もし、障害があれば排除しても構いませんか？)

(ああ、彼女の保護が最優先で後は全て付録だ。お前の判断で動いてくれ)

(承りました)

(デイモス、期待しているぞ)

背後から骨の擦れる音が聞こえ、

（ありがたき……幸せ）

たっぷりと歓喜に満ちた声が聞こえると同時に、その気配が消失する。さて、ではそろそろ動くとするか。あのエルフの女狐が何を企んでいるのかは知らん。だが、それが私の主義に反することなら全力で抗わせてもらう。そう、徹底的にな！

「お前ら、じゃれてないでさっさと行動に移せ。出遅れると不利になるぞ？」

仲良く顔を突き合わせている二人に、有難い忠告をしてやる。

「五月蠅い！　貴様に言われないでも分かっている！」

「そうよ！　出しゃばらないでくれるっ！」

二人が予想通りの台詞を吐き、競って速足で歩き出し、森の中へ消えていく。マウンテンパーカーを着た少年も慌てたようにそのあとに続く。あの二人、危なっかしくて見ていられん。この状況ではライラの方が遥かに安心できる。ローマンは従弟で、ルミネはライラの妹のような存在だ。見殺しにするわけにもいくまい。特にこの女狐の意図が読めぬ状況では一定の配慮は必要だろうさ。神眼でも発動して二人を監視しておくとするか。

全く、この鉄火場のような状況で子守など冗談ではないというに。私は内心でそんな悪態をついたのだった。

◇◆◇◆◇◆

【華の死都】エリア5——最奥の神殿内。

エリア5の奥の神殿内で、テルテル大佐がステッキをクルクル動かしながら、部屋の中心にある石板を眺めていた。

「ここに腐王とやらが封印されているわけねぇ。上級神風情とは思えぬ完璧な封印だにゃぁ。まー、あの大神デウスの御孫さんだもん当然かもねぇ」

テルテル大佐はまるで歌うように口にすると、右手に持つステッキを一閃する。ズルッと真っ白の石板がズレていく。

「最後は依り代となる生贄だよーん」

左手をパチンと鳴らすと丁度石板のあった上空に布袋が出現する。テルテル大佐がもう一度、左手の指を鳴らすと、布袋が弾け飛び、猿轡に両手両足を拘束された魔族が姿を現す。

「うーーー！」

涙をためて懇願の声を上げる魔族に、

「封印の石板をぶっ壊したらぁ、その床に魔族の人柱を少々加えよぉ♬」

テルテル大佐は音程が無茶苦茶な鼻歌を口遊みながら、左の人差し指を下に向ける。魔族は地面にある黒色のヘドロに落下し、その身体がグシャグシャに潰れる。同時に地面に出現する同心円状の真っ赤な幾何学模様。それらは回転していくと上に持ち上がっていく。潰れた魔族の肉片は腐り落ちて人型の何かを形成する。

「ここは腐王君に精々頑張ってもらおうかねぇ。仮にも上級神だし、勇者ごときに討伐は不可能ぉ。結局のところ、僕ら天軍案件になるはずさぁ！　あとはレテ様に指示を受けていたあのルミネとかいう猿《ひと》の身にあまる恩恵《ギフト》を持つ女の処理だけかぁ」

テルテル大佐はご機嫌にそう叫ぶと、その姿を消失させる。

残された腐り果てた人型の何かは小人のような小さくも風船のような真ん丸な体躯を形成し、そこに、毛の一本もないツルツルの頭に不自然なほど真ん丸な顔とやけに短い両足がニョキッと生える。そしてその真ん丸の体躯には無数の球体の模様が刻まれた真っ赤な衣服が形成され、両眼には小さな丸いサングラスが着用される。男は浮遊しながらも、神殿を出ると、両腕を広げて――。

『ぷはぷはぷはははっ‼　久しぶりのこの外《シャバ》の澄んだ空気、うーん、最高ぉぉーーーーにぃぃ』

ケタケタと笑いだし、

『大っ嫌いDEATHッ！』

唐突に憤怒の形相となり激昂する。さらに一転、顔を恍惚に染めると、

『私の鼻が曲がるほどの腐乱臭たっぷりの愛し子たち、出てきなさい』

両腕を上げて両手をパンパンと叩く。男の真っ赤な衣服に刻まれていた球体の四つが盛り上がり、這い出てくる。そこに現れたのは黒スーツにハットを被った四体の男女。男女の顔はド

ロドロに溶解しており、星、丸、逆三角、四角の奇妙な形をしていた。

『肉が腐りぃ、骨が蕩《とろ》ける死の臭い♫ 生者を腐らせ、蛆を育てよ♩』

両腕を掲げて両手と身体を左右にゆっくりと振って、口遊む。

『腐れェ♪ トロケロケロケロォォ〜〜♫』

四体の男女もそれにならい両腕を上げて両手と身体を左右に揺らし、コーラスで歌う。

『それがぁ♫』

サングラスの風船のような体躯の男は、さらに大きく振り上げた両手と身体を揺らす。

『それこそがぁ♬』

四体の男女も同じく両手と身体を大きく揺らす。

『『『『『我、腐王（腐王の眷属）の渇望なりぃぃぃ‼』』』』』

サングラスの男と四人の男女は狂ったような金切り声を上げる。まるでその声に呼応するかのように、男たちの周囲の土や草木は腐り果て、球状の塊となり、巨大な怪物が生まれ出でる。

『さあ、この世界の全てを腐らせるのDEATHッ！ 我らの腐敗臭たっぷりの楽園構築のためNIぃぃぃぃぃ！』

怪物たちは大地や木々を腐らせ、他のアンデッドすらも飲み込みながらも、進み続ける。

そう。主の腐りきった渇望を叶えるために……。

◇◆◇◆◇◆

『アーアー』

　おぼつかない足取りで寄ってくる全身がぐずぐずに腐食した人型の魔物ゾンビ。ゾンビの歯や牙には強力な呪いが付与されており、嚙まれたまま解呪せずにいるといずれ死に至る。そして死体はそのまま新たなゾンビとしてこの世を彷徨うことになる。そんな危険極まりないアンデッドがゾンビだ。そのゾンビの懐に飛び込むと、

「ハッ！」

　ソムニ・バレルは右手に持つ長剣でその首をはねる。頭部を切断されたゾンビは、地面に崩れ落ちてドロドロに溶けてしまう。次いで左の掌を今もこちらにゆっくりと歩いてくるゾンビに向けると、詠唱していた火炎魔法を放つ。

「炎球《ファイヤーボール》！」

　炎の球体がゾンビに衝突し、忽ち淡い橙色の炎が包み、塵となった。

「流石はソムニさんっ！　ゾンビ二体を瞬殺とは、ギルバート王子殿下の最年少の守護騎士になられた人物だけはあるっ！」

　パチパチと両手を叩いてソムニの勝利を褒め称える体格の良い黒髪の少年、エッグ。エッグは同じ王国騎士学院出身の同級生だ。同じくバベルの試験を受けていたのだが、偶然同じチー

ムになったのだ。

「まあな、正直張り合いがない」

動きも鈍いし、接近する時だけ気を付けておけば大した脅威ではない。これが難関で有名なバベルの試験か？　どんな無理難題を受験生に吹っかけてくるのかと身構えていたが、拍子抜けもいいところだ。

「俺は火炎魔法なんて使えないし、一匹一匹倒すのがやっとです。ソムニさんのように同時に倒すなんてとてもとても」

大きく首を左右に振るエッグ。ソムニほどではないが、エッグはかなりの剣の使い手だ。だが、エッグの恩恵《ギフト》は剣術に特化しており、魔法の才能はない。やはり、高度な剣技を有し、魔法も使えるソムニにとっては難関と誉れ高いバベルの試験すら障害にならない。もう、塔への入学は決まったようなものだ。

「それより、あの女中々良くないですか？」

この試験の同じチームメイトであるウエーブのかかった長いウィローグリーンの髪の美しい少女ライラ・ヘルナーに視線を固定しながら、エッグがソムニの耳元で囁いてくる。

「まあ、かなりの美人だと思うが……」

確かに美人だとは思う。だが、他の女性たちとは異なり、終始彼女はソムニに対しそっけない態度をとっている。何より、あのカイ・ハイネマンの友人のようだ。

カイ・ハイネマン、ソムニと同じ神聖武道会決勝トーナメント出場者。世間の評価は一般に卑怯者の無能者だ。だが、一部の剣士たちの評価はそれとは完全に乖離していた。ソムニに勝利した剣士に試合終了後に将来の展望を尋ねた時、いつか、ザックのようにカイ・ハイネマンと戦えるような剣士になりたい。そう熱く語っていた。剣を交えたばかりのソムニなど凡そ眼中になどなくだ。

彼だけではない。いつもソムニと夜の街へ遊びに行っていた貴族の友人の一人は、カイ・ハイネマンとザックの試合に涙した後、故郷に引き籠り、寡黙に剣を振るようになってしまった。彼はソムニの世代で十年に一人の剣の才があると言われていた人物。一度も練習という練習をしたことがなかった彼が、一心不乱に剣の修行にのめり込んでいるのだ。カイ・ハイネマンとザックの試合が原因なのは間違いない。

カイ・ハイネマンの恩恵《ギフト》は、【この世で一番の無能】。強いはずがない。ならば、父ルンパ・バレルの言う通り、不正により勝ち上がったのは明らか。全く、他者の実力も見分けられないとは愚かな連中だ。やはり、彼らはソムニのような選ばれた人間ではなく凡人にすぎない。カイ・ハイネマンは不正をした特大級の背信者。もっと誰からも責められるべきなのだ。だからこそ、ライラたちのようにカイ・ハイネマンに無駄に好意的な態度をとる愚者など、いくら美人でも魅力を感じない。むしろ、あまりの人の見る目のなさに、哀れみすら覚えるくらいだ。

「ですよねぇ？　どうです、試合後あの女、誘いませんか？　ソムニさんが誘えば一発ですよ？」

舐めまわすような視線をライラに向けるエッグに、

「やだよ。お前、僕を餌に彼女と一晩過ごしたいだけだろ？」

強い拒絶の言葉を吐く。エッグの女癖の悪さは有名であり、いつもとっかえひっかえ別の女性と一緒におり、頻繁に付き合った女性と修羅場の状況となっている。ソムニはギルバート殿下の守護騎士。可能な限り、誤解される行為は慎むべきだろう。何より、カイ・ハイネマンに好意的なこの女とはたとえ頼まれても、一緒に酒など飲みたくない。

「そうですかぁ。じゃあ、自分で誘うしかないかなぁ」

断られることが分かっていたのか、さして残念な様子もなく、ニヤケ顔を浮かべるエッグ。

多分、夜の街に誘う算段でも練っているんだろう。

「エッグ、騎士道に反する行いだけはするなよ」

「分かってますってぇ」

ヘラヘラとした態度で右手をプラプラ振る。


それから、エッグがライラにしつこく纏わりついて試験後に飲みに行こうと誘い始める。

最初は丁重に断っていた彼女も今や相当イラついているのが、ソムニからも見て分かった。

流石にこれ以上はチーム行動が困難になると判断し、エッグに注意喚起しようとした時――。

「いい加減にしてくださいまし！」

ライラが叫ぶと、その右腕を掴んで捩じり上げて、あっさりエッグを制圧してしまった。

「イタダダッ！　痛いって！　離せよ！」

ライラがパッと手を離すとエッグは地面に無様に転倒する。

「このクソアマぁッ‼」

立ち上がり、ライラの胸倉を掴もうとするが、再度投げ飛ばされる。

「最後通告ですわ。いい加減になさいっ！」

ライラにただそう凄まれ、エッグは悔しそうに歯ぎしりをするだけで、それ以来、彼女に関わらなくなる。

それから、ゾンビ数体に囲まれている女性チームを見つけ、エッグの提案で助けに入る。ゾンビは首を落とせば死ぬ。おまけに炎に弱いし、元々火炎系の魔法が得意なソムニの敵ではなかった。剣に纏わりついたゾンビの肉片を振って落としていると、

「ソムニ様、助けてくださってありがとうございますッ！」

加勢に入って手を貸した少女たちが、黄色い声を上げて興奮で顔を赤らめながらソムニに駆け寄り、歓声を上げる。

「ああ、無事でよかった」

いつものように爽やかな笑顔を作ってその安否をねぎらうと、さらに少女たちはきゃーきゃーと叫ぶ。そうだ。これがあるべきソムニに対する態度というもの。

「ソムニさん、チーム同士協力しちゃいけないというルールもないようだし、彼女たちに同行してもらいませんか？」

エッグのこの提案に、

「え？　マジマジ？　ソムニ様が協力してくれるの⁉」

「ぜひぜひ、お願いします！」

「私たち、とっても怖かったんですぅ」

すり寄ってくる少女たち。確かにこの試験はチーム同士潰し合うことも許されている。それは言い換えれば、チーム同士組むことも可能ということ。この周辺に放たれているアンデッドたちは学院側が用意した特殊な処置を施されている魔物ばかり。実際に討伐してみて分かったことだが、アンデッドを一匹倒すごとにその者が本来所持するバッジに点数が加算されていくというシステムのようだ。チーム戦とは言っているが、あくまで試験であり、個人戦ということだろう。このシステムなら、確かにチームを組んでもさして困らない。むしろ、人手は多い方が有利だ。

「僕は構わない。ライラもいいかい？」

「ええ」

彼女も顎を引いて端的に了承する。

「なーら、話が早い。ねぇねぇ、君たちどこからきたのぉ？」

エッグが三人の女性受験生に近づくといつもの馴れ馴れしいスキンシップを開始する。

ソムニはこの時忘れてしまっていた。これは試験ではあるが実戦。敵は自分たちに配慮も遠慮も一切してくれない無慈悲な存在だということを。そして、この場の敵はアンデッドだけではないという事実に。

しかし、この時のピクニックに行くような、お気楽なソムニたちには微塵も想定することができず、すぐに絶望のどん底に落とされることになるのである。

◇◆◇◆◇◆

バベルの塔の絢爛豪華な一室。椅子に踏ん反り返った緑色のローブを着用した巨体の老人が、

「で？　計画はどうじゃ？」

今も頭を深く下げている同じく緑色のローブの目つきのキツイ男に尋ねる。

「槍王とあの哀れな少女は、蟻軍《ぎぐん》と同じチームにしました」

「Aランクの犯罪者《クリミナル》か。そんなもので、本当に槍王を殺せるのか？」

胡散臭そうに問う巨体の老人に、目つきのキツイ男は両腕を広げて、

「槍王は強いです。あくまで真正面からぶつかれば、ですがね」

そう断言する。

「実戦経験の差か？」

「はい。今の槍王は凡《およ》そ死線を越えた経験がない全くの素人。蟻軍《ぎぐん》ならば容易に殺せるでしょうし、ルミネという少女は猶更です」

老人は満足そうに頷き、雪のように真っ白な髪に白色の司祭服を着た美女に顔を向けると、

「枢機卿殿、これでよろしいかな？」

端的に尋ねた。

「ええ、ご協力いただき、副学院長様には心から感謝いたしますわぁ」

枢機卿は口端を吊り上げて、深く頭を下げた。

「槍王、本当に排除してもよろしいのかな？　槍王を排除すれば、間違いなく勇者の勢力は減退し、魔族との戦争に支障をきたす。儂にはそう思えるんじゃが？」

「ご心配には及びません～。槍王などいなくても、このままぶつかれば、十中八九勇者様が勝利しぃ、魔族は根絶しますわぁ。私《わたくし》たちはその後のことを考えねばならないのですぅ」

「槍王は聊か戦力として過剰。戦後に勇者が我ら人類に害をなすと？」

訝しげに尋ねる副学院長に枢機卿は大きく頷き、

「魔族や魔物という存在を失った勇者はただの力の塊ですぅ。下手をすれば、第二の魔王となりかねません。我らにより適切な管理がなされなければならないのですぅ。それゆえにぃ――」

透き通るような声色で得々と歌うように口にする。

「勇者が離反した際に、槍王という勇者側の力を排除しておく必要があるというわけじゃな？」

「はぃ。その通りですわぁ。最もぉ、もうじきぃ勇者などに気を使う必要はなくなりますぅ。この度の件もぉ、あくまで用心にすぎません。ですからぁ、もし失敗しても別に構いませんよぉ。むしろぉ、ルミネという少女だけは必ず消してくださいねぇ」

今まで柔和な枢機卿の口調に初めて棘が混じり、隣の目つきのキツイ緑色のローブの男がごくりと喉を鳴らした。

「分からんな。あの槍王がおまけじゃと？　【てんらくじんせい】とかいうよく分からんクズギフトホルダーに天下の中央教会が、なぜそこまで目くじらを立てる？」

「私《わたくし》たちの教義に合致しない。ただそれだけですわぁ」

誰が見ても分かる作り笑いを浮かべ、枢機卿はそう言い切る。

「教義に合わぬというなら、【この世で一番の無能】とかいう冗談のようなギフトホルダーの方がよほど背信者だろう。あの娘ばかりを敵視する理由にはならん。違うかの？」

「それ以上の詮索は、我らの神への冒涜となりますが、よろしいですかぁ？」

枢機卿はただ、笑顔でそう念を押す。

「はっ！　この儂に殺意を向けるか！　かまわんぞっ！　喧嘩だろうが戦争だろうが、徹底的にやってやるぞい！」

副学院長は野獣のような笑みを浮かべて席を立ちあがり、脱力気味に枢機卿を睥睨《へいげい》する。

「決裂ですかぁ、それも仕方ないですねぇ」

枢機卿の目が紅に染まり、足元から真っ白な煙のようなものが湧き出してくる。

「まあまあ、パンドラ様ぁ、今日ここに来た目的は諍いではないでしょう？」

豪奢な白服を着た白髪の青年が髪をかき上げ、くるくると回りながら二人の間に割って入る。

パンドラの眼球が元の金色に戻り、当初の人形のごとき笑みを浮かべる。副学院長も鼻を鳴らして椅子に座り直した。

「それでは私たちはこれでぇ」

「ババハーイ」

それ以来一言も発せず、枢機卿と白髪に白服の青年が退出していく。

「ふん！　女狐がっ！」

副学院長はそう吐き捨てると、暫しイライラと人差し指で机を叩いていたが、

「あの無能どもの件はどうなった？」

目つきのキツイ緑色ローブの男に尋ねる。

「その件も順調です。ソムニ・バレルのチームとともに所定の位置へと誘い出す手はずとなっております」

「あの馬鹿王子にも困ったものだ。だが、あの国の貴族どもからは多額の寄付を受けているからな。無下にもできぬさ」

黒色の机の引き出しを開けると一枚の紙を取りだし、眺め観る。

「哀れなものですね。王子に不敬を働いた無能はともかく、まさか仮にも自身の守護騎士を実力が十分ではなかったとの理由であっさり廃棄処分とするとは……」

左右に首を振って肩を竦める目つきの悪い緑色のローブ男に、

「そうじゃな。じゃが、弱者に存在価値などない。騎士としてなら猶更、足手纏いなのは間違いあるまい。その点では、あの王子は別に間違っておらんよ」

副学院長は小さく頷くと、そう断言する。

「この世は弱肉強食……ということですか」

「そうじゃ。そのソムニという小僧がこの度、この世を去るのも今まで微温湯《ぬるまゆ》に浸ってきたツケじゃろ」

「違いない」

机に書類を放り込むと興味を失ったかのように、塔の政につき話し始める。

遥かに大きな山が近くにあると、かえってどれほど大きいかを知覚できない。そんな経験はないだろうか？　これも同じ。自分たちがこれから何の逆鱗に触れようとしているのか、哀れで悲運な子羊たち《ら》はまだ知らない。

この世界でも屈指の力を持つバベルの塔、中央教会、そして彼らを上手く操り高みの見物を決めこもうとしている天軍四天将タナトスの勢力は、揃いも揃ってこの時、この世で最も危険で、決して敵対してはならぬ悍ましき怪物に真っ向からドヤ顔で殴り掛かったのである。

◇◆◇◆◇◆

無造作に放ったローマンの槍の穂《ほ》により、ゾンビの頭部は吹き飛び、石突により、スケルトンの頭部は粉々に粉砕されてしまう。一呼吸で数体のアンデッドたちを倒した後、くるくると

まるで槍を手足のように操るローマンに、

（やっぱり強い！）

ルミネ・ヘルナーは内心で敗北の言葉を吐き出していた。さっきからアンデッドたちを倒しているのはローマンただ一人。ルミネも、釣り目に帽子を被った少年、アントラもただ遠巻きにその戦闘を見ているだけにすぎない。あまりにルミネたちとローマンとの実力に差がありすぎて、下手に手を出せば逆に足手纏いになるのが落ち。それが明確に予想できてしまっていたから。

（くそっ！　くそっ！　くそぉッ‼）

このままでは、ヘルナー家の目論見通りに運んでしまう。実家のヘルナー家は、本家も分家も代々剣術で生計を立ててきた家柄だ。武術の才を持つ血統の維持は至上命題でもある。故に、この世界でも有数の槍王の血統を欲しているのだ。

今回、ヘルナー家がバベルの受験を許したのは、お姉さまに考える猶予を与えるため。この点、お姉さまは婚姻の相手は自分自身で選ぶときっぱりと宣言している。お姉さまは頑固だ。一度決めたら絶対にその考えを曲げない。翻意が不可能と知ったアイツらはよりにもよって分家であるルミネとローマンの婚姻をちらつかせている。むろん、ルミネとローマンは犬猿の仲であり、根本的にそりが合わず、結婚など悪質な冗談に他ならない。それは周知の事実だ。

要は、ヘルナー家はお姉さまに『お前がローマンと添い遂げねば、ルミネと婚姻させるぞ』と脅迫しているのだ。きっと、このままではお優しいお姉さまはバベルの卒業後にあのおぞましい故郷へと戻り、そして――。

(いやだ! それだけはいやだ!)

別にお姉さまが幸せならいい。だが、ルミネが原因でお姉さまが不幸になるなど耐えられない。散々、今までルミネはお姉さまに世話になっている。婚姻相手だけはお姉さまの意思で決めて欲しいんだ。お姉さまの想い人には心当たりがある。それはきっとルミネにとっても――。

ルミネの思考が暗礁に乗り上げかけた時、

「すごい槍さばきです」

アントラが両手を叩く。

「……」

賞賛の言葉など聞き飽きているせいだろう。大して興味もなく無言でアントラに背を向けて歩き出すローマンに、

「あーあ、やっぱり、真っ向から挑んでたら負けてたかもしれませんねぇ」

そんな意味不明な台詞を吐く。同時にローマンはよろめくと、地面に這いつくばる。そのローマンの額に浮かぶ滝のような汗。そして、薄気味の悪い笑みを浮かべているアントラの姿を一目見て、強烈な悪寒が全身を駆け巡り、

「な、何よ、あんたっ⁉」

そう叫ぶとともに、咄嗟に後ろに跳躍して身構えるが、

「無駄なんですよねぇ」

アントラの陽気な声とともに無数の小さな生物に取り囲まれているのに気づく。

「あ、蟻?」

それは尾に長い針を持つ小さな羽蟻であり、羽音を立てて周囲に漂っていたのだ。

「ッ!」

突如、首筋に僅かな痛みが走り、咄嗟に右手で叩いて振り払う。右手には一匹の小さな羽蟻の死骸がへばりついていた。

「酷いですねぇ、僕の大切な蟻ちゃん、死んじゃいましたよぉ?」

「あ、あんたぁっ!」

何とか言葉を振り絞るが——。

「でもぉ、これで君もお・わ・りぃ」

アントラが人差し指をルミネに向けた途端、その全身は糸の切れた人形のように崩れ落ちる。以降、ルミネの身体はまるで石のように指先一つ動けなくなってしまった。

「安心してくださいねぇ。今、君たちの身体に打ち込まれた毒は麻痺毒。それ自体では死にゃしませんからぁ」

「き……さ……ま」

掠れた声で怨嗟の声を上げるローマンに、アントラはスタスタと接近すると、その顔を蹴り上げ、踏みつける。

「随分威勢がいいですねぇ。君ぃ、今自分の立場が——」

ローマンは仰向けになると、アントラの顔に唾を吐きかけて、

「屑……が」

震える声で罵声を浴びせる。その行為に忽《たちま》ち、アントラの顔中に太い青筋が張りついていき、

「そんな生意気で無礼な君が、初めて会った時から、僕はとぉーっても、ムカついていたんですよぉ‼」

何度も何度もローマンを蹴り上げ、踏みつける。切れた口や額から血飛沫が飛び散るほど、アントラは蹴りつづけた。思う存分、いたぶった後、遂にローマンは白目を剥いて脱力してしまう。アントラは肩で息をしながらも、

「いけない、いけない、つい殺してしまうところでしたぁ。こんなんで殺すなんてこの僕、蟻軍《ぎぐん》の矜持に反するってものです」

首を左右に振り、数回深呼吸をする。そして先ほどの憤怒の表情とは一転、悪質な笑みを浮かべて気を失ったローマンからルミネに視線を向ける。たったそれだけの動作で戦慄が体を突き抜け、悲鳴が口から漏れそうになるが、それをすんでのところで飲み込む。アントラはそのルミネの恐怖の表情を満足そうに眺めながら、指をパチンと鳴らす。突如、数百はいる小さな羽蟻がアントラの右腕に纏わりつく。

「僕の蟻たちには特殊な力がありましてねぇ。どんな力だと思いますぅ?」

両手を腰に当てて尋ねてくるアントラに、

「知る……ものかぁ！」

気力を振り絞ってルミネは叫ぶ。アントラはさらに悪質な笑みを強くして、

「単純に食べれば食べるほど肉体強度があがるんですぅ。特に、潜在能力が高い個体を食べるほど、その上昇率は高くなるんですよぉ。特に君らはバベル上層部が危険視扱いするほどの逸材ぃ、さぞかし強い蟻になることでしょう」

歌うようにそんなルミネたちにとって悪夢に等しい台詞を吐く。

「さてさてさーて、ローマン君は寝ちゃっているしぃ、ルミネちゃーん、さっそく君からいきましょうかぁ」

己の名を呼ばれただけで、背中をつららで撫でられたような悪寒が走る。そんなルミネの恐怖を楽しむように、

「ご心配なくぅ。その蟻たちの唾液からは特殊な麻酔が出ているから、痛みは大して覚えないよぉ。ただゆっくり、ジワジワと生きたまま自分の肉体が食い破られる瞬間を味わえる！　ほーら、こんなエキセントリックな経験、きっとこれ以外ではできっこない！」

アントラはまさに悪魔のような笑みを浮かべてゆっくりとルミネに近づいてくる。

「く……るな」

必死で拒絶の言葉を吐くが、そんなものは逆にこの男のサディズムに火をつけるだけ。それはルミネにも十分すぎるほど分かっていた。それでもそう懇願せざるを得なかったのだ。だって、蟲に生きたまま食われて死ぬなんて、そんな死に方絶対に御免だったから。

「だめ、だめ、我儘はいけないなぁ。君もレディなら受け入れるべきですよねぇ」

ゆっくり近づいてくる無数の羽蟻たちを纏ったアントラの右腕。あれがルミネに触れれば、蟻たちはルミネの皮膚を喰い破り体内に侵入して、想像を絶するほど残酷な形で死ぬ。

(嫌だ！　そんなの嫌だ！)

涙が溢れ視界を遮る。

死にたくない！　死ぬのは嫌だ！　もし死ねば逢えなくなる。父と母に逢えなくなる。兄妹たちにも逢えなくなる。お姉さまにも逢えなくなる。そして――。

走馬灯のように次々にあの嫌でしかなかった故郷の記憶がよみがえり、弾けて消えていく。

そしてルミネが最後に思い浮かべたのは、意外にも父と母でも兄妹でもなく、大好きなお姉さまでもない。幼い頃からずっと優しかった灰色髪の少年だった。

「だ……ず……で、カイ兄じゃん――‼」

指がルミネに触れる寸前、無我夢中で叫んだ時アントラの右手が、纏う羽蟻とともに粉々に弾け飛ぶ。

「ひへ？」

素っ頓狂な声を上げて、砕け散った右手首から吹き出る鮮血を眺めていたアントラは、

「うがぁぁぁぁっ‼」

劈くような悲鳴を上げる。そんなアントラなど一瞥すらせず、灰色髪の少年はルミネに近づいて担ぎ背後の大木の根本まで移動するとそっと寝かせて、

「少し寝ていなさい」

何度も聞いた優しいあの声でそう語りかけてくる。それは、今最も会いたかった兄同然の少年、カイ・ハイネマンだったのだ。

◇◆◇◆◇◆

ふむ。私の今回の試験であるチームメイトの二人、ラムネとキキ、こいつら一般人ではないな。強い弱いとは関係なく死線を越えた者には、独特の雰囲気がある。素人を振る舞っているが、周囲への注意の配り方や歩き方一つとっても、他の生徒とは段違いに精錬されている。多分無意識なんだろうが、だからこそ偽れぬ。だとすると、この二人は何者だろうな？　学院側の回し者だろうか？　最近悪目立ちしているから、私の監視だろうか？　いや、流石にそれは聊か自信過剰ってものだ。学院が私を監視しても大した意義はない。きっと、あの馬鹿王子関連だろうな。何せ、公衆の面前で足腰が立たぬほど痛めつけたのだ。根にくらい持たれている。私に直接喧嘩を売ってくるならそれもよし。子供の戯れに遊んでやるのも一興。

だが、万が一、あの馬鹿王子が人としての一線を踏み越えているなら、それなりのしつけが必要となる。此度は前回のようなヌルイしつけはせぬ。徹底的にやってやる。

それよりもだ。どうやら嫌な予感が的中したようだ。現在、チームメイトのラムネとキキなどお構いなしに神眼の効果範囲で、ローマンとルミネを追跡していたわけだが、目下同じチームのマウンテンパーカーにバケットハットを着用した少年に襲われている最中だ。

あの手慣れようからいって、オボロたち同様、裏の住人なのだろう。どの道、ここでこんなおママごとをしている余裕はない。今の私にとって二人を見捨てるという選択肢はない。

十万年の時を生き、己について分かったこともある。私はかつて自分が想像していたより、ずっと我儘で、短気で、根暗で、正義感など皆無だってことだ。もし、ローマンを本気で憎んでいたのなら、悪感情くらい湧く。それが、十万年後の再会で感じたのは、奇妙な懐かしさのみ。私にとってローマンはしょせん、世話のかかる弟のようなものだったということだろう。遥ま、流石の私も十万年前のあの程度の子供の小競り合いごときで恨むほど狭量ではない。遥か昔喧嘩していた従弟に向ける感情など、こんなものだろうさ。そしてそれはルミネも同じだ。今はこの上なく扱いづらい性格になっているが、あー見えて、幼い頃はライラよりも私に懐いていた時期もあったくらいだしな。いつの間にか、ライラにべったりになって、私を敵視するようなったわけだけど。ともかく、私にとって二人は手のかかる子供にすぎぬ。あんなクズ共の玩具にくれてやるほど私は我慢強くはない。というか、このタイミングだ。十中八九、あれは塔の関係者に雇われたんだろう。どうやら、私を本気で怒らせたいようだ。いいだろう。これを仕組んだクズには相応の扱いをしてやる。二人に向き直ると両腕を広げてニカッと笑い、

「ここで提案なんだが、いいかね?」

話を持ち掛ける。二人は私の姿を一目見ただけで顔を強張らせて僅かに重心を低くして身構えた。

「なんですか?」

余裕を見せているつもりだろうが、ダンジョン内で常に私に向けられていた感情がありありと二人からは読み取れる。あと、一押しというところか。私は独自の歩行術により、二人の背後に移動して、両腕をその首に回し引き寄せる。そして、魔力を込め始めた。こうすると、大抵、あのイージーダンジョンの魔物たちは震え上がるのだ。対人間も似たようなものだろうさ。

「そう、怯えるな。別に取って食いやしない。ただ、ここからは私の好きにさせてもらう。もちろん、お前たちも好きにすればいいさ。だが、一つだけ忠告をしておこう」

「忠告？」

金髪をおさげにした女から、おどけた様子が消失しており、息を荒げながらも、そう震え声で疑問の言葉を絞り出す。

「私の邪魔をするな。私を怒らせるな。私を不快にさせるな。もし、させれば――」

一旦言葉を切る私に、

「さ、させれば？」

僅かに震える声でラムネはオウム返しに繰り返す。

「潰す。お前たちが組織であろうが、個人であろうが、欠片も残さんほど念入りにな」

二人の耳元で囁く。二人の五月蝿いほど嚙み合わされる歯の音をバックミュージックに、

「だから怯えるなと言ったろ？　今は何もしないさ。あーそうだ。今はな」

二人に背を向けると、私はローマンとルミネの下へと走り出した。

背後から怪物がいなくなり、帝国六騎将の一人、ラムネラは膝を地面に突けて息を大きく吸い込んだ。あまりの緊張のせいだろう。何度も咳き込み、しまいには地面に吐しゃ物をぶちまける。

◇◆◇◆◇◆

「何よ……あれ？」

同じく帝国六騎将、キルキは地面に尻餅をつきつつ声を絞り出す。今の六騎将は全員が皇帝陛下から特殊な名を与えられている。彼女は戦姫。こと対人戦闘においては、勇者のパーティー、聖騎士《パラディン》にすら比肩するとも称される女傑だ。その彼女がこんな屈辱的な態度をとるのを見たのは戦姫の名を賜ってからは初めてかもしれない。

「フォーさん言った通りだ。間違いなく、あれは人の理《ことわり》から外れた怪物だ」

口元についた吐しゃ物を袖で拭いながら、なんとかそう返答する。フォーさんからは遠見の術ではなく、直接カイ・ハイネマンに近づきその動向を観察し続けろとの命を受けている。確かにあれにもう一度遠見をして仮に見つかったら、どうなるかなど明らかだ。

キルキはヨロメキながらも立ち上がり、近くの木々にもたれかかると、

「陛下のご命令では、あれを六騎将に加わるよう説得しろってことだけど？」

この任務の根幹について意見を求めてくる。

「そんな説得できると思う？」

ラムネラの疑問にキルキは瞼を閉じると大きく左右に振り、

「無理ね。少なくとも私には自信がない。というか、そんな説得怖くてできないわ」

一度も目にしたこともない神妙な顔できっぱりと断言する。

「同感だね」

あのグリトニル帝国の天上御殿でサードの頭部を破裂させた悪質な催しで十分カイ・ハイネマンの危険性について理解したつもりだったが、ラムネラたちが思い描いていたのはあくまで奴の上っ面に過ぎなかったようだ。今なら確信を持って言える。あれは、人ではなく神と呼ぶべき存在。天に人が抗えないのと同様、カイ・ハイネマンには人である限り絶対に勝てない。もし勝てる可能性があるなら、フォーさんだ。この点、今までは心の底ではフォーさんなら勝てると思っていた。いや、今でもフォーさんの勝利を信じてはいる。いるが、あの刹那、ラムネラたちの背後に一瞬立ち上った大気すら歪ませる底なしの魔力を思いだすだけで、その勝利の確信だけはどうしても持つことができなかった。

「それで、どうする？　まだ監視を続けるつもり？」

「ああ、続けるさ。もちろん、あれを不快にさせない程度にね」

この点、もしラムネラたちに運があるとするなら、皇帝陛下はカイ・ハイネマンと敵対するつもりがもはや微塵もないということ。あくまで命令はカイ・ハイネマンの機嫌を損ねないように、監視することだったのだ。ならば、先ほどの奴の忠告、怒らせるな、不快にさせるな、には従う必要がある。問題は、カイ・ハイネマンがどこまでやれば怒り、不快になるか。それを見極める必要がある。

「わ、私、これ以上あのバケモノと行動を共にするなんて絶対にいやよっ！」

本心なのだろう。キルキは両腕で自分の身体を抱きしめつつ、必死の形相で叫ぶ。

「陛下の命令は絶対だよ。今、逃げ帰れば僕らはフォーさんに粛清される。残された道はあれを観察し続けるしか方法がないんだ」

「あんた、さっきあれを説得する自信がないって言ったばかりじゃない！」

声を張り上げるキルキに、

「そうさ。現時点では説得は不可能。そう、今の段階ではね」

宥めるように落ち着いた声で返答する。解決策はこれっぽっちも見出せないが、少なくとも穏便にカイ・ハイネマンを怒らせずに、帝国に協力してもらえるような提案を模索するしかない。つまり、収集する情報は、カイ・ハイネマンの弱みではなく奴にとってポジティブな交渉材料ということ。

「もし、説得に失敗してあれを怒らせれば？」

「あれと帝国は交戦状態へと突入する。そうなれば勝利の鍵はフォーさんだ。しかし……」

「フォーも勝てないかもしれない……もし、フォーより強いと判断した場合、どうするつもり？」

「決まっている。尻尾を巻いて逃げるさ」

　フォーさんが勝てないようなら、もう為す術もない。帝国はどのみち滅びる。つまり、この観察はフォーさんが勝てるかの見極めも重要なファクターとして含まれている。

　ジグニールの奴、上手く逃げやがった。あんな怪物が相手ならさっさとドロップアウトした方が遥かに幸せってもんだ。

「あー、帝国で出世して戦姫の名ももらって、ようやく今まで蔑んできた奴らを見返せるって思ったのに、結局、こんな結末なの……」

　キルキは大きなため息を吐くと、顔を上に向けて下唇を強く噛む。

「とりあえず、僕らのやることはあれの観察。いいよね？」

　この度、バベルがラムネラとキルキを、あの怪物と同じチームにしたことは、偶然のわけがない。十中八九、バベルの上層部はあの怪物の力について大筋では理解している。これはいわば、あの怪物に手を出せば帝国とて無事では済まないという、バベルからの牽制ないし警告だろう。少なくとも、このチーム編成を考えた輩は帝国があの最悪の怪物と戦争状態に突入することをよしとしていない。これは、バベルがまだ完全にはあの怪物の支配下には落ちていないことの証拠だ。ならば、おそらくこの都市でのラムネラたちの行動を制限したりはしない。やりようはいくらでもある。あとは、ラムネラたちの度胸の問題。

「ええ、私も腹は決まったわ」

　キルキが神妙な顔で決意の言葉を述べる。ラムネラも瞼を固く閉じて意を決した後、重い足をあれが去った方へと向けて動かし始めた。

丁度、マウンテンパーカーにバケットハットを着用した少年が無数の羽蟻を纏わせた右手をルミネに向けて伸ばしているところだった。そして、

「だ……ず……で、カイ兄じゃん——‼」

絶叫を上げるルミネ。カイ、兄ちゃんか。そういえば、昔は私もそう言われていたな。懐かしいものだ。

◇◆◇◆◇◆

ローマンも気絶しているだけで無事のようだ。奴のサディスティックさに助けられた。一撃で殺すタイプだったら手遅れだったかもしれん。しかし、なぜだろうな。この度の私のこの憤りは若干方向性が違っている。そんな気がする。そして強烈でどうにも抑えがきかん。まあ、いいさ。こいつらは私を心底怒らせた。ならば、やることは一つだ。

腰の鞘から【雷切】を抜くと奴の右手に纏う子飼いの無数の羽蟻どもをその右手とともに切り刻み、鞘へとしまう。散々耳にした耳障りの悪い悲鳴を上げるマウンテンパーカーの少年を一瞥し、ルミネを抱えると近くの木の根元まで運び、

「少し寝ていなさい」

そう語りかけるとルミネは安堵の表情で瞼を閉じて脱力する。息はある。おそらく、気を失っただけだ。

「お、お前は誰ですっ⁉」

切断された右手首を押さえつつも、鬱陶しく喚くマウンテンパーカーを着用した少年に、

「たっぷり相手はしてやる。だから、もう少し待ってろ」

強くそう指示を出しローマンに近づき、抱き上げるとルミネの傍まで歩いていく。

「くそっ！　蟻どもそいつを殺しなさいッ！」

マウンテンパーカーの少年は周囲に漂う羽蟻どもを私にけしかけようとする。しかし――。

「な、なぜ、僕の指示を聞かないのですっ⁉」

羽蟻たちは動かず空に漂うだけ。術的な契約で縛っているんだろうが、所詮対価で動くのだろう？　どんな対価も最も強烈である生存本能には勝てやせぬよ。私はグルリと見渡し、

「かまわん。見逃してやる。好きな場所に行くがいい」

羽蟻ども《かれら》にとっての免罪符を与える。途端、蜘蛛の子を散らすように去っていく無数の羽蟻。

「は？　ま、待ちなさいっ！　お前ら、戻ってきなさいッ！」

騒々しく唾を飛ばして羽蟻どもに叫ぶマウンテンパーカーを着た少年に、小さなため息を吐きつつ、気絶したローマンをルミネの隣に寝かせる。

「くそ虫どもがぁぁぁっ！」

怒号を上げ、無事な左手で胸元から小瓶のようなものを取り出すと、

「おい、蟻王《ぎおう》！　起きなさいっ‼」

口でその蓋を開けて大声を張り上げる。小瓶の中から紅の煙が立ち込めると二足歩行の巨大

蟻が姿を現す。黒光りした甲殻の鎧に、優に高木ほどある巨躯、そして右手には槍のようなものを持っている。

『そうぞうしいぞ、アントラ！　大声出さんでも聞こえるわい！』

億劫そうに脇に眠るルミネとローマンを眺め、次いで私に視線を固定すると、

『まさか、そんな弱そうな下等種の餓鬼に負けて、この俺を呼び出したのか？』

小馬鹿にするように鼻で笑う二足歩行の蟻、蟻王に、

「う、五月蠅い！　そいつ、よく分からない力を使うんですっ！」

マウンテンパーカーを着た少年、アントラはすごい剣幕で反論を捲し立てる。

『よく分からん力ねぇ。こんな猿のガキがか？　眉唾な話、この上ないのぉ。まあ、よいわ！それより、この俺を呼び出したからには、分かっておろうなぁ？』

蟻の顔をニタリッと器用にも笑みで歪めつつ、アントラを眺め見るとビクッと身体を硬直させて、

「わ、分かっています！　今回の依頼人からはもしお前を使用することになった際のために、奴隷二百人を贄に差し出すとの取り決めをしています！　それで十分でしょう！」

震え声でそう返答した。

『阿呆！　そんな筋張って不味そうな人間のみでは足りぬわ！　人間の餓鬼を百ほど付け足せ！　でなければ、力は貸さんぞッ！』

「くそっ！　足元を見てぇ！　分かりました！　掛け合って必ず納得させます！　だから、そ

いつを殺しなさい！」

　裏返った声で私を指さして、金切り声で指示を出す。

『契約成立だ』

　蟻王は私に向き直り、槍の石突で地面を付くと、

『小僧、運が悪かったなぁ。下等生物風情が中途半端な力を持つからこうなる』

　私を見下ろしながら威圧してくる。この巨大蟻、さっきから大層な物言いをしているが、ちっとも強いようには思えない。というか、さっきの一目散に逃げた羽蟻どもとどこが違うんだ？　本能で相手の力量を推察できただけ、さっき逃げた羽蟻どもの方が戦力としてよっぽどましだった。気が抜けるほど、実につまらん連中だ。通常なら背後関係を聞き出したら、スパッと殺しているところだ。

　しかし、今こいつは子供を百人食らう旨の発言をしていた。そしてさっきの発言は洒落や冗談の類ではなく本気。大方、こいつらは過去にも似たような行為に手を染めてきたのだろう。だったら、話は別だ。精々、こいつらにとって最低最悪の地獄を見せてやるとしよう。

「雑魚ほど、無駄に吠えるものだ。口を動かすよりまず行動で示せ」

　雷切を抜いて右手でその柄を持つと、左手で手招きをする。

『なるほど、この下等種の餓鬼は、身の程を知らぬと見える』

　一丁前に激怒でもしているのだろう。口をキシャキシャと忙しなく動かしながら、槍を振り上げて私を威嚇してくる。

「そっくり、そのままその台詞、お前に返そう」

というか、その程度の力でよくもまあ、そこまで慢心できるものだな。

『口の減らん下等種の餓鬼めっ！　死してその傲慢さを悔いるがいいッ！』

吐き捨てるように叫ぶと槍を振り上げて、私の脳天に振り下ろしてくる。

私はやけに緩慢に迫る槍の穂を左手で掴むと握りつぶす。

『なッ!?』

驚愕に両眼を大きく見開く奴の間合いまで踏み込むと、両腕を切断する。

『グギャアァァっ！』

「だから、口を動かす前に逃げるなりしろ！」

私はそう吐き捨てると両腕から緑色の血飛沫をまき散らしながら騒々しく絶叫を上げる蟻王を蹴り飛ばす。

『ぐごおおおぉぉぉ！』

面白い声を上げ、木々を薙ぎ倒しながら転がっていく蟻王。

「ベルゼ！　その身の程知らずを連れてこい！」

『御意でちゅう！』

頭に王冠を被った二足歩行の巨大な蠅、ベルゼバブが私の影から飛び出し、木々の奥へと姿を消すとすぐに蟻王の頭を右手で鷲掴みにしながら引きずってくる。

『御身の傍に』

蟻王を私の前に置くと、恭しく跪いてくる。ベルゼはどうも私の影がお気に入りのようでそこに空間《巣》を形成して必要に応じて外界へ出てくるのだ。

「うむ、ご苦労さん」

『ありがたき、幸せでちゅう』

ついさっきまでは蟻王の言動に爆発寸前のようだったが、今は妙に機嫌がよい。きっと、私が頼み事をしたからだろう。ベルゼは私から命令されるのをこの上なく好むようだからな。

「蟻王が……負けた？」

気を失っている蟻王を呆けたように眺めるアントラを尻目に、蟻王の顔を蹴とばして強制的に目を覚まさせる。

『お、お前――!?』

蟻王は目の前の私を一目見て顔を引き攣らせるが、隣で跪くベルゼが視界に入ると、

『いひぃぃぃっ！　バ、バ、バケモノ！』

大絶叫を上げて、バケモノらしからぬ言葉を吐き出し、一目散に逃げ出そうとする。

私は大きなため息を吐くと、地面を蹴って奴の前まで移動し、その両足も根本から切断する。

地響きを立てながら倒れる蟻王の顔面を踏みつける。

『ゆ、ゆるじてください！』

必死の形相で懇願する蟻王に、

「もちろん否だ」

笑みを浮かべて即答する。

『ぐひぃ！』

何かが引き裂けるような絶望の声を上げる蟻王の顎を蹴り上げて粉砕して、騒々しい声を上げられなくする。次いで、私がアントラに眼球を向けただけで、

「ひっ！」

ペタンと地面に腰を下ろして失禁してしまった。私は雷切を振って緑色の血糊を落とすと、奴まで歩いていき、その鼻先に雷切の先端をつきつけ、

「お前に依頼したのは誰だ？」

有無を言わさぬ口調で尋ねる。

「バベル副学院長、クラブ・アンシュタインです！」

ガタガタと歯を打ち鳴らしながら、アントラは裏返った声で返答する。

やはり、バベルが関わっていたか。ルミネとローマンが狙われた以上、私ももう自重はすまい。バベルがその気なら徹底的にやってやるさ。

「生きていれば基本何をしても構わんから、そこの馬鹿ども二匹から知っている情報を全て聞き出せ。そのあと、そいつらをたきつけた奴に届けてやれ。もちろん、お前の流儀に従い、考えられる上で最低でかつ、クソのような方法でだ」

『御意でちゅぅ♫』

キッシャキッシャとおしゃぶりをした口から音を出して大きく頷く。

「……」

『ぐむががが――――ッ‼』

血の気の引いた顔で震えるアントラと、顎を破壊されて言葉にならない声を上げる蟻王。

「じゃあな、精々良い悪夢を見ることだ」

二匹の劈くような絶叫の中、ベルゼバブの周囲から黒色の霧が生じアントラと蟻王を運び去っていく。

さて、この二人をこのままにはできまい。同時にこの襲撃にバベルの上層部が絡んでいる以上、本部の職員どもに委ねるなど言語道断だ。早急にこの二人を安全な場所に避難させねばならない。もちろん、ローマンとルミネは失格になるだろうが、もはやそんな次元の問題ではない。ことは命のやり取りにまで発展してしまっている。

この度バベルは私に明確に喧嘩を売ってきた。あとは敵の範囲を特定するのみ。分かっているのはバベルの副学院長クラブ・アンシュタインという名前だけ。まだ、クラブとかいう奴の単独襲撃という線も捨てきれぬからな。最も――。

「もし、私の大切な者に傷を付けたら、覚悟しておけ」

どこの誰だろうと、この世から欠片も残さず消し去ってやる。そんな決意の下、二人を担ぐと私は試験の始まりの広場へ向けて走りだした。

【世界魔導院《バベル》】の最上階
　バベルの塔の最上階の学院長室には十数人の男女と一匹の白色の霊獣が投影魔法により眼前に映し出された悪夢のような光景を眺めていた。そして、カイ・ハイネマンの影から、王冠を被った蠅の怪物が出現してすぐ、その映像はぷっつりと切断される。

「これ以上は……ご勘弁ください……」

　投影魔法を行使していたクロエが、震えた声で懇願の言葉を絞り出す。そして、直後、地面に這いつくばって、涙を流しながら何度も何度も嘔吐してしまった。彼女は統括学院長最側近であり、遠隔監視系の魔法に関しては世界でも一、二を争う実力者。普段冷静な彼女のこうも取り乱した姿に皆唖然とする中、

『だ、だから言ったんじゃ！　これ以上、あれに関わるなとっ！』

　白色の霊獣――コウマがヒステリックに取り乱した声で、捲し立てる。

「クロエ様、彼が使役しているあの蠅の化物は、そんなにマズイ生き物だったのですか？」

　目の細い黒ローブの男、シグマ・ロックエルが今も涙を流しているクロエの背中を摩りながら、途惑いがちにも誰もが覚える疑問を口にする。

『ぬ、ぬしら、あれを見て分からんかったのかっ⁉』

暫し、コウマはまるで信じられない生き物でも見るかのような目でシグマを凝視していたが、すぐに頭を抱えて、

『おしまいじゃ……おしまいじゃ……妾たちはもうおしまいじゃ』

視線をぐるぐると彷徨わせながら、壮絶に取り乱すコウマを尻目に、

「心配いりませんよ、コウマ、仮に彼が私たちのこの行為に気付いていたとしても、彼はその程度のことでこちらに敵意を向けはしません。ねぇ、ラルフ?」

イネア学院長が隣に佇む赤色のローブに身を包んだ小柄だが筋肉質な男、ラルフ・エクセルに尋ねる。

「ええ、あくまで貴方が暗躍した結果、受験生の少年少女に犠牲が出なければという条件付きですがね」

ラルフは仏頂面でそっけなく答え、その姿にこの場にいる一同が喉を鳴らす。

ラルフにとってイネア学院長は過去の師にして育ての親。故に通常、このような無礼極まりない態度をとることはない。それほど、今のラルフが猛烈に憤りを覚えていることは、明らかだった。

「これは純然たる興味なんですがね、もし、受験生たちに犠牲が出たらどうなるんですか?」

統括学院長派の青髪の青年が顎に手を当てて興味深そうにラルフに尋ねる。

「破滅じゃろうな。カイは確かに我ら人のルールで生きておる。だが、それはあくまで相手が不法を犯すまでのこと。一度、人の道に外れた外道はカイの流儀に従い、粉々に砕かれる。あ

の哀れな男のようにな」

ラルフのこの言葉に、

『嫌じゃ！　愚かな人間どもが勝手に策謀したこと！　妾は無関係じゃ！』

唾を飛ばして捲し立てるコウマ。彼女のあまりの必死の形相にやはり、顔を見合わせる一同。

「私にはどうしても彼がただの少年にしか見えません。確かに、あの蠅の怪物は強そうには見えましたが、我らバベルと張り合えるとはとても思えませんね」

困惑気味の青髪青年の言葉は、この場の大半の意見を代弁していた。

「鈍い人間は、いつもおめでたいわね……」

ようやく落ち着いた調査部長クロエが、口の周りに付いた唾液を拭いながら呟く。

「クロエ様、それはどういう意味ですか？」

ムッとして聞き返す青髪青年に、クロエは立ち上がると、

「張り合うですってっ⁉　あれと私たちがッ⁉　無理ぃ！　無理ッ！　絶対に無理よッ！　あれは怪物、いえ、もっと大きな何か！　あんたは、空に浮かぶ太陽や星と喧嘩して勝てるっての？　あれと戦うっていうのは、そういうことよ！」

血走った眼を向けつつも声を張り上げる。そして、悪鬼の形相でイネア統括学院長を睨みつけて、

「イネア様、私《わたくし》は貴方を尊敬しております。いえ、しておりました！　ですが、貴方のこの行為はただの愚行。破滅への行進です！　貴方の真意を教えてください。でないと、もう私は貴

方についていくことはできない」

　条件付きの三行半《みくだりはん》を叩きつけた。最側近の離反宣言に、皆ただ事態を飲み込めずにいる中、

「大丈夫。心配いらない。私はそう言ったはずです」

　やはり、イネア学院長は微笑を浮かべながらいつものように冷静に語るのみ。

「儂がこの場にいたとしても無駄ですぞ。儂の存在で許されるとしたら、先ほど覗き見をしていた程度のこと。我らが学院としてのルールを明確に犯せば、カイは一切の躊躇なくこの世界からの駆除を実行します」

　ラルフが念を押すが、

「すでに話はついております。そうですよね？　ギリメカラ様？」

　イネア学院長は席を立ち上がると姿勢を正し、窓付近に視線を固定して、語り掛ける。

　刹那、出現する鼻の長い怪物。その全身から湧き出る濃厚な闇色のオーラにより、大気がミシリッと震え、壁に亀裂が走る。

　そして、怪物の三つの真っ赤な眼光がギロリと室内を見渡した途端、イネア以外の全員が床に這いつくばる。同時に、次々に生じる三体の異形の者たち。彼らのある者は空中を漂い、ある者は天井に立つ、もうある者は尊大に学院長の机の上に腰を下ろしていた。

　まさに鉄火場のような生きた心地がしない状況の中、鼻の長い怪物は両腕を広げ、

『我らは渇望する！　我らの至高の御方《おんかた》の願いたる平穏な未来の実現を！

　我らは渇望する！　我らが至高の御方《おんかた》への都市民草の強くも純真なる信仰を！

我らは渇望する！　我らが至高の御方《おんかた》を不快にさせる屑ども一切の駆除を！

称えよ！　我らが崇敬の主《あるじ》を！

称えよ！　我らが至上の父を！

称えよ！　我らが絶対の神を！』

大気を震わせる大声を張り上げる。

誰も顔を上げることすら叶わない。皆、この鼻の長い怪物たちがどういう存在か、本能で理解していたのだと思う。ただ、カチカチと歯が噛み合わさる音だけがシュールに部屋に反響していた。

「わざわざお越しいただき、心より感謝いたします」

イネア学院長も跪き、恭しく首を深く垂れる。

『進行具合は？』

「試験に紛れ込んだ帝国の六騎将を含め、実技試験の全ての調整は済んでおります」

『あとの処理は任せる』

鼻の長い怪物は満足そうに頷くと、煙のようにその姿を消失させる。他の三体の異形たちもいつの間にか跡形もなく消えていた。

平穏を取り戻した室内で、

——死人のような青白い顔で蹲《うずくま》り震える者。

——無意識に我慢していた息をしようとするが、上手くいかず這いつくばったまま何度も咳き込む者。

——血走った目で爪をガチガチと血がにじむまで噛みながらもブツブツと念仏のような独り言を呟く目の細い黒ローブの男、シグマ・ロックエル。

——口から泡を吹いて目を回している霊獣コウマ。

三者三様の様相を示す中、

「イネア様、貴方が心配はいらないと判断した理由は、これですかな？」

ラルフのどこか疲れたような問いに、

「ええ、彼らの描いたシナリオから逸脱しない限り、この件でカイ・ハイネマンと私たちが反目することはありません。もちろん、これ以上の詮索は百害あって一利なし。止めておくべきでしょうけども」

イネアは軽く頷き断言する。

「それが……無難でしょうな」

近くの椅子に腰を掛けるとラルフは大きく息を吐いて、そう答えた。

「これから私たちは深く考えず、カイ・ハイネマンを全力でサポートすればよいのです。さあ、そろそろ、事態が動く頃です。広場へ向かいますよ」

満面の笑みで両手を叩いて皆を促す。まるでピクニックにでも行くかのような陽気な態度のイネア学院長にクロエは頬をヒクヒクさせつつ、

「イネア様、貴方は普通じゃない」

しみじみとこの場の誰もが覚えていた感想を述べたのだった。

◇◆◇◆◇◆

バベル北部の【華の死都】エリア2は湿原地帯。そのぬかるんだ地面に敷いてある場違いな絢爛豪華な絨毯の上に奇妙な形の蝶ネクタイをした坊主の男、テルテル大佐が寝そべっていた。

「はあ？　駒の反応が消えたぁ？」

テルテル大佐は勢いよく身を起こしながら、素っ頓狂な声を上げた。

ルミネとかいう特異点の猿の駆除が滞りなく実行されるのかを確認するために、アントラとかいう人間に『目』を付けて常時監視していた。そのリンクがまさにアントラが無数の羽蟻が纏わりついた手でルミネに触れようとした時、プツンと切断されてしまったのだ。

「術が不完全だった……わけがないかぁ……」

これが最初だったならば、きっとテルテル大佐の術が不完全だった、そう考えていたことだろう。この現象は少し前のマダラでもあった。偶然がこうも重なるわけがない。これは必然であり、何ものかが関与していることの証拠。

そもそも、術を破るには術を形成するのと同等以上の技術と能力が必要だ。そして、此度の監視系の術を発動したのはテルテル。天軍大佐だ。その術をこうも簡単に無効化している時点でテルテル大佐と同格以上の存在が関与しているのは確実。そんな存在はこの世でも限られてくる。即ち——。

「タナトス様と対立している天軍の勢力か……それとも悪軍か……」

少なくとも、裏ではかなりの大物が動いているのは間違いない。下手に藪をつついて蛇が出てきてはたまらない。この手の諜報活動を長く続けるコツは自己保身。手に負えなそうなら、さっさと上司に知らせてその責任を押し付けるべきだ。

「タナトス様に知らせて指示を仰ぐとしますかねぇ……」

そう、ステッキを右手でクルクル回しつつボンヤリと呟いた時、

「ぐひっ⁉」

突如、己の両手がテルテルの意思を離れてステッキを放り投げ、その首を鷲掴みにする。

「ぐぶっ！」

必死に逃れようとするが、自身の両手の爪が首の皮膚に食い込み、首の骨がミシミシと軋み音をあげていく。

身体中がバラバラになりそうな激痛に、絶叫すらも上げることすらできぬとびっきりの恐怖。

意識すら朦朧としてくる中、

「ぐはっ！　げがっ　ごはっ」

己の両手は制御を取り戻して地面に這いつくばって肺に空気を入れる。そんな状況で、

『はろぉー、雑魚ぉ～、俺様が誰だか分かるかぁ？』

頭の中に響くしわがれた老人の声。その鼓膜を震わせる声の主を脳が認識した時、

「タ、タルタロス様ぁっーーー！」

テルテルは咄嗟に這いつくばって、額を地面に押し付ける。

忘れもしない。テルテルたちの主神、タルタロス。死すらも支配する天軍の最高戦力、六天神の一柱であり、息を吐くように配下の命を奪う天軍の中でも最恐とも称される大神だ。もし、一度でもこの大神の気に障ればタナトス様とて無事にはすまないヤバい神。テルテルのような下っ端など、一瞬で挽肉となることだろう。

『そうビビんなよ。貴様にとって悪い話じゃねぇさぁ』

「め、滅相もありませんっ！」

『今回の特異点だけどよぉ、決して殺すなよぉ』

「特異点を……殺してはならないのですか？」

『そうだぁ。猿の娘一匹であっても、一応、天軍の保護対象だしなぁ。守らねばならねぇ。そうだろう？』

「はっ！」

もちろん、本心のわけがない。タルタロス様は慈悲や慈愛とは最も縁遠い大神だ。何かよからぬことを考えてのことに決まっている。少なくともそんな戯言、信じるに値しない。

『例の特異点を生きたままあの腐王とかいう虫の前に連れてこい。もし達成したら、お前を中将にしてやる』

「ご、ご冗談を」

耳を疑う言葉に、思わず上ずった声を上げる。当然だ。中将、それは上司たるタナトス様と同格に等しいから。

『マジさぁ。此度の任務を無事成功したら、タナトスを切ってお前を派閥のNO．2につけてやる。そのための力もくれてやるさぁ』

「ぐぎぃっ⁉」

その台詞を吐いた途端、己の右手が胸深く突き刺さり、灼熱の棒を脊髄に突き刺されるかのような激痛が走り抜ける。

視界が真っ赤に染まり、身体の中心から生じる熱により己の肉体が溶解するがごとき錯覚に陥る中、テルテルの意識はプツンと切断される。

しばらくしてテルテルは意識を取り戻す。目覚めるとテルテルは全く別の生物へと変質していた。

「これがボクちん？」

どうしても声が震えてしまう。それはそうだ。この際限なく湧き上がる莫大な力、それは殿上人だったタナトス様にすら匹敵する規模のものだったのだから。

「まさか、本当にボクちんを中将に？」

『ああ、もちろんだとも。首尾よく任務を終えたら、新たな力もくれてやる』

頭の中に響く老人の声に、

「ほ、本当ですかっ！」

歓喜に声を張り上げる。

『ああ、貴様は見込みがありそうだからなぁ』

「あ、ありがたき幸せぇっ！」

涙を流しながら跪き首を垂れる。タルタロス様ならテルテルを捻り殺すことも十分可能。今更、テルテルにタルタロス様が偽りを述べる意義はない。そもそも疑う意義などないのだ。何より——。

（もうあの忌々しいレテや、タナトスの目を気にせずに好き勝手できる！）

正直、レテやタナトスがずっと前から目の上のたんこぶだった。

天軍とは正義の執行者だ。天にはその威光を各世界の原住民に示すという使命がある。原住民は愚かで理解力に乏しい生き物だ。ただ助けただけでは、正義のありがたさを実感することはない。一度徹底的に悪により蹂躙される必要があるのだ。そんな都合の良い悪は中々いるものではない。だからその悪を天が担うべきなのだ。それを幾度となくレテやタナトスへと上申するが、いずれも聞く耳すら持たず、『正義の一線は越えてはならない』の一点張りだった。

（そうだよぉ！　あんな甘い奴らよりもボクちんの方がよほど上手くやれる！）

そうと決まれば、やりたいようにやるだけだ。今まではレテやタナトスの手前一定の自重をしていたが、もうそんな必要はない。

「あの駒が仕えるかにゃぁ」

テルテルは正義の執行者と思えぬ悪辣な表情で、そう呟いたのだった。

◇◆◇◆◇◆

バベル北部の【華の死都】エリア1

バベルは学院都市となってはいるが、その実情は学院というよりは巨大職業訓練所に近い。そしてこのバベルを卒業するということは高いプレミアムを生む。特にバベルの中枢たる塔の卒業生ともなれば、その将来はまさに約束されたようなものだ。そしてバベルも、力のある者は来るものは拒まずという方針を取っている。何を言いたいかというと、この試験は成人をとっくに過ぎた裏の住人が受験すること自体に制限などないということである。

木々の隙間から右手に湾曲した長剣を持つ全身傷だらけの巨漢がのそりと姿を現すと、左手に持つ大きな物体を少年と少女の前に投げてよこす。その投げ出されたのが、同じチームメイトのぽっちゃり気味の少年の屍だと認識し、

「ひぃーーーーっ!?」

少女が金切り声を張り上げる。

「うあぁぁぁぁーっ！」

全身傷だらけの巨漢に金髪の少年の一人は悲鳴を上げながら矢を放つ。矢は巨漢の男のスキンヘッドの頭部に衝突するが、金属が弾ける音とともに、傷一つつけることなく地面に転がる。

「もう、いやぁーっ！」

きっとやぶれかぶれだろう。今も放心状態で矢を放った少年の脇で剣を構えていた少女が全身傷だらけの巨漢を切りつけるが、やはり強靭な皮膚に弾かれる。そして、まるで鬱陶しい虫でも振り払うかのように払われた左腕により、少女は木々に叩きつけられてピクリとも動かなくなる。首が折れ曲がっている少女を眺めて、

「死んじまったか……これだから餓鬼は脆くて困る」

全身傷だらけの巨漢は舌打ちをすると、そう独り言ちりながら、矢をつがえていた少年に視線を向ける。

「いひぃっ！」

腰を抜かしたのだろう。地面に尻餅をついて悲鳴を上げる少年まで一歩踏み込むと、

「心配するなぁ。仲良く黄泉におくってやるから寂しくはねぇよ」

泣き叫ぶ少年の首を曲刀で落として、躯《むくろ》となったポケットからバッジを取ると指ではじく。

「最初は餓鬼どもを誘い込むだけの怠い依頼だと思ったが、マジでいい稼ぎになるよなぁ」

ハンターギルドが指定するBランクの犯罪者《クリミナル》、スキンヘッドに巨躯の男――鬼入道《きにゅうどう》は、バッジを眺めながらもそうほくそ笑んだ。

特に今回の依頼はバベルの上層部からの依頼。いくら殺そうと失格にはならず、試験終了後に獲得点数が報酬として支払われる。さらに、特定の餓鬼どもを所定の位置まで連行するという依頼を完遂すれば鬼入道《きにゅうどう》には莫大な依頼料が支払われる。

当初の予定とは異なり、カイ・ハイネマンとかいう無能と別のチームになった時は、依頼主

のバベル上層部には殺意すら覚えたが、今は逆に感謝すらしている。何より、この仕事を受ける条件でもあった、いくら殺しても失格にはならないというルールだけは守られているようだし、何ら問題なく依頼を遂行できる。

「さーて、そろそろ、ターゲットも見つけて依頼を完遂しておきたいものだな」

意気揚々と森の中を進もうとした時、

「ん？」

突然上空から放たれる三つの炎の槍。その一本を上半身を捻って躱すと、右手に持つ曲刀でもう一本を両断。さらに最後の一本を左手で掴み投げつける。炎の槍は生い茂る枝の中へと消えていくとガサっと何かが地面に落下する気配。

「雑魚がっ！」

どうやら、学院側からは別の同業者《クリミナル》が雇われているようで、このように遭遇する度に攻撃を受けている。依頼内容がかち合った時は力ずく。これが鬼入道《きにゅうどう》たち、裏に生きる者たちの掟。

これも、当然の結果なわけだが。

（まだ、終わっちゃいないってか）

森の奥から漂う威圧感たっぷりの危険な香り。どうやら、相手は隠す気が全くないらしい。

「出て来いよッ！」

鬼入道《きにゅうどう》の声に、森の奥の暗闇から姿を現す黒色の長い髪に軽装の男性剣士。

「ほう。お前は少しはやりそうだな」

「……」

黒髪の剣士も、それに口端を上げて答えて長剣を構える。そして両者は激突した。

鬼入道《きにゅうどう》と黒髪の剣士の実力は完全に拮抗していた。数十回、剣を交えた時、鬼入道《きにゅうどう》の左の脛に走る鋭い痛み。脛には一匹の炎の蛇が食いついていた。一呼吸遅れて、視界が歪み、地面に片膝を突く。

「脳筋ゴリラぁ、それはオーガさえも動けなくする麻痺毒だぁ。オイラの勝ちさぁ」

高木の枝に寄りかかりながら緑色のローブの男が、勝ち誇ってそう叫ぶ。麻痺毒か。鬼入道《きにゅうどう》の所持恩恵《ギフト》により、この手の毒系の力には耐性がある。だが、解毒するまで数分は必要となり、その間の行動は著しく制限されるだろう。雑魚ならともかく、目の前の剣士はそれを許すほどお人よしではあるまい。

「てめえ……」

黒髪の剣士は、ふらつきながらも立ち上がる鬼入道《きにゅうどう》と緑色のローブの男を、暫し交互に眺めていたが、

「君ら、私と手を組まないか」

そんな意外極まりない台詞を吐く。

「はあ？　手を組むぅ？」

そんなことをすれば依頼料は三等分。無能な餓鬼とボンボンの餓鬼を所定の位置まで連れて

行くという極めて楽な依頼。手を組む理由はない。

「神聖武道会ベスト四のソムニ・バレルがいるからかぁ？」

緑色のローブの男が空中に炎の槍を顕現させつつ、尋ねると、

「あれが勝ち上がったのは、親の七光り。本人は気付いていまいがな。私たちが手を組む理由にはならない」

目を細めて黒色長髪の剣士は首を左右に振って、それを否定する。

「おいおい、まさか無能の餓鬼一匹のために手を組もうというつもりか？」

ターゲットの一人、カイ・ハイネマンは『この世で一番の無能』とかいう哀れなギフトホルダー。強いわけがない。

「そうだ。奴は神聖武道会でザック・パウアーと互角の戦いを演じたらしい」

「ああ、あのデマ情報か。まず、ありえねぇな」

ザックの強さは、表はもちろん、裏社会でも有名だ。気まぐれにA級に指定されているマフィアのファミリーを壊滅させた、大量発生したゴブリン将軍の率いる軍勢を皆殺しにしたなど、いくつもの逸話を残している男だ。最弱の恩恵《ギフト》を有するものが、互角の戦いを演じられるわけがない。

「デマじゃなく真実。それは間違いないらしい」

黒髪の剣士のそんな断言に、

「はっ！　それはオイラも聞いたことがあるな。なんでも、不正のマジックアイテムを使って

決勝トーナメントに進出したとか。それでザックとかいう奴にも勝ったんじゃねぇのか？」

「馬鹿かお前。マジックアイテムをいくら装備したとしても、あのザックと真面に戦えるわけねぇだろ！」

吐き捨てるように叫ぶ鬼入道《きにゅうどう》に、

「そのザックってのは、そんなにも強いのか？」

緑色ローブの男も今までの小馬鹿にした態度から一転、神妙な顔で黒髪の剣士へと問いかける。

「ああ、強い。一度でも奴の闘争を見れば君ならすぐに理解するさ。ザックはそんな生易しい男ではない。誓ってもいい。マジックアイテムを装備した程度で、ザックと互角に戦えはしない」

黒髪の剣士は大きく頷き、肯定する。

「だとすると、ザックとやらに勝ったカイ・ハイネマンもまた……」

緑色のローブの男も嘘偽りがないと判断したのだろう。無言で顕現していた炎の槍を消失させて考え込んでしまう。

「要するにお前は、この依頼の難易度は俺たちの想像以上に高い。そう言いたいのか？」

「そうとも。少なくとも此度の依頼主たるクラブ・アンシュタインが想定していたよりはずっと。そして、おそらくクラブと対立関係にあるバベル学院長派もそう考えている」

依頼主と対立関係にあるバベル上層部ね。ようやく、鬼入道《きにゅうどう》にも黒髪の剣士が言いたいことが分かってきた。

「俺が今回、カイ・ハイネマンのチームから外されたのは、学院長派の意向ってわけか？」

黒髪の剣士はにぃと口角を上げると、

「君ら二人はカイ・ハイネマンと同じチームにする。そう聞かされていたんだね？」

緑色のローブの男に視線を移して問いかけると、

「ああ」

感情を消して顎を小さく引く。

「私の勘が正しければ、今のカイ・ハイネマンのチームの二人は統括学院長が選定した者たちのはず」

辻褄は合う。いや、これほどというほど合ってしまう。そして、カイ・ハイネマンがバベルさえも警戒するほどの強者なら、単独で挑むのはこの上なく危険だ。

「共闘するにあたり、オイラは条件がある」

緑色ローブの男が何かを言いかけるが、

「分かってるさ。ルミネ・ヘルナーの件だろう？　クラブが差し向けた刺客が必ず成功するとは限らないからな」

黒髪の剣士が緑色ローブの男にそう確認する。その直後――緑ローブの男の額に瞳が出現して、

「なぜ、オイラたちの事情を知っている？」

黒髪の剣士を睨みつけながらゾッとする声色で問い詰める。

「――っ⁉」

まさに、か弱き小鹿から獰猛な猛虎へ変貌するかのごとき圧倒的プレッシャー。鬼入道《きにゅうどう》は大きくバックステップをしつつ、曲刀を構える。

「俺も似たような命を受けているからさ。まあ、君とは違い、俺が命じられたのはカイ・ハイネマンとソムニという子供の排除だがね。どうやら、我が主は我が国の馬鹿王子に恩を売ることにより、彼を介して此度のゲームへ介入しようとお考えらしい」

「馬鹿王子……ギルバート・ロト・アメリア、噂の愚王子か……そうか！　貴様、あの最悪の怪物王弟のッ！」

合点が行ったように、緑ローブの男は数度頷く。

「納得がいったところで、俺からの提案だ。ルミネ・ヘルナーが姉のように慕っているライラ・ヘルナーがこの試験に参加している。この女、カイ・ハイネマンと同郷で元許嫁の仲らしい。しかも、ソムニ・バレルと同じチームだ。この女を使って、カイ・ハイネマンとルミネ・ヘルナーを呼び出せば、まさに一石二鳥とは思わないか？」

黒髪の剣士の問いに、緑ローブの男はうんざりした顔で、

「お前、本当に性格悪いのな」

素朴な感想を述べる。

「それで、俺の提案を受けるかい？」

「受けるさぁ。それが最も任務を遂行できそうだからなぁ」

黒髪の剣士は今も警戒している鬼入道《きにゅうどう》に視線を移す。

「君も協力してくれるかい？　もちろん、クラブから提示された報酬は君が全取して構わない」

「それは――マジか⁉」

意外な提案に、鬼入道《きにゅうどう》は思わず上ずった声を上げてしまう。それもそうだ。黒髪の剣士の腕は先ほどの立ち合いで実証済み。この緑ローブの男も得体のしれない怖さがあり、相当な強者なのは肌感覚で分かる。この二人の強者と協力すれば此度の依頼の成功率は爆発的に上昇するから。

「ああ、俺の目的は金ではないからな。君もそれでいいか？」

緑ローブの男にも同意を求めると、

「オイラもそれでいい」

そう端的に答えると額を右手で押さえる。すーっと消えていく第三の目。そして、緑ローブの男は木々の奥へと姿を消す。

「俺もお前の提案、受けるぜ」

鬼入道《きにゅうどう》も顎を引く。

この稼業で長生きするコツは決して依頼につき楽観視しないことだ。カイ・ハイネマンはザックと互角の戦いを演じた強者。だったら、この二人の協力は必須と言えよう。

麻痺がとれ、鬼入道《きにゅうどう》が森の奥へ姿を消した時、黒髪の剣士はさも不快そうに顔を歪め、

(単細胞どもの相手は殊の外、疲れますねぇ)

吐き捨てるように小さく呟き、右の指をパチンと鳴らすと、その足元から黒色の炎が辺り一帯を同心円状に走り抜ける。漆黒の炎は三人の受験生たちの躯《むくろ》を一瞬で塵と変え、黒髪の男の姿を形の良い髭を生やした白髪の老紳士へと変える。そして、地面には先ほど鬼入道《きにゅうどう》により殺されたはずの少年少女が血色の良い顔で横たわっていた。

(踊らされていることすら気付かぬマリオネットごときが幾千万束になろうと、あの御方に傷一つつけられるわけがないでしょうに)

白髪の老紳士は両手をパンッと合わせると三つの黒色の炎の塊が出現し、人の形をなしていく。

(その子供たちを広場付近まで運びなさい)

黒炎でできた三体の人型の何かは、各々小さく頷き、少年少女たちを抱きかかえると広場の方角に向けて凄まじい速度で走り去ってしまう。

(計画に不要なゴミは粗方片づけましたし、そろそろ大詰めですかねぇ)

白髪の老紳士は顔を恍惚に染め、両手を組み、

(ああ、偉大にして崇敬の我が神《しゅ》よ！　我が絶対の信仰《忠誠》に誓い、必ずや貴方様のお役に立ってご覧にいれますッ！)

そう熱く誓う。その熱の籠った顔は、討伐図鑑の住人たち同様、いや、それ以上のまさに狂信者そのものだったのだ。

◇◆◇◆◇◆

三人の女性の受験生と合流後もソムニたちチームのアンデッド退治は恐ろしいほど順調に進む。ソムニの実力からいって、アンデッドが弱すぎた。当初遭遇した人型ゾンビなどまだ強かった方だ。動く白骨スケルトンは挙動が遅く、剣で易々と粉砕できる。漂う火の玉、怪火など武器ではもちろん、多分、受験生の拳や蹴りでも粉砕できると思われる。

（ま、こんなものだよな）

これはあくまで、このバベルへの入学試験にすぎない。世界中の武術家たちが集った神聖武道会や王国騎士学院の内部試合ではない。最難関と噂されるバベルの入学試験ということで身構えていたが、しょせん学生のお遊び。大したことがない。これなら目をつぶっていても勝利を勝ち取れる。アンデッドの中では比較的強者のゾンビの頭部を一刀の下に切り伏せると、

「ソムニ様、マジでカッコいいですっ！」

「その滑らかな剣筋、素敵ですっ！」

「後でサインしてください！」

少女たちが頬を赤らめながらソムニの傍まで駆け寄り、散々耳にした賛美の台詞を口にする。

「ああ、もちろん構わないよ」

白い歯を見せて笑みを浮かべると、一斉に三人から黄色い声が上がる。これだ。これが通常の反応。やっぱり、ライラのような態度が例外なんだ。

どこかそんな安堵感を覚えていた時、

「あなた、その右手にあるものを出しなさいっ！」

ライラが赤髪ショートの少女に近づくと後ろに回していた彼女の右手を掴むと捩じり上げる。

「痛いっ！　何すんのよっ！」

赤髪ショートの少女の右手から落ちる金色のバッジ。それをライラはソムニの足元まで蹴ってくる。そのバッジを拾ってみると、

「これって僕のバッジだ」

ソムニのバッジをなぜ彼女が持っている？

「ち、違うの！　ほら、ソムニ様がさっき落としたのを見て拾っただけなの！」

ライラを振り払い、ソムニにしがみ付くと涙目で声を震わせる。

「いや、しかし……」

混乱し、言い淀むソムニに、

「ソムニさーん。素人の彼女が達人級のソムニさんから、気付かれずに盗めるわけないでしょ。彼女の言う通り、拾ったんですよ」

エッグがすかさず、赤髪の少女を庇う発言をする。確かに冷静に考えれば、エッグの言うこ

とも一理ある。彼女はどう見ても素人にしか見えない。そんな彼女が、ソムニからバッジを奪うなど不可能。ならば、本当に拾ってもらったんだと思う。

「ありがとう。感謝する」

バッジをポケットにしまうと、赤髪の少女に頭を深く下げる。

「いいよ！　いいよ！　それよりも、人を泥棒扱いしてくれたあの女、どうにかして欲しいんだけど！」

「マジでありえねぇわ！」

「最低ぇ、死んじゃえ！」

次々に口汚く罵る少女たちとソムニたちのやり取りをライラは眺めていたが、心底呆れたように首を左右に振ると、再度注意深く周囲を観察し始める。今まで一度も向けられたことがない憐れむような彼女の瞳にどうしようもなくイラついて、

「疑ったのは君のミスだ。だから彼女に謝りたまえ！」

声を張り上げていた。第一、他人を盗人扱いして謝罪の一つもないとは、礼儀がなっていない女だ。全く、どんな育ち方をしたんだ！

「私《わたくし》はただ真実を指摘し、実行しただけですわ。なんら間違ったことはしておりませんので、謝罪をするつもりはありません」

彼女はソムニに視線すら向けずにそっけなく言い放つ。

「君は――」

あまりに身勝手な台詞に腹の底から怒りが込み上げて来て、声を荒らげて叫ぼうとするが、

「まあまあ、ソムニさんも、あんな無礼な女に関わらない方がいいですって。どうせ言っても分かりゃあしないしぃ」

エッグがソムニの右肩を掴んで、その言葉を制する。

「そうだな」

そう吐き捨てると頭に上った血を下げるべく、エッグと三人の少女たちとの会話に交じり始めた。


それから、暫くソムニたちは探索を続けた。ま、探索といっても低位のアンデッドばかりで、ソムニやエッグたちはもちろん、同行している三人の少女たちも危なげもなく倒せるものであり、すでに遊び同然と化していたわけだけど。現に、エッグは少女たちと夜の街での食事について話しており、ろくに戦闘にすら参加していない。

唯一ライラだけは、今も注意深く周囲を観察していた。その姿を、エッグや少女たちは臆病者と、ことあるごとに嘲笑している。そんな中、

「っ！」

ライラが何かに気付いたように形の良い右眉を上げると腰の長剣を抜き放ち、重心を低くして油断なく周囲を眺めまわすと、

「マズイですわ」

そう注意を喚起する。

「マズイ？　何がさ？」

彼女はアンデッドの気配には敏感であり、今までも数度察知してみせた。今回もどうせ雑魚アンデッドだろう。ソムニほどではないが、ライラの剣技がかなりの腕なのは認める。だが、彼女は聊か慎重すぎる。いや、あれはもはや臆病と言った方が適切かもしれない。この程度の試験に出没するアンデッドなどたかが知れている。いかに油断をしようとこんな低位のアンデッドどもにこのソムニが後れを取るなど考えられないというのに。

「ソムニさん、聞いちゃダメですよ。彼女、あの雑魚アンデッドが怖くて怖くて仕方ないんですって」

一応尋ねたソムニに、エッグが小馬鹿にしたように揶揄《からか》うと、少女たちからも嘲笑が湧き上がる。

「剣を抜きなさい！　囲まれてますわ！」

そんなエッグたちに視線すら向けようともせずに、やはり、周囲を見渡しながら早口でそう小さく叫ぶ。

「囲まれてるぅ？　妄想もそこまでいきまちたかぁ？」

詰め寄ろうとするエッグに、

「いいから、戦闘態勢を取りなさいっ！」

額からポタポタと玉のような汗を流しながら、ライラが声を張り上げる。

「だからぁ、何がいるってんだよぉ」

不快そうに顔を顰《しか》めながら、森の奥へとエッグは歩いていく。

「それ以上行ってはダメ！」

必死に叫ぶライラにエッグは振り返ると、

「そんな演技はいらないよぉ。怖いなら怖いって言えば可愛げがあるのにぃ」

馬鹿にしたように右手をプラプラ顔の前で数回振る。

「残念だが、その女が正しいぜ」

「へ？」

その言葉とともに突如、エッグの右手がボトリと地面に落下する。

「……」

暫し、自身の右手首からまき散らされる鮮血を眺めていたが、すぐにエッグは切断された右手首の断面を掴みながら大絶叫を上げて、地面をのた打ち回る。そして、いつの間にかエッグの前には大きな曲刀を持つスキンヘッドの男が佇んでいた。

「……」

エッグの右手を切断されたのだ。あのスキンヘッドの男がこれをやったのは明らか。つまり明確な敵であり、今すぐ戦闘態勢をとらなければ死しかないはずなのに、頭は真っ白で切断された右手首を押さえながら痛みに悶えるエッグを茫然と眺めるのみ。今まで人の死を間近に感じたことはなかった。だからだろう。どうしても、この現実を上手く認識できない。許容できない。

「ぼさっとしていないで、剣を抜きなさい！　死にたいんですのっ⁉」

「あ、ああ」

壮絶に混乱する頭の中、ライラに促されるがまま腰の長剣を抜く。

スキンヘッドの男はそんなソムニを一瞥すると、ライラに視線を固定し目を細めて、

「ほう。餓鬼にしちゃあ、中々やるな」

左手で顎を摩りつつ、そんな感想を口にする。ここまで眼中にないという態度を取られたのは初めてだ。だからかもしれない。不謹慎にも腹の底から凄まじい屈辱が湧き上がり、

「貴様、エッグから離れろッ！」

激昂していた。スキンヘッドの男は初めて億劫そうにソムニを見ると、

「あーあ、お前が依頼の坊ちゃん剣士か。お前ぇ、この状況分かってんのか？」

肩を竦めて嘲笑を浮かべる。

「いいから、離れろっ！　さもなければ――」

「お前が、俺を殺すってか？」

スキンヘッドの男は曲刀の剣先をソムニに向けてくる。

（ひっ！）

男のたったそれだけの挙動で口から悲鳴が出そうになる。

「そ、そうだ！」

今も身体が縮み込んでしまっているのを自覚しながらも、どうにか自らを奮い立たせ、喉の奥から吠えた。

「無理だ。無理だねぇ。実力はもちろんだが、お前、ド素人だろ？　見てりゃ分かる」

「ふざけるなっ！　僕は神聖武道会ベスト四の実力だっ！　貴様なんぞに後れは取らないっ！」

スキンヘッドの男は目を細めてソムニを凝視していたが、小馬鹿にしたように鼻で笑うと、

「めでてぇなぁ。お前からは全く脅威を感じねぇ。お前の実力はこの雑魚と大差ねぇよ」

痛みにより地面に這いつくばり悲鳴を上げているエッグの頭を踏みつけると、侮蔑の言葉を吐く。

「だから、エッグから離れろって言っているだろっ！」

そう叫ぶソムニに心底呆れたようにスキンヘッドの男は大きなため息を吐く。そして初めて常に浮かべていた薄ら笑いを消し、

「俺にこいつから離れて欲しいんだったら、言葉ではなく力で示せ。それが俺たち、武で生きる者の世界だ。要するに、弱い奴はぁ――」

凍てつくような冷たい声色で語り、

「されるがままってやつさ」

その言葉とともに曲刀をエッグの右の太ももに突き立てる。

「ぎぃぐぁぁーーー！」

エッグの口から上がる甲高い絶叫。

「や、止めろ！」

「だから、口じゃなくて、行動で示せと言っただろ？」

ぐりぐりとエッグに突き刺した曲刀を捩じり上げるスキンヘッドの男。

「くそっ！」

助けにいくよう己の足に命令をするが微動だにできない。

「なんでっ⁉」

混乱する中、必死で動こうとするが、やはり叫ぶことしかできなかった。

「教えてやる。それはお前が弱いからだ」

「僕が弱い⁉　僕はギルバート殿下の最年少の聖騎士だぞ！　神聖武道会以外にも様々な大会でも上位入賞したことが――」

「そういう建前じゃねぇんだよ。お前は戦で飯を食う者として最も必要なものが欠けている。だからこんな目に合う遭うのさ」

スキンヘッドの男はエッグの太ももから曲刀を引き抜くと、巨体とは思えぬ機敏な動きでソムニに接近する。

「え？」

ソムニの口から漏れる間の抜けた声。

「別にお前を五体満足で連れてこいとは言われちゃいないし、ここで面倒な口が吐けなくなるまで切り刻んでおくとしよう」

スキンヘッドの男はそう独り言ちると曲刀を振り上げる。この状況に上手く思考が働かず、ただボーッと奴の挙動を眺めていた時、

「伏せなさい！」

女性の叫び声が鼓膜を震わせる。突如ソムニの身体を支配していた見えぬ縛りが解けて、思わず地面に這いつくばる。直後、金属の衝突音が鳴り響く。咄嗟に顔を上げると、ライラがスキンヘッドの男が振り下ろす剣を受け止めていた。

「ヘルナー流剣術、初伝——凪《なぎ》！」

ライラの長剣がスキンヘッドの男の曲刀を払うと同時に、小波のごとく滑らかな挙動を描き、その首へと迫るが、背後にバックステップし避けられてしまう。

「お前、今、俺を殺そうとしやがったなぁ？　雌ガキぃ、お前だけは合格だっ！」

スキンヘッドの男は舌なめずりをすると、初めて重心を低くし、構えを取る。

「ここは、私《わたくし》が請け負いますわ！　早く、エッグとその子たちを連れて逃げなさいッ！」

「し、しかし……」

言い淀むソムニに、

「いいからぼさっとしないッ‼　エッグはもう限界ですわッ‼」

ライラの落雷のような鋭い声が飛ぶ。

「っ⁉」

弾かれたように傍で横たわるエッグに駆け寄ると、震える手で袖を破いて今も血液が流れ出るエッグの右手首を縛って担ぐと、三人の女性たちの傍までいき、

「一旦、広場まで戻る！　ついてきて！」

そう彼女たちを促して元来た道を走り出す。


走りながらも、ソムニは壮絶に混乱していた。ソムニは神聖武道会ベスト四の実力者。あんなゴロツキに負ける道理がない。なのに、あのスキンヘッドの男の動きに微塵もついていくことができなかった。それだけではない。よりにもよって本来守られるべき少女、ライラ・ヘルナーに助けられ、今逃げている。彼女を囮に置き去りにしてだ。

（彼女自身が望んだことだ！）

そう何度も自分に言い聞かせてはみるが、強烈な罪悪感と敗北感が湧き上がる。

「ねぇ、ソムニ様、もう私たち限界です！」

そうだ。夢中で走っていて気づかなかったが、一流の剣士であるソムニの全力疾走に彼女たちがついて来れるはずがない。

「ご、ごめん！」

慌てて走るのを止める。

「いえ、足手纏いですいません！」

赤髪ショートの少女が申し訳なさそうに頭を下げてくるので、

「こっちこそ、気が付かなくてすまない」

こちらも謝罪の言葉を述べておく。

「だけど、もう少しだけ我慢して欲しい」

まだあの場所から大して離れちゃいない。この場所も安全とは言えない。もう少し先に進んでから、茂みの中で休憩を取ることにしよう。三人の少女は不安そうに顔を見合わせつつ、

「はい」

「ソムニ様の頼みなら」

「仕方ないよね。頑張ろう！」

そう次々に口にする。

「ありがとう！　じゃあ、行こう！」

再度、エッグを担いだままゆっくりと走り出そうとすると、背後から少女たちの話し合う声が聞こえてくる。

「もうあいつら巻いたよね？」

「うん。あの女からも離れたし、そろそろここでいいんじゃん」

「賛成ぇ」

この緊迫した状況なのに妙に陽気な声が気になって、

「君たち――」

背後を振り返ろうとするが、ソムニの背中に鈍い痛みが走り、身体から力が抜けて俯せに倒

れ込む。

「ざーんねん。ソムニ様ぁ、もう動けませんよぉ」

どうにか顔を動かすと、赤髪ショートの少女がソムニを覗き込んでいた。

「どう……いう？」

「察しが悪いですねぇ。ソムニ様ぁ。貴方様をこの先の廃墟までご案内して差し上げるよう依頼されてるんですぅ」

「い……らい？」

「ええ、さるやんごとなき御方からの依頼ですわ」

意味が分からない。仮にそうだとしても、ソムニにそう伝えれば済む話だ。こんな敵に襲われている状況で、しかも、ソムニの動きを封じてまでするものでは断じてない。

「まさか……君ら……さっきの男の……仲間なのかッ？」

掠れた声で尋ねるも、

「違いますよぉ。でも、まあきっと依頼主は同じかな」

赤髪ショートの少女は首を左右に振る。

（最悪だ）

エッグを殺そうとした連中と同じ依頼主。それだけで、明確にソムニたちの敵だ。ならば、ソムニから彼女がバッジを奪ったのは真実ということか。

「僕から……バッジを奪った……のは？」

「そう私ぃ」

満面の笑みで両手により、ブイサインをしてくる。

「あんたの手癖の悪さが出た時は、マジで焦ったわよ！」

「ホント、バッジなんてどうせこうなれば奪えるんだし、別に危険を冒すことはなかったじゃない」

「うるさいなぁ。そんな楽して盗んでもつまんないでしょ！　スリルよ！　スリル！　バレるか否かのギリギリのせめぎ合い。それにメッチャ興奮するんじゃない！」

「相変わらず、理解できない性癖ね」

「私は少しだけ理解できるかな。馬鹿な男が、慌てふためく様は見てて結構楽しいし」

「性悪《しょうわる》ぅ！」」

人一人死にかけているんだ。なのに、彼女たちからはまるで他愛もない悪戯のように負の感情が一切感じられなかった。それがあまりに現実離れしており、どうしても受け入れられない。

「君たち……は――」

疑問の言葉を振り絞るが、

「さーて、じゃあ、それを連れて行って依頼達成ってことで」

「そうね。さっさと彼を連れて行って、ここからずらかりましょう！」

「毒が切れると厄介だし、念のため、両手両足の靭帯を切って逃げられなくしとく？」

「そうだねぇ」

物騒な相談をしつつも赤髪ショートの少女は腰から慣れた手つきで短剣を取り出す。

情けない！　結局、ライラが正しかった。いや、少し冷静になれば、彼女たちが不審なのは明らかだったのだ。ライラの冷たい態度にムキになって現実を見ようとすらしていなかった。

まさに赤髪ショートの少女の右手に持つナイフがソムニに触れようとする瞬間、

「逃げられると思ってんのかぁ⁉　泥棒猫どもがっ！」

男の怒気の含んだ声とともに彼女の眉間に深々と炎の槍が突き刺さり、燃え上がる。白目を剥いて絶命する赤髪ショートの少女。

「くっ！」

咄嗟にバックステップしようとする仲間の黒髪長髪の少女の全身にいくつもの炎の槍が突き刺さり、断末魔の声を上げる。

「ひぃぃぃっ！」

残された金髪の少女も悲鳴を上げて逃げようとするが、その背中に炎の槍が突き刺さる。直後、槍から炎が噴き出し忽ち火達磨となる。

まさに、瞬きをする間に、肉塊と化してしまったという事実に、

「うあぁぁぁぁぁぁッーーーー‼」

あらん限りの絶叫を上げるが、

「うぜぇ！　これ以上面倒な奴に入られたくはねぇ！　てめえは、少し眠ってろ！」

蹴り上げられた腹部に鈍い衝撃が走り、ソムニの意識は闇の中へ落ちていく。

◇◆◇◆◇◆

バベル北部の【華の死都】エリア1

振り下ろされるスキンヘッドの男の曲刀による猛攻。それをライラは柳のように軽やかに受け流す。一見、大剣を懸命に防ぐ可憐な少女だ。素人が見れば、圧倒的優位はスキンヘッドの男だと思うだろう。だが、常に主導権を握っているのは、ライラだった。

「くそっ！　なぜ当たらねぇ！」

肩で息を切らしながら、そう吐き出す鬼入道《きにゅうどう》の全身に、

「ヘルナー流剣術、中伝――嵐！」

降り注ぐ無数の斬撃。

「ぐがぁっ！」

身体中から鮮血が噴き出して地面に片膝を突く鬼入道《きにゅうどう》の首を刎ねんとライラの長剣が横一文字に振り抜かれる。

「ちくしょうがぁっ！」

必死の形相で曲刀により、辛うじて受けるとバックステップをして間合いを取る。

「貴方では私には勝てませんわ。降伏しなさい」

ライラは長剣の剣先を鬼入道《きにゅうどう》へ向けながら、威風堂々と降伏勧告をする。

「……」

鬼入道《きにゅうどう》は憎々しげに、ギリッと奥歯を噛みしめる。改めて指摘されるまでもない。純然たる自力の差が二人の間には存在している。そう。実戦、才能、全てにおいてライラは、鬼入道《きにゅうどう》に勝っていた。

「なら、仕方ありませんね」

ライラが長剣を握りなおす。その彼女の姿を一目見ただけで、

「なッ⁉」

全身の皮膚がプップッと茹で上がるような強烈な悪寒から、思わず口から驚愕の声が上がる。彼女のどこか変わったというわけではない。ただ、鬼入道《きにゅうどう》の本能が眼前の今のこの小さな少女がこの上なく危険だと主張していた。

「貴方は武を知らなすぎる」

その言葉を契機にライラが鬼入道《きにゅうどう》の視界から消える。

「くそがっ！」

必死に左右、上下に眼球をさ迷わせる鬼入道《きにゅうどう》、しかしその右腕が根本から明後日の方向に捻じ曲がる。

「ぐがぁーーッ！」

絶叫を上げる鬼入道《きにゅうどう》の両眼が切り裂かれると同時に両足の太ももから血飛沫が吹き上がって両膝を突く。

「力ずくで叩き伏せるだけです」

長剣を振って血糊を落とすと周囲をグルリと見渡す。

「変ですわね。先ほど強烈な悪寒がしたのですけれども……この人ではないとすると……」

小首を傾げるとライラは長剣を鞘にしまって鬼入道《きにゅうどう》に背を向けて、ソムニたちが去った方へ走り出そうとする。丁度、その時――。

「ッ⁉」

背後に突然生じた気配に、ライラは振り返り様に長剣を抜くと身構える。そこには、真っ白な衣服を身に纏った大柄な白髪の老人が本のようなものを大事そうに小脇に抱えて佇んでいた。

「まさか、異教徒の猿の中にも神人クラスの肉体強度を有する輩がいようとはのぉ……」

老人はまるで値踏みするかのように魔法陣が刻まれた両眼でジロジロとライラを眺めていた。

「誰です?」

油断なく白服の老人に尋ねるライラの問いに答えようともせず、

「最も、強靭なのは肉体だけ。ならば、危険視するほどでもないか」

そう独り言ちる。

「……」

この場から離脱するべく慎重に後退るライラを尻目に、老人は鬼入道《きにゅうどう》に近づくと右の掌をその頭に乗せる。突如――。

「あばばばばっーーーー!」

鬼入道《きにゅうどう》は両眼と口と耳から金色の光を迸らせつつ、全身を小刻みに痙攣させる。

次第に鬼入道《きにゅうどう》の折れ曲がった右腕がグルグルと回転し、潰れたはずの両眼の眼窩の奥が盛り上がり、切り裂かれた太ももの肉も傷口が急速に塞がっていく。まさに瞬きをする間、鬼入道《きにゅうどう》の傷は完全修復していた。

人形のようなぎこちない動きで立ち上がり、曲刀を構える鬼入道《きにゅうどう》。

「その女を殺せ」

白服の老人から命が発せられ、獣のような咆哮を上げつつ鬼入道《きにゅうどう》はライラに襲い掛かる。

「くっ！」

爆風を纏って迫る曲刀をライラは紙一重で躱す。曲刀は地面を大きく抉り、数メルにもなるクレーターを形成する。破砕された地面に足場を取られながらも、長剣で鬼入道《きにゅうどう》の頸部を切り裂く。ぱっくりと首が二つに切り裂かれ、噴水のように鮮血が舞う。どう見ても致命傷。なのに、鬼入道《きにゅうどう》は左手で己の頭を押さえて元の位置に戻すと、切り裂かれた皮膚が一瞬で修復してしまう。

（分が悪いですわね……）

相手の膂力と硬度は相当なもの。一撃でもまともにもらえば、ライラの小さな身体など瞬時に挽肉と化す。しかも、先ほどから幾度も致命傷となる傷を負わせているが、反則的な回復力により一瞬で治癒してしまう。このままでは、いずれ体力が尽きて敗北するのはライラの方だ。

（術師を潰すしかないようですわね）

どのみち、もうライラの体力も限界だ。あの白服の老人に必殺の一撃を入れて、もし、それが失敗したら逃げるしかあるまい。

鉛のように重い身体にムチ打ち、ライラは長剣の剣先を左後方へと向けると地面に胸が付くくらい重心を低くする。

弾丸のように一直線にライラは鬼入道《きにゅうどう》へと突き進む。

「ぐがぁっ！」

鬼入道《きにゅうどう》が曲刀を振りかぶり、力任せに振り下ろそうとする。

「ヘルナー流剣術、奥伝――紫電四閃！」

刹那、流れるような光の筋が四本鬼入道《きにゅうどう》の首、両足、左右の腕に走り抜ける。バラバラに崩れ落ちる鬼入道《きにゅうどう》など見向きもせず、ライラは白服の老人へ向けて一直線に疾駆する。

まさに白服の老人の脳天へと突き刺さる薄皮一枚のところで、ライラの剣先は止まっていた。

ライラの長剣は白服の老人の背から生えている二本の腕により掴まれてしまっていた。

「――ッ⁉」

咄嗟に剣の柄から手を離して後方へ逃れようとするライラの頸部を白服の老人は鷲掴みにし、

「あぶない、あぶない。今のは危なかったのぉ。我らが神から加護を得ていなければ死んでおったわ。のう、エン、お主もそうは思わんか？」

後方を振り返り、そう尋ねかける。その白服の老人の視線の先には緑色のブカブカのハンチング帽を深く被り、同じく緑色のローブを着た小柄な男がソムニを引きずりながら木々の隙間から姿を現したところだった。

「ああ、その女からはパンドラ枢機卿と同じ匂いがする！　遊ばずに、とっとと無力化しろ！」

緑色のローブの男、エンが賛同の声を上げる。

「ふーーむ。じゃがのぉ、儂は異教徒の猿の絶望と恐怖に塗れた絶叫を聞くのがこの上なく好物なんじゃぁ」

ライラを見上げながら、舌なめずりをする白服の老人に、

「舐めすぎですわッ！」

ライラは怒号をあげつつ腰のナイフを引き抜くとその眉間深く突き立てる。

「ぐげッ⁉」

間髪入れずにその突き立てた柄を蹴り上げる。顎から上が粉々に弾け飛び、糸の切れた人形のように、地面にドシャりと仰向けに倒れ込む。

咳き込みながらも、必死に空気を肺に入れながら、エンから距離を取ろうとする。

「たっく、だから言ったんだ！　その女は危険だと！」

そう吐き捨てるとエンの額に目が出現し、三つの瞳が真っ赤に染まって空中に数十もの炎の槍が出現し、ライラに狙いを定める。

「……」

炎の槍に囲まれても退路を探そうと周囲を確認するライラに、エンはガリガリと右手で髪を掻くと、

「おい、ディビアス司祭様よぉ、いつまで寝ているつもりだよ！」

苛立ちの声を張り上げる。

「え？」

突如、眼前に出現した白服の老人に、驚愕の言葉が口から滑り出る。

「不埒者がぁっ！」

そう怒号をあげつつ、その彼女の腹部をディビアス司祭は憤怒の形相で無造作に蹴り上げる。

「ぐっ！」

ライラの小さな身体は蹴鞠のように地面を幾度もバウンドしながら、大木に背中から叩きつけられてしまう。

「猿！　猿！　猿！　異教徒の猿の分際で神使となったこの儂を傷つけるだとぉっ！　まさに神への冒涜！　神を畏れぬ所業よっ！」

瞬時にライラの傍まで行くと左手でその胸倉を鷲掴みにすると、右肘を深く振り絞る。

（ここまでですの……）

この司祭は怒りで我を忘れている。あの拳が放たれればライラはものを言わぬ肉塊となる。

（でも……）

それはライラの最も大切な少年との決定的な別れを意味する。

（そんなのはまっぴら御免です！）

ライラの中で感情が爆発し最後の力を振り絞って、必死に逃れようともがく。

「死ね」

そんなライラの努力空しく顔中に血管を浮き上がらせてディビアス司祭は岩のようにゴッゴツした右拳を放ってくる。

（え？）

ディビアス司祭の右拳はライラの目と鼻の先で止まっていた。

「何じゃ、貴様は⁉」

ディビアス司祭が自身の右手首を掴む黒髪を長く伸ばした男にドスの利いた声で恫喝するが、

「俺はスカル。色々想定外なのでね。止めさせてもらった」

意に介した様子もなくそう宣言するとディビアス司祭の右手首を握り潰して蹴り上げる。崩れ落ちるライラを抱きかかえるスカル。

「貴様ぁ……」

ディビアス司祭は数メル、吹っ飛ばされるが身体を捻って着地し、潰された右手首を修復させると親の仇でも見るような目でスカルを睨みつける。

「エン、これは一体どういうことだ？　当初の取り決めでは互いの目的を遂げるまではお互い一時休戦だったはずだ。鬼入道《きにゆうどう》を殺すとは協定違反もいいところなんじゃないか？」

長髪の男は腰から剣を抜くと、エンに刺すような視線を向けてその意を尋ねる。

「はっ！　その脳筋ゴリラ、そもそも、まだ死んじゃいねぇよ！」

エンが親指を向けた先には、バラバラになった鬼入道《きにゅうどう》だった者の肉片が散乱していた。

「どう見ても死んでいるようにしか見えないが？」

「ディビアス司祭！　その脳筋ゴリラを癒せよ！」

「エン、貴様、この儂を顎で使うつもりかぁ？」

怒声を上げるディビアス司祭に、

「いいから早くやれ！　そいつ、スカルはおそらく俺たちと同類だ！」

苛立ちを含んだ声色でそう叫ぶ。

「同類ぃ？　馬鹿馬鹿しい！　我ら以外、この地に神使などおるはずがあるまいっ！」

「今回の任務の内容をよーく、思い出してみろ。どこの国が関わってきている？」

今まで怒り心頭だったディビアス司祭の顔に漲っていた太い血管が消失していく。

「此奴の主は――アメリア王国の国王実弟クヌートか⁉」

「ああ、あの国は目下、王を選ぶゲームの最中らしいからな。大方、噂の愚王子ギルバートに近づいてゲームを乗っ取るつもりなんだろうさ」

「あの化け物が水面下で動いているとなると……」

ディビアス司祭は暫しスカルを凝視していたが、指をパチンと鳴らす。途端、バラバラとなった鬼入道《きにゅうどう》の肉片同士が急速に合わさり、細かな触手のようなものが出ると急速にその肉体を修復していく。忽ち傷一つない姿となった鬼入道《きにゅうどう》は司祭の傍で跪いて首を垂れる。

「これでいいか？　俺たちは、あんたの主ともめるつもりはねぇよ」

スカルは司祭とエンを相互に眺めていたが、

「それは生きているとは言わんと思うが……まっ、いいだろう。協定は続行とさせてもらう。この女は俺が連れて行く。それで構わないな？」

「ふざけるな！　そやつは、この神使たる儂を愚弄したのじゃ！　それは我らが神に唾を吐きかけるも同義！　殺さねば示しがつかぬ！」

真っ赤に染まった眼球でスカルを睨みつけながら、口から火花を上げつつも、怒声を浴びせるディビアス司祭に、

「ディビアス！　元よりそういう協定だ！　受け入れろ！」

エンが強い口調で指示を出す。

「ああっ⁉　それは、どういうことじゃっ⁉」

エンを睥睨しながら、怒号を上げる。

「そいつは、ターゲットを呼び寄せる餌。ここで殺してもらっては困るのさ。特に今回はダークホースのカイ・ハイネマンもいるしよぉ。状況からいってターゲットの抹殺が失敗したのは奴のせいだ」

カイ・ハイネマンとの名を聞いた途端、ライラの心臓が跳ね上がり、

「カイッ⁉　カイをどうするつもりなのっ⁉」

壮絶に取り乱して叫ぶ。

「ギルバート王子に不敬を働いて、カイ・ハイネマンは此度処分されるのさ」

即答するスカルに、

「させるわけ――」

必死の形相で叫ぶライラの首筋にスカルが触れると、彼女は糸の切れた人形のようにぐったりと力を失う。

「話を戻すぞ。エン、なぜ、ルミネとかいう小娘の暗殺が失敗したと思う？」

「ターゲットの抹殺が完了したら、バベル側からこのマジックアイテムで知らせてくる予定だったのさ。かなりの時が経つのに、その連絡がこねぇ。つまり――」

右手の青色の宝玉を掲げてエンはその言葉を止める。

「暗殺は失敗したということか。たかが小娘一人殺せぬとは使えないことこの上ないな」

吐き捨てるディビアス司祭に、

「全く同感だと言いたいところだが、カイ・ハイネマンという男、少々、得体が知れなさすぎる」

「それはぬしの勘か？」

「ああ、根拠はねぇ。だがよぉ、教皇猊下がなぜ、オイラたち、聖騎兵に此度、異教徒の小娘一匹の抹殺をご指示されたか、疑問に思わなかったか？」

「それは――確かにのぉ……」

両腕を組んで頷くディビアス司祭に、

「カイ・ハイネマンは、君たちの同志神使プレトを殺した、との情報を得ている。君たちの危惧の補完になればいいのだが……」

　スカルのこの言葉に、

「「――ッ!?」」

　ディビアス司祭とエンにあった一切の余裕が消失する。

「それは真実か？」

「少なくとも君らの組織はそう考えている。だから、君らをこの地に遣わしたんだろうさ」

　エンとディビアス司祭は少しの間無言で考え込んでいたが、

「よかろう。このかったるい任務が完了するまでお主と共闘してやるわい！　エン、ぬしもそれでよいな!?」

「だから、元よりそのつもりだと言ってんだろ！　ターゲットの駆除を邪魔されちゃかなわねぇ！　まずは、目の上のたんこぶであるカイ・ハイネマンの処理だ！　俺たち全員なら危なげなく殺せるだろうよ」

「分かった」

　スカルが頷くと、

「ではさっそく、無能の餓鬼に人質の存在を知らせにいくとするか」

　ディビアス司祭はそう言い放つと、森の奥へと姿を消す。

「そうだなぁ。この女がいれば、奴もおいそれと攻撃できねぇだろうよ！　このソムニとかいう餓鬼はスカル、お前にやるぜぇ」

緑色のローブの男もソムニを地面に置き、鬼入道《きにゅうどう》を引き連れて深い森の中へ入っていく。

三人が姿を消して暫くすると、

『ルーカス、貴様、どういうつもりだっ⁉』

黒色のローブを着た黒色の骸骨が出現し、声を荒らげて問いかける。

「ええ、お怒りの理由は十分に分かっていますよ、デイモス」

スカルは、その姿を老紳士へと変えると先ほどの人形のような微笑から一転、人間味のある笑みを浮かべて親し気な声色で返答する。

『分かっている、だとっ⁉ ならなぜこんなあり得ぬ指示をした⁉ ライラ様はあの御方の大切な方っ！ この私がお守り申し上げているのだっ！ それをあのような屑どもの行為を黙って見ていろとは、たとえギリメカラ様の命とはいえ、到底、承服しかねるわッ！』

デイモスは骨をカタカタと震わせながら、腹の底からの怒声を上げる。

「ライラ様に実害が及ぶことはありませんよ。たとえ、どこの誰だろうとそれは我らが許しません」

『実害云々以前の問題だ！ 御方様はライラ様を守護するよう私にご指示を下された！ あの御方はこの私を信頼してくださったのだ！ 一度特大級の不敬を働いたこの私をだっ！ その信頼を貴様はあえて破れという！ 納得のいく説明があるのだろうな⁉』

パキパキと両手の指の骨を軋ませながら、窪んだ両方の眼窩の奥が怪しく紅に染まり、全身から血のように赤いオーラが湧き出てくる。返答次第ではたとえどこの誰だろうと、牙を剥く、その不退転の覚悟をもってデイモスはルーカスに射殺すような視線を向け、その意を問う。

「もちろん、やらねばならないからです」

『だから、これ以上煙を巻くなと言っとろうがっ！ さっさとその理由を説明せいっ！』

「この事件は一見馬鹿王子が画策しているように取り繕われておりますが、裏にはバベル上層部の一派と中央教会がいます」

『それがどうしたっ⁉ たかが人間どもの雑魚勢力だろう！ 仮に聖武神の加護を得ていたとしても、我らならば楽々駆除しえるはずだっ！』

「ええ、それは否定しません。確かに、純粋に人間の勢力だけなら、我らが裏で動いて駆除すれば済むはずでした。ですが、先ほど私とあの愚物どもの会話で貴方なら察しがついておいででしょう？ 今回の件、裏で暗躍しているのは、ギリメカラ様方と同類の存在です。つまり――」

『御方様に刃を向けるよう企んだ時点で、我らが勢力への宣戦布告となった。そう言いたいのか？』

「ええ、どこの誰だか知りませんがねぇ。よりにもよって、奴らはあの御方を殺そうとした！ しかも、あんな下品でひ弱な人間モドキどもを使ってです。これがどれほどの大罪か、貴方ならお分かりでしょう⁉」

薄ら笑いを浮かべるルーカスの額に浮き出るいくつもの太い血管。そして口から漏れ出る怨嗟の声。

『おい、ルーカス！』

「特に、あの馬鹿王子！　上手く先導されたとはいえ、たかが一王国の王子ごときが、我らが神に正面切って唾を吐いた！　よりにもよってご身内の方々にもです！　ええ、とっくの昔に私の堪忍袋の緒はプッツン切れているんですよッ！」

笑顔で捲し立てるその狂気じみた姿に、

『落ち着け、ルーカス！』

若干引き気味にデイモスは落ち着かせるべく両手を上下に振る。ルーカスは顔を左右に数回振ると、

「失礼、少々脱線してしまいました。ともかく、すでに賽は投げられた以上、戦争は始まっているのです」

そう静かに断言する。

『だがそれは、あの御方やライラ様を巻き込む理由にはなっておらんぞ！』

「あの御方を巻き込む？　デイモス、それは認識違いです」

『どういうことだ？』

訝しげに尋ねるデイモスに、

「ギリメカラ様は仰いました。私たちごときゴミムシどもが気付くことを至高の御方《おんかた》が知らぬ

はずがないと。その言葉を耳にして正直、私は己の浅はかさに打ちのめされましたよ。私のこの信仰《想い》もまだまだなのだと！」

恍惚の表情で両手を組んで説法するルーカス。

『要するに、この事件は全てあの御方の掌の上だと？』

「ええ、奴らがライラ様を囮にするという愚劣な行為に及ぶことも含めてね」

『ならば、私がライラ様の護衛を任されたのも？』

「当然、奴らの排除を正当化するための理由を欲していらしたのでしょう。貴方によるライラ様の護衛はイレギュラーの際の保険です。本当に恐ろしい御方だ。我らの行動すらも全て読み切り、あえて不敬を働いた卑怯者のクズを表舞台に引きずり出そうとしているのですからっ！」

両腕を広げてルーカスは、英雄を語る吟遊詩人のようにそのありもしない功績を得々と宣う。

もちろん、カイにはそんなつもりは微塵もないし、信じる方がどうかしている。そのはずなのだが、デイモスは暫し、全身の骨をカタカタと震わせ、

『そ、そうであったか！』

得心がいったかのように大きく、そして何度も頷き叫ぶ。そう、狂信者たちにとって想像上の全知によるカイの策謀は、すでに限りなく真実になってしまっていた。

「計画はこの上なく順調です。あの御方の大切な御方に不敬を働いたのです。敵勢力を一掃する理由には十分です。さらに、不敬を働いた敵勢力を完膚なきまでに叩きつぶすことにより、

我らの陣営の士気の向上も見込める。まさに至上の策！　身震いしますよ！」

『私の憤りさえもあの御方の予想の範疇というわけか。確かにそれなら一連の不可解な事象に全て合点がいく。ならば、私は今後もライラ様に危害が及びそうになった時、全力で抗えばよいのだなっ⁉』

「ええ、その通りです」

ルーカスは大きく頷き、指をパチンと鳴らす。突如、周囲が黒炎に包まれて、地面には右腕を失ったエッグが出現する。一呼吸後、黒炎は人の姿を形作った。

「その子供も避難させなさい」

黒炎だった黒服はエッグを担いで広場へ向けて駆けていく。

そして、さらに黒炎は人型となり、右腕を失ったエッグの姿を形作る。

『そんなもの、どうするつもりだ？』

「もちろん、クズどもの下種っぷりを証明するのですよ」

『ルーカス、お前、とことんまで意地が悪いな？』

半ば呆れたように呟くデイモスに老紳士は、

「それ多分、正解です」

口端を耳もとまで吊り上げて、人差し指を左右に振る。次の瞬間、ルーカスの全身を黒炎が包み、その姿は黒色長髪の剣士の姿になった。そして——。

「さて、行くとしますか」

ライラを左腕に、ソムニとエッグの人形を右腕で抱える。そして、計画を次の段階へと進めるため、歩き出す。そう。己の信仰する主《あるじ》の願いの実現のため。

確かに本事件を仕組んだ者たちはルミネとローマンを狙ったことで史上最強の怪物の逆鱗に触れたのは確かだ。だが、それだけならまだ救いがあった。ライラ・ヘルナーが巻き込まれるまではまだ怪物にとって温和な方法で済ませる余地は残されていたのだから。

しかし、狂信者たちは、その壮絶な思い込み《信仰》により、その小さかった炎にガソリンをぶちまけ、大炎へと昇華させてしまう。この場この時、怪物と真の黒幕の反目はまさに決定的となったのである。

◇◆◇◆◇◆

「……起……！」

頭頂部に生じる痛みにソムニは顔を顰める。

「起き……！」

その痛みは次第に強くなっていき、

「起きろ！」

瞼を上げると、そこは所々が痛んでいる石造りの廃墟の建物の天井。そして、横たわるソムニを不快な表情で見下ろしている真っ白な鎧を身に纏った金髪の青年。

「守護騎士タムリさん？」

彼はギルバート殿下の守護騎士。ソムニの先輩であり、若いながら相当な使い手との紹介を受けている。同時に新人イビリが酷く、他の守護騎士からは確かな実力は認められながらも、敬遠されている人物でもある。

「ようやく起きたか、出来損ない」

「どうも……」

あまりに失礼なタムリの言い分に、ムッとして上半身を起こして辺りを窺う。同時にボンヤリとした意識がはっきりとしてきて、あの悪夢のような現実を鮮明に思い出し、

「エッグとライラは⁉」

同じチームの仲間たちの名を叫んでいた。

「エッグという小僧なら、ほれ、そこにいるぜぇ」

タムリの背後の壁に寄りかかっていた頭部に髑髏の入れ墨をしたスキンヘッドの男が、意地の悪い笑みを浮かべつつも、親指の先を部屋の片隅に向ける。その先には己の首を無事な左腕で抱えているエッグの姿。

「――――ッ⁉」

声にならない悲鳴を上げて、立ち上がろうとするが、タムリに髪を掴まれて顔面から床に叩きつけられる。眼前に火花が飛び散り、焼けるような鈍い痛みが鼻付近に生じる。

混乱する頭で、

「な、なんでッ⁉」

そう叫んでいた。いや、叫ばずにはいられなかった。だって、エッグが死ぬなんて考えもしなかったし、何より、この状況でギルバート殿下の守護騎士であるタムリに冷たい床石に押さえつけられている理由に検討がつかない。

「決まっている。貴様のせいだよ」

「僕の……せい？」

オウム返しに尋ねる。どうしてもこの状況が理解できない、信じられない。

だってそうだろう？　守護騎士とは、王族の中でもロイヤルガードに次ぐ誇り高き騎士。非道とはもっと遠い存在。タムリの言動は、まるでその守護騎士がエッグの死の片棒を担いでいるようなのだから！

「そうだ。貴様が巻き込んだんだ。貴様と同じチームになったばっかりにこいつは死んだ」

淡々とそう宣言するタムリに、

「わけが分からないよッ！　どういうつもりだっ⁉」

その意を尋ねるべく声を荒らげる。

「それが目上の者に尋ねる態度かっ！」

眉根を寄せてソムニを地面に叩きつけると、蹴り始めた。激痛と溶岩のような熱さとが全身を駆け巡る中、歯を食いしばって、

「どういうつもりだっ⁉」

　再度確認の言葉を繰り返す。

「だから、貴様のせいだと言っている。貴様があまりに弱すぎるから殿下は心を痛めながらも処分の決定を下された。ああ……心優しい殿下が、どれほど悲痛な決断だったか、目に浮かぶようだ」

　陶酔するかのように、右拳を己の胸に当てて天井を見上げる。

「そんなの、絶対におかしい……」

　そのソムニの言葉など意にも介さず、

「そこの哀れな子供は偶然貴様と同じチームになったことにより、若くして命を散らせたのだ」

　絶望の言葉を吐く。

「なぜ、僕が処分対象なんだ⁉　僕は今まで騎士道に反するような行為などしてはいないし、なんら王子殿下に対し、不敬となるようなこともしてはいない！」

「ギルバート殿下がソムニを処分する？　理由など微塵も思いつかないし、納得もいかない。

「不敬はしたさ。弱いにもかかわらず、守護騎士になるという特大の不敬をな！　だから、殿下は私にお命じになられたのさ。守護騎士としては失格の弱者は、処分しろとな」

　その答えに頭が真っ白となり、

「出鱈目を言うなっ！　殿下がそんなこと仰るわけがない！」

喉が潰れんばかりに、声を張り上げていた。あのお優しい殿下が、そんなことを言うわけがないから。

「全く、貴様のその自信、一体、どこからくるんだ？」

タムリから蔑むような、そして心底呆れたような視線を向けられてソムニの中にいくつもの感情が混じり合い、

「僕は神聖武道会ベスト四だっ！」

己の強さの依拠《よりどころ》とするところを叫ぶ。タムリに容易に押さえつけられている状況で、叫ぶ内容としては滑稽なのは百も承知。それでも、これだけは折れるわけにはいかなかったのだ。だって、もし、認めたら、本当に弱いソムニのせいでエッグは死んでしまったことになるから。

「哀れだな。お前が勝ち進んだのは、お前の父たるルンパ卿のお陰だ。相当な金を積んだんだろうな。見事に全員、買収されて自ら敗者の道を選んだんだ」

「嘘だっ！」

認められない！　そんなふざけた出まかせ、認めるわけにはいかない！　同時に、父ルンパ・バレルならばやりかねない。そう考えてしまっている自分がいた。

「真実だ。というか、その事実を知らぬ者など殿下の守護騎士にはいない。貴様一人を除いてはな。というか、お前の剣技を一目見れば、勝ち進めるはずがないことは騎士なら容易に断言できる」

「嘘……だ」

「別に同情はせんが、ある意味、貴様は被害者なのだろうよ。お前のためを思って良かれと思ってやった父親の行為が仇《あだ》となり、死ぬわけだしな」

「……」

もう、反論の言葉一つ出てこない。なぜそもそも、ソムニたちが賊どもに狙われたのか。あの殺された少女たちの最後の言葉。そして、タムリの異常とも言えるこの度の言動。否定しようとも、思い返すだけでまるで無秩序だった割れた壺の欠片のピースが埋まっていくように、次々に肯定する要素だけが積み重なっていく。

「心配するな。貴様の死は無駄にはならん。殿下のお望みのままに、あの無能小僧に背負ってもらう手はずとなっている。貴様を殺した奴を私が誅殺すれば、ルンパ侯爵も納得するだろうし、無難な落としどころってやつだ」

崩れていく。タムリの身勝手極まりない言葉が紡がれる度に、ソムニが今まで信じてきたものがガラガラと音を立てて崩れ落ちていく。

――自身の剣への誇りと自信が消えていく。

――父への尊敬の念と己を信じ支えてくれているという信頼が消えていく。

――あれほど生涯命に代えても守護しようと誓ったギルバート殿下への忠誠が綺麗さっぱり、消えていく。

そんなソムニの内心などお構いなしに、

「私はお前とは違う。こんなところでは終わらん！　必ずや、あの無能小僧に生きていることを後悔するような地獄を見せて、殿下の期待に報いて見せる！」

　右拳を握りしめて熱く語る。

「そうそう。そのお陰で、俺には役得があるしなぁ」

　タムリの背後の頭に髑髏の入れ墨のあるスキンヘッドの男が、石造りのベッドに横たわる美しいウィローグリーン色の髪の少女に視線を固定すると、顔を欲望一杯に歪めて舌なめずりをする。

「貴様、彼女に何をしたッ⁉」

「まだ、何もしちゃいねぇさ。その女は今回のターゲットの無能小僧の女らしいからな。奴の前で純潔を散らして、思う存分嬲ってやるのが俺の今回の仕事ってわけだぁ」

「トウコツ、分かっているかと思うが――」

「ああ、証拠は残さず、女もろともきちんと処分するさ。心配すんな」

「下種がっ！　貴様ら本当に人間かっ！」

　激昂するソムニに、頭に髑髏の入れ墨のあるスキンヘッドの男トウコツは右手に持つ杖を掲げると、

「クハハハハ！　それは俺に対する最高の褒め言葉だぜぇ。なぜなら――」

　顔一面に薄気味の悪い笑みを浮かべつつ、数語呪文のようなものを詠唱する。

　――ドゴォッ！

　刹那、脇の石壁が粉々に砕かれ、二メートルもある皮膚がドロドロに溶けた長身の赤肌の青

年が姿を現す。

「俺は、もはや人を超えた存在だからなぁ！」

怪物を満足げに眺めながら、得意げに宣う。頭部の角に長く伸びた犬歯。これはまさか――。

「オ、オーガのアンデッドか？　いや、違う、これは……」

震え声でどうにか声にする。オーガは鬼系の魔物の上位種族。しかもあれは――。

「へー、お前のような雑魚餓鬼がこいつを知ってるとは意外だなぁ。そうだ。こいつは、オーガのさらに上位種――ハイオーガだ！　いやー、こいつを殺すには苦労したぜぇ。何せ、Aランクのハンターチームでも敵対したら、即死コースだからなぁ」

顔を醜悪に歪めて弾むように語る。

「くっ！」

ハイオーガ――敵対した中隊規模の王国軍を壊滅させたとか、Aクラスのハンターチームを全滅させた、などの曰くのある魔物。

「やっぱり、魔物の分際で知性がある奴は扱いやすい。娘を人質にとったら簡単に戦意を喪失するくらいだしなぁ」

トウコツはまるでお気に入りのコレクションを獲得した時の状況を自慢するかのように、声を弾ませて悪行を独白する。

「クサレぇ――外道め！」

その状況を鮮明に思い描き、額の血管が切れるほどの憤怒が湧き上がる。

「それも褒め言葉だぜぇ。まだまだ、外にはお気に入りのコレクションがわんさかいる。これはまさに神話の軍隊。バベルはおろか、人間で所有するのは初だろうさ。つまり、俺は人を超えた存在ってわけだ！」

うっとりした目でハイオーガのアンデッドを眺めつつ宣うトウコツ。

この外道どもは、エッグを殺した。もちろん、エッグは子供じみたところがあるし、決していい奴ではなかった。だが、ソムニが母からもらったお守りの石をなくしてしまった時に、どうせ暇だからと日が沈むまで一緒に探してくれたこともあったのだ。殺されるほどの非道など犯してはいない。そのエッグを殺し、しかも、魔物とはいえ家族の絆を利用し殺すなど、到底許されない。騎士として、いや、人としてこいつらはクソだ！　魔物以上に邪悪で生きている価値もないクズ野郎どもだ。

「くくっ！　ははははははっ！」

本当に滑稽で笑えてくる。あれほど輝いて見えた世界は、こんなクズの様な奴らが跋扈《ばっこ》する汚らわしいものだったのか。

「笑うな、貴様今どんな立場か分かっているのか？」

腹を蹴られ、一瞬息が詰まるが、それでも笑いは止まらなかった。

「やめとけよぉ。どうせ、恐怖でおかしくなったんだろうさぁ」

トウコツが左手をプラプラ振って小馬鹿にしたような口調で頓珍漢な台詞を吐く。

恐怖でおかしくなった？　逆だ。今まであった恐怖は嘘のように消えている。代わりにある

のは、肥溜めのような奴らへの凄まじい憤りのみ。よろめきながらも立ち上がり、奴らを睨みつけて、

「お前らはただの卑怯者だ！　何が、守護騎士だ！　何が、ギルバート殿下だ！　卑怯な手を使わなければ、無能の恩恵《ギフト》を持つカイ・ハイネマンとすら戦えない、臆病者の集団じゃないか！」

捲し立てる。

「貴様、殿下に対する侮辱、不敬である！　撤回しろ！」

顔を真っ赤に蒸気させてタムリはソムニを蹴り、殴る。守護騎士の手加減抜きの折檻だ。何度も意識を失いそうになるが、それでも二人を睨みつけ、

「何度でも言ってやる。お前らはただの卑怯ものだ！　何がお優しいだ！　本当に優しい人は、こんな簡単に人を切ったりしない！　無関係なものを犠牲にしない！　そんな人の心を持たないクサレ王子が王位につくようなら、アメリア王国はどの道、終わりだ！」

「貴様ぁ……」

腰の剣を抜くタムリ。目が据わっている。どうやら、ソムニもここまでだ。それはいい、もうソムニの身など知ったことじゃない。だが、心残りはある。ソムニたちのせいで、巻き込んでしまったライラだ。彼女だけは助けたい。いや、騎士としての最後の誇りと命にかけて助けなければならない。たとえ、それがソムニよりも強く誇り高き少女だったとしても。

意を決して、重心を低くして右拳を強く、強く握る。握る拳が震えるのを自覚する。正直怖

い。だってこれからしようとしているのはただの無謀な特攻。ただの子供じみた意地だ。きっと、ソムニは死ぬ。そういえば、喧嘩すらろくにしたことなかったな。そんなんで、よくもまあ、一流の騎士などと本気で自称していたものだ。

「死ね！」

剣を振り上げるタムリに近くの瓦礫を掴んで投げつけると、全力で奴に向けて突進する。

「ちっ！」

タムリは剣で器用にも瓦礫を弾くとソムニの脳天に長剣を振り下ろしてくる。それから身を捻って躱そうとするが、長剣はソムニの左肩から切断する。

背骨に杭が打ち込まれたような激痛に歯を食いしばりながら、固く握った右拳でその頬を殴りつける。吹き飛ぶタムリを尻目に、ライラへ向けて走り出す。

（とどけぇ！）

ソムニの右手がライラにまさに触れようとした時、

「残念でしたぁ」

トウコツのいやらしい声が響き、横っぱらに凄まじい衝撃が生じ、視界が天井と床を巡り、壁に叩きつけられる。

「この雑魚餓鬼がぁ！」

朦朧とする意識の中で、悪鬼の表情で近づいてくるタムリが見える。

突如眼前に生じる黒色ローブの後ろ姿。

『少年、貴様はよくやった。傍観するには此奴らはやりすぎた。貴様の無念、私が引き継ごう。だから、貴様はゆっくりと寝ているがいい』

頭の中に反響する男の声を契機にソムニの意識は暗い闇へと落ちていく。

◇◆◇◆◇◆

──【華の死都】前広場

気を失ったルミネとローマンを担いで【華の死都】前広場へ到着すると教官らしき者数人に囲まれる。全員武器を向けていることからも、好意的なものでは断じてなかろうよ。

「貴様がなぜ、ここにいる⁉」

青色の髪を角刈りにした長身の教官が動揺気味に私に叫ぶ。こいつらの言動からして私という人間を知っている。そして、ここにいてはならないと考えているのだろうな。

確か試験のルールではリタイアは当然、一時的な休憩や態勢の立て直しのためこの場所に戻ること自体はありだったはずだ。何より、武器を向けてまで警戒する理由など一つだけだろう。つまり、狙われていたのは私も同じってわけか。

「私がここにいてはいけないのかね？」

私を取り囲む教官どもをグルリと眺めまわしつつ、逆に問い返す。

「その二人と貴様はチームメイトではあるまい！　もう一人の受験生はどうした？　まさか、

襲ったのか⁉」

やはり、こいつらはアントラとかいうカスのことを知っている。ルミネとローマンを殺そうとしたのはこいつらバベルの連中だろうな。

「さあな、今頃良い夢でも見ているだろうよ」

現在、ベルゼバブの奴が尋問をしているからすぐにこいつらの裏は取れるが、念のために私の方からもバベル《こいつら》がどこまで関わっているかを探ってみることにする。

「それはどういう意味だっ⁉」

角刈り長身の試験官が、私の鼻先に剣を突き出してくる。

「想像に任せるね」

「ふざけるなっ！　その二人を渡せ！」

怒号を浴びせてくる角刈り長身の試験官。

「騒々しい。喚けば大人しく従うのは、お前たちが今まで喰い潰してきた純真無垢な若者だけだぞ？」

「なんだとっ！　我らを侮辱するのか！」

角刈り長身の教官は、さらに私の首筋に長剣の刃を当てて威圧してくる。立ち振る舞いから言って、剣の腕は他の受験生と大差ない。全く取るに足らない相手だ。一応、腐ってもバベルの教官なんだし、剣術には疎い魔導士か何かなんだろうがね。

「それ以外に聞こえたのなら、お前たちの理解力を疑うな」

もういいだろう。こいつらの底は見えた。これ以上付き合う価値を見出せん。それに、どうも嫌な胸騒ぎがする。まだこの試験にはライラが参加しているのだ。デイモスはまだまだ未熟。強者には太刀打ちできまい。現時点で私が動く必要がある。ルミネとローマンは一時、ローゼたちに預けるとするか。ローゼの近くにはアスタがいる。仮にもイージーダンジョンのラスボスだし、アスタなら逃げるくらいできるだろう。

まさに動き出そうとした時、同じく試験官らしき緑色のローブを着た男がこちらに駆けてくると、角刈り長身の男に耳打ちする。途端、角刈り長身の男は顔を醜悪に歪めて、私に近づくと、

(ライラ・ヘルナーが今、窮地らしい。賊の希望はお前が我らの指示に従い、その二人を引き渡し、奴らの指示にも従う事だそうだ)

弾むような、そして私にのみ聞こえるような小声で耳打ちしてくる。胸騒ぎは当たったか。どうやら、バベルという組織は私と正面切ってのドンパチをご所望らしい。

「それは脅しかね?」

だとしたら実に滑稽だ。過去ならともかく、今の私に脅しなど無意味。弱者の脅しに屈するなど、そんな甘ったるい感情はあのイージーダンジョンに残さず廃棄してきている。

(いや、ただの賊からの伝言だ。儂らは試験官、そんな輩どもと関わりなどあろうはずもない)

「くだらん」

馬鹿馬鹿しい。賊から伝言を受ける立場の時点で、関係者と自白しているものだろうに。

「老婆心ながら貴様に教えておこう」

私を屈服させたと思ったのだろう。にぃと口角を吊り上げて剣先で私の頬をピタピタと叩いて勝ち誇ったようにそう宣う。

「なんだね？」

「この世界には絶対不可侵な秩序がある。それらは一介の無能剣士ごときが抗えるものではない。諦めて黙って従え。それが世の正しい流れというものだ」

既存の秩序に従えね。今の私が一番嫌悪する思想だ。この状況でこの私にその台詞を吐くとは、よほどこの者たちは破滅願望でもあるのだろう。いいさ。もうどの道、このくだらん茶番にはうんざりしていたところだ。ローマンとルミネを地面にそっと置くと、

「一つ尋ねていいか？」

角刈り長身の男を見据えて静かに問いかける。

「うん？　何だ？」

やはり、余裕の表情で尋ねてくる角刈り長身の男に、

「これはバベルの総意、そう思っていいんだな？」

私からの組織存続の最終確認をする。

「当然だ！　さっきも言っただろう？　貴様のような無能は我らにただ従い、首を垂れていればいいのだ！」

私は大きなため息を吐くと、

「お前たちは選択を誤った」

ただそれだけを低い声で告げると、私の鼻先にある刀身を左の人差し指と親指で掴むと捩じり上げる。

「へ？」

グニャリと圧し折れる刀身に間の抜けた声を上げる角刈り長身の男。私はさらに長剣の刀身を両手で握りつぶし、こねて球状の鉄塊へと変える。

「……」

ついさっきまで長剣だったものを茫然と眺める角刈り長身の男など歯牙にもかけず、右手に討伐図鑑を顕現させる。都合よく眼前にはテントが複数あるだけで、背後は誰もいない大きな平地が広がっている。ここなら呼び出すのに十分な空間があるだろう。

人のいない背後の広場を向くと、パラパラと図鑑の該当箇所を開く。そのページのタイトルは、『対人集団戦軍』と記載されていた。

これはマーラが討伐図鑑の住人になってからほどなく現れたページだ。表紙に『ｌｅｖｅｌ２』と新たに記載され、このページが現れていた。何でも『対人戦闘』に特化しており、対人という条件付きではあるが、戦軍指定された各魔物の身体能力は跳ね上がり、一時的に討伐図鑑の愉快な仲間たちの中でも最上位の幹部たちの加護が与えられるという特殊効果があるらしい。

「らしい」、というのは実際に検証しようとはしたが、『対人条件を満たしません』のみ表示され呼び出すことはできなかった。要するにこれが初見えというわけだ。

「出てこい」

私の声に図鑑が発光して広場を埋め尽くす数千のバッタ男。

『グガッ！』

バッタマンたちは、全員規則正しく整列し、姿勢を正す。

『御前《ごぜん》の御前《おんまえ》だ！　総員、敬礼！』

先頭で荘厳に佇む獅子顔の獣人ネメアの号令により、

『ギギッ！（ハッ！）』

数千のバッタマンたちは、左の掌に右拳をあてると一礼してくる。どうやら、対人戦闘ではバッタマンたちが出てくるってわけか。しかも、全員、特殊なコスチュームにマントをしている。ネメアも金色の鎧姿だ。きっとこれが本の特殊効果なのだと思う。

しかし、討伐図鑑でも比較的弱いバッタマンでこのバベルの制圧、大丈夫だろうか？　私はこんなクズどものために、部下を失うのだけは絶対に御免被るんだが。ま、実際に対人戦闘でのブースト効果もあるし、ネメアもいる。危険になったら退避くらいさせるだろう。

「ひぃぃぃっ！」

不自然なくらい静まりかえった広場内でネメアと無数のバッタマンたちに射殺すような視線を向けられた角刈り長身の男は、顔を恐怖一色に染めて怪鳥のような甲高い声を張り上げる。

その無様な姿を一瞥し、私は両腕を広げると、

「諸君、この都市バベルは私の敵となった。速やかにバベルの塔を制圧せよ。学生や受験生には危害を一切加えるな。お前たちが死ぬことも絶対に許さん。その二つが条件だ。あとは好きにしていい。徹底的に暴れろ」

バッタマンたちに指示を出す。

『ギガッ（ハッ）‼』

咆哮を上げ、足を踏み鳴らし答えるバッタマンたち。まさに地鳴りが同心円状に吹き抜けていく中、角刈り長身の男は地面に尻餅をついて遂に失禁する。他の私を取り囲んでいた職員たちも身を寄せ合い、ガタガタと震え上がってしまう。

全く、実につまらん連中だ。だが、賽は投げられた。他ならぬ、こいつら自身の手でな。ならば、私も妥協は一切すまい。

「ちょ、ちょっと待った！　待ってくれ！」

頭に真っ赤なバンダナをした剣士風の男が、テントの方から慌てふためいて転がるように私の前まで来ると制止の声を上げる。

「ブライ・スタンプ、君も私の敵か。ならば容赦はせんぞ」

背中の鞘から【村雨】を抜き放ち、構えを取る。未熟とはいえ、この男は剣士。ならば全力で叩き潰させてもらう。何より、ライラが襲われた時点で、もう私に自重の文字はない。敵が組織だろうと、個人だろうと跡形も残らぬほど粉々に砕くだけ。

「そんなわけないでしょう！　少なくとも我らバベルは貴方の敵じゃない！」

「はっ！　私の幼馴染、ライラ・ヘルナーを攫った馬鹿どもとこいつらは通謀しているようだがな。そして、そこの私の身内の二人も処分しようとしている」

そう言い放って私が今も尻餅をついて口をパクパクさせている角刈り長身の男を見下ろすと、ビクンッと身体を硬直化させる。

ブライは目を白黒させてルミネとローマンに、次いで私の顔を凝視していたが、すぐに憤怒の表情を同僚の角刈り長身の男たちに向けて、

「お前ら、それは本当か？」

声を震わせて尋ねるが、

『真実ですよ』

その疑問に答えたのは透き通るような女の声。眼球だけ動かすと、真っ白のローブを着た美女を先頭にした集団がこちらにやってきていた。まだかなり距離がある。普通に考えれば声が届くはずがない。魔法か何かだろうな。さっきからずっと覗き見られているような気がしていたのだが、多分奴らだろう。ともかく、あの女がたった今、真実と自白した。つまり、

「そうか、そうか、お前が黒幕か」

自然に口端が吊り上がるのが分かる。こいつは、バベルの学院長イネア。つまり、名実ともにこのバベルのトップ。つまり、バベル最強の女ってわけだ。さらに、背後にいる赤色のローブに身を包んだ小柄だが筋肉質な男は、バルセのハンターギルドのマスター、ラルフ・エクセ

ルだ。人界最強クラスの英雄様たちのご到着ってか。なるほど、わざわざ私たちの前に顔を見せたのは、強者の余裕というわけだな。英雄二人が相手なら、確かにバッタマンたちでは分が悪いだろう。私が直々にやらねばならん。

「くはっ！　面白い。お前ら、面白いよ！」

最近、雑魚処理ばかりで、強者と一度もやり合っていない。バベル最強の学院長と、ハンターの英雄ラルフ・エクセルか。相手としては申し分ない。

「起きろ、【村雨】」

私はそう命じ【村雨】に魔力を全力で込めると、数度脈動し周囲に悪質極まりないオーラをばら撒き始める。久方ぶりに【村雨】を目覚めさせた。一度起きるとこの妖刀、とことんまでじゃじゃ馬になる。考えなしに振るえば、四方八方が更地なんてことになりかねん。気を付けて扱わねばな。私は重心を低くし、精神を戦闘に特化させていく。

「勘違いしないでください。私が出向いたのは反逆者の粛清です」

「あ？」

イネアはクスリと笑うと片手を上げて、

「捕らえなさい！」

目の細い黒ローブの男を始めとするバベル職員たちが、必死の形相で先ほど私を取り囲んでいた者たちに駆けよると両腕を金属により拘束する。あれは束縛系の呪具か。

「受験生に対する非道行為。許しがたい大罪です。貴方たちに命じた者も含め、厳罰に処しますから、覚悟しておきなさい」

　まるで虫けらに向けるような冷たい目で見つめつつも、イネアは静かな口調で宣言する。

「そんな、何の証拠があって！」

　角刈りに長身の男がたまらず、反論しようとするが、

「貴方はこの状況で証拠が必要とお思いですか？」

　イネアに告げられ、恐る恐る私を見ると顔をとびっきりの恐怖で歪ませた上で、項垂れてしまう。イネアは私に向き直ると深く頭を下げて、

「これは一部の愚者が暴走した結果で、私たちバベルの総意ではありません。矛を収めていただけませんか？」

　懇願の台詞を吐く。

「見え透いた冗談だな。この状況でお前たちを信頼しろと？」

「はい。私たちには危険を冒してまで貴方と敵対するメリットがありません。それに今は貴方も敵を新たに作りたくはない事情があるはずです」

　この女、今の私の置かれている状況を見透かしている。確かに、ライラが攫われている以上、私はこんなところで足止めを食っている場合ではない。しかし、この女を信用できるかといったら、それはまた別の話だ。

「お前らは信用できん。ここで潰しておくのが最良。そんな気がする」

【村雨】の剣先をイネアに向けると、上段に構える。確かに私はできる限り早く、ライラの

保護に向かいたい。だが、このまま向かえばルミネとローマンを人質に取られかねん。この手の裏で企む輩《やから》はそのくらい平気でやるだろう。ネメアは私よりも弱い以上、人類の英雄クラスの二人に必ず勝てるという保障はない。何より、この女はすこぶる危険な臭いがする。信頼していい部類の輩ではない。故に、ここで私が消しておくのが最善にして最良だ。

「お、お待ちください！」

先ほどまでの余裕たっぷりの態度から一転、強い焦燥の含有した制止の声を上げるイネアに、私のとびっきりの奥の手を繰り出そうとした時——。

「カイ！」

見知った三人の男女が私とイネアたちに割って入るように忽然と姿を現した。

ローゼ、アスタ、ザックか。気配自体が突然生じたことからも、おそらく、アスタあたりの空間転移系の能力でこの場に来たんだろうさ。アスタの奴、見かけによらず、多才だからな。とにかく、このタイミングでのローゼたちの登場だ。誰かに仲裁でも頼まれたとみるべきか。普通に考えればバベル側だが、だとすると、イネアたちは本当に無関係ということか？　いや、この女の挙動はこの件の動向を予想しているようだった。確実に関わってはいる。問題はいかなる形でどの程度関与したかだが、今考えている余裕はないか。どうにも面倒なことになった。

「ローゼ殿下！　カイ様を説得してください！　我らは本当に無関係なんです！」

泣きそうな、いや、実際に泣きべそをかきつつ、目の細い男シグマが懇願の言葉を吐く。

ローゼは私と数千のバッタマン、次いで傍に横になるルミネとローマンを相互に見ると、深

いため息を吐いて、

「カイの危惧はその二人でしょう。ならば、私たちがその二人を保護します」

請け負う旨を宣言する。そのあきれ果てたような様子、すこぶる気に入らんが、元々ローゼたちに二人は預けようと思っていたんだ。都合が良いのは確かだし、空間転移が使えるアスタがいるなら、最悪の事態だけは免れるだろうしな。

「分かった。任せる」

転移が使えるアスタがこの場に来た以上、ルミネとローマンの安全は確保された。それにバベル側もアメリア王国王女のローゼに危害を加えないだろう。ならば、一時の休戦くらいなら乗ってやるさ。現在のイネアの動きを封じる観点からも、矛を収めるというジェスチャーは必要だろう。あくまでこの件が終わるまでの保留になるだけだ。ならば別に構うまい。

「呼び出してすまんが、今は戻っていてくれ」

『ハッ！』

一礼するとネメアを始め、バッタマンの大軍は討伐図鑑の中に帰っていく。

「御方様！　お願いしたき儀がございます！」

突如、露出度の高い赤色の衣服を着こなす長身の美女が姿を現すと私に意外な意見具申をしてくる。彼女は討伐図鑑でも一、二を争う武闘派閥、女神連合のツートップの一柱、ネメシスだ。

「なんだ？」

悪いが今は一分一秒が惜しい。悠長に話し込んでいる余裕などないのだ。

「そこの二人の保護、私に委ねていただけないでしょうか？」

「ルミネとローマンの保護をお前にか？」

「はっ！　どうかお任せくださいッ！」

「ふーむ……」

アスタに警護を任せようと思ったのは転移能力があるからだ。この点、女神連合の派閥のものたちは討伐図鑑の中でも最も多才な能力を有する。その保護に特化したものも存在する可能性は高い。何より、ネメシスがこうも強く私に願望を伝えてくることは滅多にない。ここは部下を信頼するべきだろうな。

「分かった。お前に委ねる。二人を必ず、守ってくれ！」

「は！　この命に代えましてもっ！」

私はルミネとローマンをネメシスに託すと、再び森の中へ駆けていく。

◇◆◇◆◇◆

怪物が【華の死都】内の森へと姿を消した途端、イネアは両膝を地面に突く。足はガクガクと震え、汗腺がぶっ壊れたように滝のような冷たい汗が全身から流れ出ていた。そしてそれは、一騎当千を自負する他のバベルの職員たちも同じ。ただ、皆、あの怪物との戦争が回避されたことに心の底から安堵していたのだ。

「マスター！　彼と事を構えるなんて正気ですかっ！　下手をすれば、このバベルの全ハンターが犠牲になっていたかもしれないんですよ！」

胸当てと丈の短いパンツという露出度の高い服装を身に着けている女性が、涙目でラルフ・エクセルに詰め寄っていた。

「分かっとる。儂も肝を冷やした。というか寿命が数十年縮まったわい。もう二度とあいつを怒らせるのはごめんじゃい」

ラルフも大きく息を吐き出すとペタンと地面に腰を下ろす。そして、隣で微笑を浮かべているローゼ王女に顔だけ向けると、

「儂らハンターギルドは、今回の件には無関係。王女、それでよろしいですかな？」

疲れたように問いかける。

「ええ、カイにはあとでそう伝えておきます。ラルフ様たちに敵意がないと分かればカイがあえて敵対することはないでしょう」

笑顔で答えるローゼ王女の顔からは、不安のような否定的な感情は微塵も感じられなかった。

「ハンターギルドの方は完全にとばっちりだし、別に師父は理不尽じゃねぇ。心配はいらねぇよ。むしろ、問題はあんたらバベルの方だろうさ」

二メルはある筋骨隆々の野性的な風貌の男、ザックがイネアをチラリと見ながら、今一番危惧していたことを指摘する。今回イネアたちはカイ・ハイネマンの配下との策謀に乗っただけ。

だが、あの様子だとそんな理由をいくら彼に宣っても、全く減刑の理由にはならないように思える。それほど強烈な覚悟を感じた。まさに、バベルという組織をこの世から消滅させようとするだけの。

「貴方もそう思いますか？」

「まあな。実際にそこの身の程知らずのボンクラどもが、師父を本気で激怒させやがったからな。ありゃあ、ダメだ。もう、なるようにしかならん」

背後で捕らえられて項垂れている副学院長派の職員に親指の先を向けると、首を左右に大きく振る。

「つまり、ライラ・ヘルナーの安否にバベルの未来はかかっていると？」

「ああ、実のところ師父は自分で考えているよりずっと家族想いだからなぁ。ライラ・ヘルナーだけじゃねぇ。もし、俺たちの誰が欠けようときっと同じさ」

「ではもしライラ・ヘルナーの身に危害が及べば？」

「当然、師父はあんたらの言葉に聞く耳など一切持たずに、バベルを滅ぼす。それこそ跡形もなくなるくらい徹底的にな。俺たちには止めるすべはないし、そのつもりもない。あとは、ライラという名の嬢ちゃんが無事でいてくれることをただ願うだけだ」

「そう……ですか」

自身の微笑が鋳割れていくのを自覚する。綱渡りだとは理解していたし、彼が自身を人間だと認識していることも知っていた。だが、彼は最強の超越者。その彼がここまで人間臭いとは想定していなかったのだ。

「確かにギリメカラ派の暗躍もあり、お前たちもそれに乗っかっただけである。だが、真っ先にこの塔の一部の者が我がマスターを殺そうとしたのは事実なのであろう？」

　この状況に大して興味がないのだろう。やる気なく大きな欠伸をしつつも、異国の衣服に片眼鏡をした美しい女はそう問いかけてきた。

「はい」

　カイ・ハイネマンの暗殺は副学院長側があの馬鹿王子の依頼を受けて策謀したこと。副学院長もバベルの一員には違いない。だからそれは紛れもない事実だ。

「ならば、自業自得であるな」

「だよなぁ。それなら、ギリメカラ派が絡んでくれてかえって良かったんじゃねぇのか？」

　腕を組みながら、ザックはしみじみとそんな感想を呟く。

「確かにマスター配下のあの血の気の多い連中がこの件を知れば、大激怒どころの騒ぎじゃない。問答無用にこのバベルという組織自体が滅ぼされていたのである。羽虫《人間》好きの変態集団ギリメカラ派故に、バベル側に接触するという回りくどいやり方をしたわけであるし」

　意味不明な会話をするザックと片眼鏡の女性。だが、なぜだろう。意味不明なはずの内容に、さっきから鳥肌が止まらない。

「だよなぁ。でもよ、ギリメカラのオッサンって、ほら、かなりアレじゃね？　この件、無事収束するものなんかね？」

他人事のようにぼんやりと呟くザックに、

「この件にはルーカスも駆り出されている。よほどのイレギュラーが起きない限り、マスターの介入でこの事件は手打ちとなるはずである」

「このタイミングでルーカスのオッサンかよ。益々嫌な予感しかしねぇな。しかも、イレギュラーか……それってこの状況では最悪のフラグだろ?」

ザックは暫し顎を摩って考え込んでいたが、うんざりした顔で片眼鏡の女性に尋ねる。

「流石にそれは考えすぎ……」

鼻で笑っていた片眼鏡の女性は突如、顔を顰めて【華の死都】の遥か遠方を眺め、

「――でもないようである」

そんな不吉極まりない言葉を吐いたのである。

◇◆◇◆◇◆

ライラ・ヘルナーか。あのイージーダンジョン内で長い年月が経つにつれてほとんど全て忘れてしまっていたが、うっすらとだがその存在を覚えていたことがいくつかあった。その一つが、ライラだ。それほど過去の私にとってライラの存在は大きかったということだろう。

親同士が決めた許嫁という関係であったからか、ライラとは幼い頃から共に一緒だった。共に昼食を頬張り、ポッカポカの草むらで昼寝をし、汗を流して剣を習った。私にとって彼

女は歳の近い姉に等しかったんだと思う。だからだろうな。どうにもこの彼女の危機に激しい焦燥を感じているようだ。

こちらに向けられている稚拙極まりない殺気に立ち止まると、

「出て来いよ」

今も暴れたがっている右手に握る【村雨】を全力で抑えつけながら、私は声を張り上げた。

「気付いておったか」

そう呟きながら真っ白な法衣を着た大柄な白髪の老人が、全身傷だらけのスキンヘッドの男を引き連れて、木々の隙間から出てくる。

「まあな」

殺気を隠そうともしていないんだ。そりゃあ気づくだろうよ。

大柄な老人は少しの間、片目を細めて私をまじろぎもせず見ていたが鼻で笑うと、

「おい、エン、貴様もこんな異教の猿が本当に同志、神使プレトを殺したと思うか？ 全く何も感じぬぞ！」

背後を振り返ると大木の枝の上でこちらに右手の人差し指を向けてきている緑ローブの男に尋ねる。

「馬鹿野郎ッ！ そいつの挙動を見ても気付かねぇのかっ！ そいつはクソ強ぇ！」

滝のような汗を流しながら、エンは裏返った声を張り上げる。

「こんな弱そうな猿がか？」

　エンの様子に眉を顰めながら大柄な老人は疑問を口にする。

「ディビアスっ、見た目に騙されるな！　そいつは確実に達人クラスだ！　プレトを殺したのは間違いなくそいつだ！　当初の計画通りにいくぞっ！」

「分かった……」

　大柄な老人、ディビアスが右手の指をパチンと鳴らすと、スキンヘッドの男がディビアスの前で曲刀を構える。こいつの生気のない様子。人間をベースにしたいわゆる改造人形って奴か。全くもって不快な奴らだ。

「私は今急いでいる。ライラのいる場所まで案内しろ。そうすれば、褒美にお前たちに安楽な死をくれてやる」

　此度の賊は私の最も触れてはならぬものに触れた。安楽な死は、私にとって考える上で最大の温情だろうさ。

「異教徒の猿ごときが、生意気言いおって！　おい、モンキーAそいつを案山子にしろ！」

　ディビアスが右の掌をモンキーAと称されたスキンヘッドの男の背中に触れると、全身がボコボコと盛り上がり、体毛が生えてくる。忽ち、三メルにはなる猿の風体の怪物へと変貌してしまった。

「ディビアス、やめろ！」

　エンからの必死の制止の声も空しく、獣のごとき唸り声をあげつつも私に襲い掛かってくる猿にも似た魔物。奴の鋭い爪が振り下ろされ、まさに私の目と鼻の先に迫った時、私はその猿の魔物の首を刎ね、その胴体も八つに切断する。

「は？」

素っ頓狂な声を上げるディビアスに、【村雨】を振って血糊を落としながら視線を向けると、

「ひっ⁉」

小さな悲鳴を上げながら、後方へ跳躍して身を屈めると指をパチンと鳴らす。

「な、なぜ、修復せんッ⁉」

何度も指を鳴らすがピクリと動かぬ猿の魔物の死骸に、ディビアスは焦燥たっぷりの疑問の声を張り上げる。

愚か者が、私の魔力を込めた斬撃だ。肉体はもちろん、あの程度の未熟極まりない術ごと欠片も残らず切り裂いている。修復などされるわけがあるまい。

「どうやら、慈悲はいらんらしいな」

【村雨】でエンとディビアスの両手両足を切り刻もうとした時、

「ライラ・ヘルナーはオイラたちが捕らえた。あの女を無事に返して欲しくば、武器を捨てろ。そして、ルミネ・ヘルナーをオイラたちに引き渡せ！」

一瞬、エンの発した言葉の意味が理解できなかったが、すぐに脳がその意味を認識し、

「ライラを攫ったのか……しかも、ルミネにまでちょっかいを出すつもりか！」

その事実を呟いた時、私の中のある感情が爆発した。荒々しいものが疾風のように心を満たす中、私はエンとディビアスに眼球を向ける。たったそれだけで――。

「ヤバイ！ ヤバイ！ ヤバイ！ ヤバイ！ こいつはマジでヤバイ！ おい、ディビアス、こいつは超越者だ！ これの相手はオイラたちには無理だ！ 直ちにここから離脱するぞっ！」

私と視線がぶつかったエンが絶叫を上げ、私に背を向けて逃げようとする。

「わ、わかってるわいっ！」

ディビアスも上ずった声を上げて一目散で逃亡を試みる。

「愚か者が。その程度の自力で逃げられるわけがあるまい」

独自の歩行術で疾駆するとすれ違い様にディビアスの両肢を粉々の肉片へと変える。そして、エンの後ろ襟首を左手で鷲掴みにした丁度その時、

「ぐげぐけけけけっ！」

突如、ディビアスが両手で自身の首を掴むと呻き声を上げ始める。頭髪がボロボロと抜けていき、ボコボコと皮膚が泡立ち、失われた両肢の断端の肉が盛り上がる。巨大な角が生えて全身の筋肉が増大し、忽ち、大口を開けた巨人へと変貌していく。

『す、素晴らしい……素晴らしいぞぉぉっ！ この溢れんばかりの力っ！ この度、儂は神へと至った！』

「愚か者が」

うっとりと恍惚の表情で自身の身体を抱きしめている変態巨人、ディビアスに、

私はそう吐き捨てると、その四肢を根元から切断する。

『は？』

己が血を流して倒れているという現実に暫し目を白黒させていたが、ディビアスはすぐに騒々しい絶叫を上げる。のたうち回る奴を尻目に、私の影へ向けて、

「ベルゼぇ、こいつから事情を聴き出して私に知らせろ！」

影から出た巨大蠅、ベルゼが私の前に跪く。

『御意でちゅう。終わったらいかがするでちゅう？』

どうするかだと？　そんなの決まっている。

「仮にも私の大切な者を傷つけると公言したのだ。一切の妥協なく地獄を見せてやれ！」

『承りましたでちゅう♬』

『い、い、嫌だぁぁっーー！』

弾むような声色で大きく頷くと、絶叫を上げるディビアスの頭部を鷲掴みにし、ベルゼは私の影へと沈んでいく。

「さてと、あとはお前だけだな」

エンを地面に放り投げると【村雨】の剣先を向けて睥睨する。

「ゆ、ゆるじでくだざいッ！」

両手を組んで涙と鼻水を垂れ流しながら、私に懇願してくるエンに、

「お前を許す？　この私がライラを攫ったお前らをか？　お前には私がそれほど甘く見えるのか？」

だったら、それは大きな間違いだ。私は己の大切な者を奪おうとする者を許すことができるほど人間ができちゃいない。

「お願いです！　オイラはただ命令されただけなんです！」

「この状況で私は無駄口を好まん」

ごちゃごちゃと無駄口を叩くエンの右腕を蹴り上げる。

「け？」

間の抜けた声を上げるエンの右腕が明後日の方向を向く。次いで――。

「ぐぎぃあぁぁぁッーーー‼」

劈くような絶叫を上げるエンの胸倉を左手で掴むと、

「騒々しい。黙れ」

有無を言わせぬ口調で命じる。

「……」

顔を恐怖一色に染め、エンは何度も大きく頷く。

「ライラのもとまで案内しろ。ライラが傷一つなく無事ならば、特別に慈悲をくれてやる。だが、少しでも逆らえば、先ほどの愚かで哀れな同僚のようになる。分かったな？」

エンの耳元で低い声により囁くと涙目でブンブン頭を上下に振るので、地面に放り投げる。奴はよろめきながらも歩き出す。

「走れ！　全速力でだ！」

激昂すると、エンは走り出し始めた。

「はひぃ！」

涙と鼻水を垂れ流しながら、ライラ！　必ず助ける。

――待っていろ、ライラ！　必ず助ける。

そう固く誓い、エンの後に続いて走り出す。

◇◆◇◆◇◆

デイモスは自身の行動に純粋に驚いていた。これは至高の御方様《おんかたさま》の策。そしてその御方様に命じられたのはあくまでライラ様の保護。黙って見ているべきはずなのだ。

特にこの若者は我らが至上の主《あるじ》カイ様を侮辱した。助ける義理などこれっぽっちもない。それが本来正しい選択のはず。なのに、この行為に及んだことにつき、後悔はなく妙な清々しさを感じていた。

「なんだ、お前、アンデッドか？　しかも、知性がある。新種のスケルトンってやつか……」

頭部に髑髏の入れ墨をしたスキンヘッドの男、トウコツが目を細めて独り言のような疑問の言葉を口にする。

『その薄汚い口を閉じろ』

なぜだろう？　どうしてもこの者を許容できない。デイモスは過去に魔導を極めるために人をやめた。その際に人の心も捨て去った。それは間違いない。魔導の実験のため、この者どもと大差ない非道も行ってきた。過去のデイモスを見たものは、きっと今更どの面さげて綺麗ごとを宣うのかと批難することだろう。過去のデイモスはまさに、このトウコツやタムリとかいう愚物と同類と言って差し支えあるまい。そのデイモスがこの度、ここまで強烈な嫌悪感を覚える。その理由は分かっている。カイ様だ。あれほど圧倒的な力を有する超越者だ。本来ならデイモスたち下界の民草のことなど大した興味すら持たないのが通常だ。なのに、時には非道に怒り、時には皆と肩を並べて飲み、食い、笑う。同じ超越者とだけではない。人やデイモスのような元の人であったはぐれものともだ。そのあまりに自然な姿を見れば、それがこの御方の本質であることが容易に分かる。それは神が稀に見せる気まぐれにも似た優しさとも違う。まさに家族のような関係。それはとても新鮮で驚きに満ちていた。だってそうだろう？　それはまさにデイモスが捨て去った人そのものだったのだから。きっと、ギリメカラ様が人に強い興味がおありなのも、そうしたカイ様に常にある人としての側面に強く惹きつけられているからだと思う。

これはタブー中のタブーではあるが、カイ様はデイモス同様、元人間なのではないかと思っている。そうでなければ、あれほど人の心が分かるはずがない。寄り添えるはずがない。

こうして、今デイモスが少年の心が痛いほど分かってしまうのも、かつて人であった魂が強烈に主張しているからだろう。そして、カイ様がデイモスの立場でもきっと同じようにしている。そう確信できた。

「たかが、スケルトンごときが、舐めた口きくじゃねぇか」

トウコツは薄汚い笑みを浮かべると舌なめずりをしつつ、デイモスにとって最大の侮蔑の言葉を吐く。不思議だ。あれだけ嫌悪していたスケルトンという言葉にも大して心を揺さぶられない。代わりにカイ様とライラ様に対する数々の不敬に対する静かだが激しい怒りが渦巻いていた。だから――。

『ふん、三流の、いや似非《えせ》ネクロマンシーごときに言われてもな』

そう毒づく。

「あッ⁉　この俺が似非だとぉ⁉」

犬歯を剥き出しにして吠えるトウコツに、

『吠えるな。雑魚』

左の人差し指に嵌められた指輪に魔力を込める。突如出現する黒色の刀剣。それを握り構える。

「大層な口をきくから何だと思ったが、スケルトンが剣士の真似事かよ。あー、興ざめだ。お前がやれよ」

トウコツは興味を失ったように、右手をヒラヒラさせると部屋の隅の椅子へ腰を掛ける。

「ったく！　勝手な奴だ。だが、アンデッドの処理は守護騎士たる私の務めでもある。別に構うまい」

隣の真っ白な鎧を身に纏った金髪の青年タムリが剣を構える。

『御託はいい。来い。相手をしてやる』

黒剣を上段に構えて、重心を低くする。

「貴様スケルトンの癖に、生意気だなぁ」

タムリが不快に顔を歪めながら、長剣を振り上げてデイモスに切りかかってくる。

黒剣を操り、それを最小の動きで受け流す。

「んなっ⁉」

目を見開いて驚愕の声を上げるタムリに、

『拙いな。だが、容赦はせん』

黒剣を振るいデイモスは茶番《戦闘》を開始した。

幾度も打ち合うが、タムリの剣はデイモスには届かない。

「馬鹿な！　私はギルバート殿下の守護騎士だぞ！　剣では王国でも名の知れた剣士だ！」

あの怪しげな空間で気の遠くなる長い年月、超越者の方々から剣術を始めとする複数の武術を徹底的に叩きこまれたのだ。そんな生活をしていれば最低レベルの武の技術は身についてしまう。タムリの剣の腕が達人と呼ばれるレベルには全く達してないことはデイモスにでも容易に分かった。むしろ、その程度の腕でそこまで傲慢に自信過剰でいられるのかが理解できない。

『建前など知らんが、貴様自慢の剣術など、我らの街の童にも劣る』

これは紛れもない事実。カイ様が治める街の住民は子供から大人、老人にいたるまで怪物のような強さなのだ。あの街の者ならこんな剣士崩れの男などほぼ瞬殺できるだろう。

「街の……童にも劣るだとぉ?」

タムリは悪鬼の表情でオウム返しに繰り返す。

『先ほど貴様はその少年を弱者と罵ったな。その通りだ。その少年は弱い。だが、いかんせん貴様も弱者という点では何ら大差ないぞ』

「たかがスケルトンごときがこの私を弱者とぬかすか! 万死に値する!」

疲労からだろう。肩で息をしながら力任せの剣を振るうが、そんな児戯に等しい剣などデイモスに当たるはずもない。

「きぇぇ!!」

奇声を上げながら頭部へ向けて振るわれるタムリの剣を、

『そんな大振り、当たるわけがあるまい』

楽々避けるとその足を払ってやる。

「うおっ!?」

無様に顔からつんのめって地面に転がるタムリ。

「おのれぇ! そうか、分かったぞ! その黒剣が貴様の強さの源だなっ!」

『いや、ただの自力の差だが』

この黒剣は確かに魔法で生み出されてはいるが、ただのよく切れる剣。身体能力を上乗せする力などないし、技術は猶更向上しない。第一、魔法による剣技の向上などたかが知れている。

それはあの地獄のような修行により、魂から思い知っている。

「神聖なる勝負に魔法の武具を使うとは何たる卑怯ッ！　何たる愚劣さっ！　どこまでも、アンデッドかぁ！」

そんなデイモスの言葉が聞こえているのかいないのか、さらに興奮気味に自分の世界に没頭したまま捲し立てる。実に滑稽だ。特に自分の弱さを自覚しない者とはここまで哀れで惨めなものなのか。まるで至高の御方に会う前のデイモスを見ているようで気まずささえ感じてくる。

最も、この者は至高の御方に牙を剥き、その怒りに触れた。この者の行き先はすでに決まっている。

『とことん貴様は救えんな』

再度、怪鳥の様な掛け声とともに切りかかってくるタムリの斬撃を弾くと、右腕を根元から切断する。

「はれ？」

地面に落下する剣を握る己の右腕を眺めながら、間の抜けた声を上げるタムリ。一呼吸遅れて絹を裂くような絶叫を上げる。タムリの鼻先に黒剣の剣先を向けると、

『悲鳴を上げている暇があるなら、剣を取れ！　まだ貴様にはその左腕があるだろう？』

有無を言わさぬ口調でそう叫ぶが、

「ひぃ！」

顔一杯に恐怖を張り付かせながら、金切り声を上げて後退りをすると、

「ト、トウコツ、助けろ！」

「……」

トウコツはそれには一切答えず、先ほどとは一転神妙な顔でデイモスを観察するだけで、タムリに視線すら向けようとしない。

「おい、トウコツ！　聞いているのかっ！」

トウコツに向けて、裏返った甲高い声を上げるタムリに、

『もう一度言う！　剣を取れ！』

ドスの利いた声を上げるが、

「わ、私はもう戦えない！」

予想だにしなかった答えを叫ぶ。

『はあ？』

こいつは一体何を言っているんだ？

「この傷ではもう戦えないッ！」

『貴様、それ、本気で言っているのか？』

右腕を切り落とされたくらいで戦えない？　あの地獄のキャンプに参加していた女子供でも、その程度では音すらあげぬぞ。むしろ、泣いたふりをして寝首をかこうとくらいしてくる。奴がさっき散々弱者と罵ったソムニという名の少年も、片腕を切り落とされても己の使命を遂げようとした。仮にも王族の騎士がこの程度で音を上げるはずはないのだ。そうか。大方デイモ

スの油断でも誘っているのだろう。こいつの迫真の演技にすっかり騙されてしまった。こいつ、実力で勝てぬとみて一か八かの賭けにでも出たか。だとすると、全てがブラフの可能性が高いな。

『随分舐めてくれるな、小僧！　この私がその程度の甘言に騙されると思うてかっ！』

デイモスはあの御方の配下なのだ。偽計を働いたくらいで勝てると思われるなど、御方様の顔に泥を塗るようなもの。許しがたい大罪だ。

「ち、ち、違う！　本当にもう戦えないんだっ！」

切り落とされた右腕の断面を押さえながら、タムリは涙と鼻水で顔中を濡らして必死に叫ぶ。

『まだほざくかっ！　ならば、虚言など吐けぬよう徹底的に痛めつけてやる！』

デイモスは右手の黒剣を消失させると、数歩踏み込む。そして、奴の懐に飛び込むと空手の左拳でタムリの腹部目掛けて拳打を放つ。くの字に曲がったタムリに一切の反撃すらも許さず、嵐のような拳を繰り出したのだった。

ぼろ雑巾のようになり、遂に気絶したタムリを石床に放り投げる。むろん、抵抗の隙など一切与えず、タコ殴りにした。これ以上やれば命にかかわる。至高の御方の殺害を企てるというデイモスたちにとって最大の禁忌《タブー》を犯した大罪者だ。心情的には殺しても殺したりないが、タムリはこの計画の大切な贄《にえ》。ここで殺すわけにもいかぬのだ。

「お前、武術系を極めた元人間のアンデッドか？」

トウコツが眉根を寄せながら、そんな頓珍漢な問いを発してくる。

『違うな。武術はこの不死の身になってから身に付けたものだ』

時間の流れが著しく遅いあの空間での修行を強制された今、すでに人の身で必死に学んだ魔導の時間を遥かにしのぐ期間、武術の修行をしている。笑ってしまうほど滑稽な話だ。究極の魔導の探求のためにアンデッドになったというのに、実際は気の遠くなる月日、超越者様方から武術を含む闘争の猛特訓を受けており、すでに究極の魔導の探求などという幼い少年が夢見るような朧《おぼろ》な目標はどうでもよくなっている。何せ、その魔導の行きつく先のはずの奇跡を超越者様方はいとも簡単に起こしてしまわれる。デイモス自身が受けた加護も、その到達点に属するものだ。つまり、今までデイモスが魔導の到達点だと思っていたものは、ただの一事象にすぎないというわけだ。

「ほざけ！　どこの世界に武術をアンデッドになって身に付ける阿呆がいる⁉」

『ここにいるさ』

半ば無理矢理で、まさにこの世の地獄だったがね。あれを一度経験すれば大抵のことがどうでもよくなる。

「はっ！　それは嘘だな。人の知性と記憶を保持した状態での不死化は俺たち不死術者《ネクロマンシー》の極意。魔導士でないてめぇにゃむりだ。もう一度聞く。誰にされた？」

『私だが』

魂保持の不死化は確かに不死術者《ネクロマンシー》の極意とされている。だが、ネクロマンシーでもないデイモスさえもできたのだ。実際はそうたいしたことではない。少なくとも、あの御方たちの起こす奇跡に比べれば児戯にすら値しない。

「まあいい、てめぇには後でゆっくり聞いてやるだけだしなぁ」

トウコツは舌なめずりをすると、背後に佇むハイオーガのアンデッドに振り返り、

「このスケルトンを拘束しろぉ」

余裕な表情で命を下す。トウコツの命により、獣のごとき唸り声を上げて動き出すハイオーガ。

ひっそりと家族と過ごしていたオーガをその娘を人質にとって殺し、アンデッド化するか。過去のデイモスなら些事として何も心など動かされない事実だったろう。しかし、今は——。

『本当に反吐が出る』

口から激しい嫌悪の言葉を絞り出していた。デイモスにトウコツなる愚物を責める資格はないのは百も承知。それでも許せぬものは許せぬのだ。心底、我儘で自分勝手な奴だと思う。だが、なぜだろう。この時、そんな己を少しだけ許せる気がしたのだ。

「くくっ！　ハイオーガは強いぜぇ！　お前の剣の腕がどれほどあろうと——」

得々と宣うトウコツなど一切構わず、妙にゆっくりと突進してくるハイオーガに右の掌を向けると、

『炎　傘《フレイムパラソル》』

言霊を紡ぐ。刹那ハイオーガの頭上に生じた黒色の炎。それらは半球状に広がり、ハイオー

ガの全身を覆い包み込む。忽ち、ボコボコと身体の至る場所が茹で上がり、崩れ落ちていく。

デイモスの目と鼻の先でその身を黒炎に焼かれながらも、

『ありがとう……』

ハイオーガはそう感謝の言葉を口にし、次の瞬間灰となってしまう。

（感謝などするな！　結局何もできなかったのだ！）

胸の奥から湧き上がる後味の悪さに、奥歯を噛み締めていた。

トウコツは微動だにせず、目を見開いて灰となったハイオーガを眺めていたが、すぐに滝のような汗を流して、

「て、てめぇ、今何をしやがったッ⁉」

声を張り上げる。

『敵の私が素直に答えると思っているのか？』

半ば呆れを含有したデイモスの疑問の言葉に、

「ならば、嫌でも話したくなるようにするまでだ！」

剃った頭にいくつも血管を浮かべながら、詠唱を開始した。あれは古代語だな。構成から言って不死術だ。というかこれは散々使い古したあの術だ。すなわち大規模な中位アンデッド形成術であり、雑魚殲滅にはかなり使える術だ。最も、この術は詠唱が長いという欠点がある。そもそも、身を潜めて使用し好機を窺うための陽動の魔法。対個人戦闘では最悪の相性だろう。

こんなもの――。

『キャンセル』

今のデイモスなら小枝に付いた火に息を拭きかけて掻き消すようにジャミングできる。トウコツの発動中の術が弾け飛ぶ。

「は？」

素っ頓狂な声を上げるトウコツに、

『人を超えたと豪語するのなら、その程度の術くらい詠唱を破棄して見せろ』

右手を掲げると、いくつもの複雑な魔法陣が空中に浮かび、変化を遂げていく。そして、その魔法陣から現れる鎧姿の十体の骸骨たち。

「こ、これは俺の『不死騎士召喚』？　いや――違う！　全く違う！　何だ⁉　この魔法は⁉

こんなの見たことがないぞっ！」

『私の使用したのは不死騎士召喚だ』

これは紛れもなく『不死騎士召喚』だ。ただ、デイモスの得た加護――『魔導の極致』により、発動した魔法の強度が桁外れに上昇しているにすぎない。現に召喚された骸骨たちの強さはこの世界の英雄と称されるクラスはあるし、全員魔法武器を装備している。少なくともトウコツごときに後れなど取るはずもない。

「知らねぇ！　知らねぇぞっ！　こんな魔法っ！　テメエは元剣士じゃなかったのか？」

顔面蒼白になり、後退りをしながらトウコツはあらん限りの声を張り上げる。

『誰がそう言った？　私の元の名はスター・ラネージュ。元はれっきとした魔導士よ』

捨て去ったはずの記憶。それが今頃になって鮮明になってきている。おそらく、至高の御方の支配下に入って繋がりが深くなったことにより生じたブースト効果だろう。

（皮肉なものだ……）

その若き熱のあった頃の記憶が鮮明になるにつれ、デイモスが長く本来の目的を見失ってしまっていたことに気付く。それはもう手遅れかもしれない。だが、今のデイモスにとってそれは最後の砦になりつつあった。

「スター……ラネージュ？　ふかしてんじゃねぇ！　隻眼の魔導士！　過去の最強の魔導士の名前じゃねぇかっ！」

『そんなこともあったな』

今から思うと、どう考えても最強を名乗るなど己惚れも甚だしいがね。あった頃の肌が痒くなる錯覚を覚える。

「なら、俺のとっておきで不安要素は全て消し飛ばしてやる！」

トウコツは据わった目でデイモスを睨んでそう宣うと、建物の外に向けて、

「おい！ドラゴンゾンビ！　そこで寝ている騎士の生命力《マナ》をくれてやる！　こいつらをぶっ殺せ！」

声を張り上げてそう命じる。だが、その命令に答えが返ることはなかった。外にあったはずの無数の気配がいつの間にか消えている。デイモスにも事の顛末は見えた。

ドラゴンゾンビ――この世界で最強種の一角である竜種がアンデッド化した総称。知性を有

し、しかも不死。過去のデイモスなら苦戦を強いられていたような強者だ。だが、今外にいるのは、人の身でその竜種さえも裸足で逃げ出すような力を得た悍ましき掃除屋。

「何をしている！　早くこいつらを倒せ！」

焦燥たっぷりのトウコツの声に答えたのは——。

「呼んでも誰も来ませんよ」

黒色長髪の剣士が右手に巨大な何かを引きずりながら、入口から入ってくる。

「スカル！　こいつはヤバイ！　協力してここから……にげる……」

そう叫ぶトウコツの声は次第に尻すぼみになる。当然だ。黒色長髪の剣士が右手に握るのは、巨大なドロドロに溶けた竜の頭部だったのだから。

「やれやれ、数だけは多かったので少々手間取りましたねぇ」

黒色長髪の剣士はドロドロの竜の頭部を軽々と放り投げると、首をコキリと鳴らして独り言ちる。ズシリと石床に落下した竜の頭部を眺め、トウコツは口をパクパクさせていたが、

「ば……かな」

そう声を絞り出す。

「デイモス、貴方が動いた以上、計画は変更を余儀なくされています。もう私たちが裏で動く必要もない。まっ、きっとこれもあの御方の予想の範疇なんでしょうが」

『だろうな』

そう。おそらく、あの御方は我らを試していたのだ。デイモスたちが己の信念に従い行動で

きるかを。きっとあのままあの少年たちを見捨てていればデイモスたちはあの御方の信頼を失っていたんだと思う。

「スカル、お前、どうして？」

壮絶に混乱中のトウコツの疑問の声に、ルーカスは口端をにぃと上げるとその姿を老紳士の姿へと変えた。

「てめえ……」

ここに至ってようやく自身が一杯食わされたことに気付いたのか、苦渋の表情で声を絞り出すトウコツに、

「私はルーカス。さる偉大な御方の御心を忠実に執行する使徒。どうぞ、お見知りおきを」

ルーカスは芝居がかった仕草で軽く一礼する。今のルーカスはあらゆる意味で人とは呼べなくなっているように思える。

「他のアンデッドどもはどうしたっ⁉」

唾を飛ばして焦燥たっぷりの声を上げるトウコツに、

「もちろん、殺しましたよ。あっ、アンデッドだから土に返したというのが正確ですかねぇ」

笑顔を絶やさず、ルーカスは返答する。

「嘘だっ！」

建物を飛び出していくトウコツを追うため、デイモスは召喚した骸骨騎士たちにライラ様と傷ついた少年ソムニの保護を命ずると外へ出る。

「ふへへ、夢だぁ……こんなのあるわけねぇ」

その建物の周囲の死体の山の前で両膝を突いて、トウコツは泣きながら笑っていた。

どうやら、終わりか。トウコツにはもはや戦意はない。あとは、こいつをルーカスに委ねて、ライラ様を御方様の下まで送り届けるだけ。

「デイモス！」

ルーカスが先ほどまでの余裕とは一転、緊迫した表情でデイモスの名を呼ぶ。

刹那、いくつもの赤色の光が走り、それを咄嗟に発動した結界で防ぐ。ルーカスも右手でまるでハエでも振り払うがごとく弾いてしまう。そして、その朱色の光の一つはトウコツの頭部を打ち抜き、一瞬にして蒸発させてしまう。頭部を失った胴体がゴロンと地面に横たわった。

その赤色の光が放たれた先には、一匹の四角い頭部がドロドロになった黒服を着た異形がクネクネと身をくねらせて奇妙なダンスを踊っていたのだ。

◇◆◇◆◇◆

【華の死都】エリア5――腐王御殿

時間は少しだけ遡る。

脈動する真っ赤な肉の巨大建築物の真っ赤なベッドの上でサングラスに風船のような体躯の男――腐王が身を乗り出して眼前に映し出された映像を一心不乱に眺めていた。

――お前らはただの卑怯者だ！

ソムニの決別の台詞が廃墟の建物の中に響き渡った時、腐王が瞬き一つせず凝視していたのは、このソムニでもましてやトウコツやタムリでもなく、外で鬼神のごとき力でアンデッドどもを駆逐する黒髪長髪の剣士でもなく、石造りのベッドに横たわる美しいウィローグリーン色の髪の少女だった。

『おお……まさか、まさかぁ、まさかぁぁぁッーーー!!』

腐王は全身を小刻みに震わせて両手をパンパンに膨らんだ頬に当てると、ヒステリックな声上げる。

『まさかぁ、まさかぁ♬』

星、丸、逆三角、四角の頭部を持つ四体の怪物たちが周囲で踊りながらコーラスする。

『あれはぁ、あの娘はぁ、私のぉ、私のぉぉぉぉ――!!』

サングラスの両目からポロポロと玉のような涙を流しながら叫ぶ腐王。

『あの娘はぁ、腐王陛下のぉ♪』

やはり、周囲の四体の怪物は、一糸乱れぬダンスを踊り、頭部がゾンビの口から出るのが不自然なくらい澄んだ声で歌う。

『最高の肉体となり得る器DEATHッ！』

両腕を広げて歓喜の表情でケタケタと笑い出す腐王に、さらに歓喜の声を上げて踊り狂う四体の怪物。腐王は直後ピタリと無表情になると、ベッドの上に立ち上がって――。

『今すぐぅぅぅ、あの娘をここまで連れてきなぁSAI』

頭部が四角、星、丸、逆三角の怪物は一礼すると、一斉に姿を消す。

それに満足そうに何度か頷くと、両腕を広げてユラユラと身体を揺らして、涙を流しながら、

『アレスに封じられてはや千年、片時も忘れなかった憎しみぃぃぃ――』

憤怒の表情で声を荒らげる。さらに一転、顔を恍惚に染めて、

「――とぉぉぉ、この願ぃぃ、渇望の玉手箱ぉぉぉぉーー!! この出会いでぇぇ、私《わたくし》はあの小奇麗野郎にぃぃ、復讐を果たしぃぃ、この世界全てを腐敗臭たっぷりの楽園へと変えることができるぅぅぅのDEATHッ!』

再度金切り声を上げたのだった。

◇◆◇◆◇◆

四角顔の黒服ゾンビは指をパチパチ鳴らすと、上半身を仰け反らせて、

『偉大なる御方のぉ御言葉を伝えるぅぅ♪　皆、平服してその意に従え♬』

尊大に宣う。

あまりのくだらん戯言に当初、頭がフリーズしていたが次の瞬間、憤怒が爆発して、

『て、低位のアンデッドごときが、舐めた口をっ!』

今や骸骨《アンデッド》とは思えぬ台詞を吐き出していた。ルーカスも薄ら笑いを浮かべつつも、両手をボ

キボキと鳴らして四角顔のゾンビに、

「不快です。不快ですねぇ。我らに向かって偉大なる御方《おかた》の意思に従えですってぇ?」

声を上げてゆっくりゆっくり四角顔のゾンビに近づいていく。あれは止まらぬ。デイモスたちにとってこいつの今の発言は最大の侮辱。狂わんばかりに信じるものに唾を吐きかけられたに等しい。きっと今のルーカスを止めるのはこの世でもあの御方以外は不可能だろう。

『腐王様は寛大な御方ぁ♩　そして、今はアレスとの戦争に多大な戦力が必要ぉ♪　魂からの服従を誓えば命くらいは残せる――わけがない、ない、ないないない♬』

気が付くと、リズミカルに指をパチパチ鳴らして宣う四角顔のゾンビの背後に立つルーカス。

そして、その頭部を鷲掴みにすると――。

「不快！　不快！　不快！　不快！　不快！　不快！　不快ふかいかいかいかいかいかいかいかいかいかいかぃぃぃぃぃーーーーー‼」

目を血走らせながら、地面に頭部を叩きつける。叩きつける度に生じるクレーター。それらはより大きく広がっていく。ダメだ。案の定、完璧に怒りで理性が吹っ飛んでいる。気持ちは痛いほど分かるが、これ以上やるとライラ様の寝ている建物さえも壊しかねぬ。

『ルーカス！』

デイモスの制止の声に、ルーカスはピタリと止まり、途端に笑顔になると、

「いけない、いけない。少々やりすぎてしまいました」

すでに原形すら留めぬ肉片から離れると、血まみれの手袋を振って胸ポケットからハンカチ

を取り出して拭く。

『少々ではないと思うんだが……』

今の一連の挙動、デイモスすら微塵も認識できなかった。ルーカスの奴、また腕を上げたのか。本当にこの男、人間なんだろうか？　ザック、オボロ、ルーカスは日を追うごとによく分からぬ生物に変貌しているような気がする。

「腐王とかいう不快なクズの情報は十分に聴取しなくてはならないですからねぇ」

ルーカスが離れるやいなや、その肉塊はまるで時を巻き戻したように急速に衣服まで元の状態に復元してしまう。頭を振って立ち上がる四角顔のゾンビに、奥から星顔のゾンビ女が姿を現すと、

『シカク、この者どもは他神の使徒ですぅ♪　用心しなさい♬』

歌いながら注意喚起する。先ほどとは一転、四角顔のゾンビも奇妙なダンスを止めて重心を低く身構える。

「デイモス、ここは私に任せてください。我らが神を愚弄した罪、このクサレ愚物どもにその身をもって味わわせて差し上げます」

ルーカスは顔を笑みで凶悪に歪ませる。ルーカスには己の独自の騎士道がある。それに背く者にこの男はとことんまで冷酷だ。そしてこの事件を起こしたクズどもはその騎士道に真っ向から反している。本来、タムリもトウコツもルーカスが最も嫌悪する人種だ。至高の御方の計画ということで、我慢はしていたがルーカスの怒りはすでに爆発寸前だったのだろう。

『わかっ……!!?』

了承の言葉を吐こうとした時、デイモスが召喚した骸骨騎士どもが軒並み消滅するのを感知する。

『まさかッ!』

咄嗟に建物の中へ入るが、すでにライラ様が寝ているはずのベッドはもぬけの殻だった。

即座に建物から出ると、

『ライラ様が攫われたッ!』

声を張り上げる。一瞬の膠着の後、ルーカスは暫し身を震わせていたが、

「クソどもがァァァっ!! 至高の御方の大切な方を攫うだとぉ!? もう貴様らは楽には滅ぼさん! 地獄を味わわせてやるッ!!」

顔を憤怒一色に染めて天へと吠える。

『私はライラ様を奪還する!』

走り出そうとするが、

『させるわけありませんのぉ♬』

星顔のゾンビ女に阻まれる。こいつらは我らと同様、この世界の一般の理の埒外にいる存在。要するに、ギリメカラ様の言う他神の勢力という奴なんだと思う。全く、まさか神話の戦いに自分が駆り出されることになろうとは夢にも思わなかった。

しかし――至上の主はデイモスに大切な方の警護をお命じくださったのだ。デイモスには、

ライラ様を無事お救いする責任と義務がある。是が非でもこの戦、負けることは許されんのだ。

「デイモス、早くライラ様をッ！」

　ルーカスの姿がぶれると星顔のゾンビ女の両腕が弾け飛び、次いで四肢がぐちゃぐちゃに拉げる。直後、四角顔のゾンビの全身が黒色の炎に焼かれて燃え上がる。デイモスが遺跡の奥へと進もうとするが、星顔のゾンビ女の頭頂部から肉塊が多量に盛り上がり、周囲へと広がって巨大な肉の壁を形成し、デイモスの行く手を阻む。

『逃がすわけありませんのぉ』

　まずいな。星顔と四角顔のゾンビよりもルーカスの方が強者なのは疑いない。まともにぶつかればまずルーカスが勝利する。だが、ルーカスとデイモスが他神の使徒であると判断してから、奴らからは慢心のようなものが消えている。完璧に時間稼ぎをされている。しかも、デイモスの予想が正しければ、今この状況ではルーカスはこいつらとの相性が悪い。このままでは、最悪ライラ様の身に危険が及ぶ。それだけは避けなければならない。

　確かに主から守護するように指示されていたのはデイモスだ。だが、機動性では圧倒的にルーカスの方が上。今はメンツにかかわっている時ではない。

『ルーカス、私がこいつらを引きつける。お前はライラ様を取り戻せ！』

　加護――【魔導の極致】を発動し、魔力の量と強度を大幅に底上げした上で、デイモスのとびっきりの伝説級魔法をお見舞いする。

『劫火《インフェルノ》ッ！』

奴らの傍にいくつもの紅の炎の球体が発生し、それらは瞬く間に広がっていき、回避しようとする星顔と四角顔のゾンビを背後の肉の壁ごと飲み込んでしまう。超高熱により肉の壁はドロドロに溶解するが、より一層肉が盛り上がり、先ほどの数倍の厚さと高さとなる。

『無駄ですのぉ』私たちの再生能力は貴方ごとき、下等なアンデッドに破れるものではありませんのぉ♬ それに攻撃すればするほど――』

ルーカスが壁を切り刻むがやはり、逆に盛り上がるだけで益々道は塞がれてしまう。

『そうそう♪ もう少しで腐王様が新たな肉体を得られる』そうなれば我らの力も増大！ アレス軍など楽々打倒できるぅ♬』

四角顔のゾンビが得々と宣った時、涙と鼻水で顔をグシャグシャに濡らした緑ローブを着た男が建物の前に転がり込んでくると、

「ここだっ！ ここにライラ・ヘルナーは捕らえられているはずだっ！」

震える右手の指先を建物へ向けて金切り声を上げる。その緑ローブの男の視線の先には、デイモスたちの至高の主が佇んでいたのだった。

◇◆◇◆◇◆

緑ローブの男、エンをたきつけつつ進んでいくと森を抜けて廃墟地帯へ出る。そしてそこには無数のアンデッドの躯が転がっていた。このアンデッドども、この周辺にいるものとは少々

毛色が違うようだ。そして、見知った二人が険悪な様子で顔がドロドロの魔物と対峙していた。奴らの背後には肉の壁が立ちはだかっている。あれはきっとあの星頭どもが作ったものだろう。

「ここだっ！　ここにライラ・ヘルナーは捕らえられているはずだっ！」

エンはすでに状況が見えていないのか、魔物の脇を突っ切り、震えながら廃墟を指さしてあらん限りの声で叫ぶ。敵前にもかかわらず、デイモスとルーカスは私の前で跪く。二人の表情を一目見れば、今どんな状況なのかにも粗方の予想がつく。おそらくは――。

『申し訳ございません！　私のミスでライラ様が攫われてしまいましたっ！』

デイモスが震えた声で報告してくる。

「いえ、全ては私の不徳と過信が招いた結果。その咎は私にありますっ！」

ルーカスも意気消沈した表情で口にする。やはり、ライラが攫われたか……最悪の予想が的中したってわけだ。

『我らの前で武装を解くなど――♩』

『笑止千万♬』

歌うように口遊みつつ星顔のアンデッドがルーカスに、四角顔のアンデッドがデイモスに迫るが、魔力を十分染み込ませた【村雨】により、その首から下を全て細胞レベルで粉微塵にし、その背後に聳え立っている肉の壁も念入りに切り刻む。背後の肉の壁はサラサラの塵と化して、冷たい空気に溶け込み、二つの頭部が地面にボトリと落ちる。

『へ？』

『は？』

おそらく認識もできなかったのだろう。暫し、四角顔と星顔のアンデッドはポカンと半口を開けて茫然と私を見上げていたが、

『な、なぜ修復しないィッ⁉』

先ほどまでの歌うような声とは一転、四角顔のアンデッドが裏返った声で疑問の言葉を捲し立てる。

あの迷宮ではすぐ修復してしまう魔物など日常茶飯事だ。無意識に魔力を込めて攻撃する癖がついている。いわば技にすら昇華していないただの斬撃。これで大抵の魔物は修復能力を失い、昇天してしまう。

四角顔のアンデッドの頬に【村雨】を突き立てて串刺しにして地面に縫い付けると、

「この状況で騒々しいのを私は好まぬ。あとできっちり処理するから、少し待っていろ」

有無を言わさぬ口調で端的にそう告げる。私のたったこれしきの一連の行為で星顔と四角顔のアンデッドは口を噤み、カタカタと震え出してしまう。お話にすらならぬ雑魚はとりあえず放置。ライラの身に危険が迫っている以上、今はすぐにでも行動に移さねばならない。

「ルーカス、デイモス、事情は後でゆっくり聞く。そうして這いつくばっていても何も解決はせん。失態と感じたのならば、これから取り返せ」

二人に厳命を下すと、

「ハッ！」

『ハッ！』

恭しくも深く頭を下げる。そうは言ったものの、この二人の必死の様子を見れば責めることなどできない。もとより、懸命に責務を果たそうとしたものを邪険に扱う気はないのだ。失敗は誰にでもある。それで成長できればいいわけだしな。

しかし、今の二人にそれを口にしても納得はすまいし、何より今は緊急事態。部下のアフターケアは後の課題だ。

「お前たち二人は周辺に保護すべき少年少女がいれば、残さず連れて広場まで戻ってアスタたちと合流しろ」

「仰せのままに！」

「御意！」

ルーカスが瞬時に姿を消し、デイモスも悔しそうに奥歯を噛み締めつつも建物の中へ入ると一人の少年を担いで広場の方角へ向かって駆けていく。さて、ライラが攫われた以上、もう僅かの時間も無駄にはできぬ。そして、自重も必要あるまい。どこのどいつか知らんが、私から大切な幼馴染を奪おうとしたのだ。それ相応の覚悟くらいできているんだろうさ。

「お前ら、出てこい！」

私は討伐図鑑をパラパラとめくり、招集をかけていく。今回は急を要する。中途半端の強さの者はいらぬ。討伐図鑑の最精鋭であたらせるとしよう。次々に図鑑から現れる千にも及ぶ各派閥を代表する武闘派幹部の魔物ども。

「ひぃいいぃぃ！」

討伐図鑑の愉快な仲間たちを目にし、騒々しく金切り声を上げるエンに、

「あーそうだ。案内ご苦労。お前は確かに偽りなく私をライラが捕らわれていたこの地に連れてきた。特別に褒美だ。安楽な死をくれてやる」

そう自分でもぞっとする声で告げると、左拳打で頭部を爆砕してその耳障りな口を塞ぐ。

当初はあの馬鹿王子関連で私を殺そうとしてきていると思っていた。だが、エンは私にルミネを引き渡すように求めてきた。アントラにもルミネとローマンは襲われている。理由は不明だが、こいつらのターゲットはルミネ。大方、ライラはルミネをおびき寄せるための餌として狙われたのだろう。

「どこのどいつだか知らぬが、本当にいい度胸だ」

こいつらのターゲットがルミネである以上、こいつらを生かしておけばまた狙われかねん。生かしておく選択肢はない。それに、一匹はすでに捕らえているから、情報収集には事欠かない。

あとは、この事件の黒幕に二度と私に逆らう気が起きぬほどの恐怖を与えるだけだ。

『ひぅ！』

『ぎひっ！』

見下ろすと星顔と四角顔のアンデッドは小さな悲鳴を上げる。実に愚かな者たちだ。その程度の力と覚悟しかないなら、大人しく世界の片隅で震えていればよいものを。

「……」

　私は大きく息を吐き出し討伐図鑑から出現した魔物どもを一望すると、魔物どもは大地で、枯れ木の上で、建物の上で、空中に浮遊しながら一斉に平伏する。

『我らが偉大なる御方よ、なにとぞお命じくだされ』

　人型となったラドーンが巨大な青龍刀を片手に、皆を代表して伺いを立ててくる。私は【村雨】を四角顔のアンデッドの頬から乱暴に引き抜くと、肩に担ぎ肺に空気を入れて、

「私の幼馴染、ライラ・ヘルナーが賊に攫われた！　ウィローグリーン髪の娘を保護しろ！　これが最優先事項だ！　あとはこれを仕組んだ鼠どもの駆除！　つまり、鼠狩りだッ‼　一匹たりともこの世に残すな！　細胞一つすら残さずミンチにしてやれ！」

　あらん限りの声で厳命する。討伐図鑑の最高幹部の魔物どもは歓喜の声を上げて、四方に散っていく。私は目と鼻のようなものから水分を垂れ流しつつもカタカタと震える星顔と四角顔のアンデッドの髪を左手で掴んで持ち上げると、

「いいか。祈れ。お前たちが攫った少女に少しでも危害が加えられないこと。それこそが、お前たちが無事滅びる唯一の術《すべ》だ」

　その耳元で囁く。

『うあぁ……』

『ぐひ……』

　悲鳴のような絶望の声を上げる星顔と四角顔のアンデッドの魔物を尻目に、

「ベルゼぇ！」

叫ぶと私の影から湧き出てくる王冠をつけた二足歩行の巨大蠅、ベルゼバブ。

『御方ちゃま。さっきのディビアスの尋問が終わりまちたでちゅ。ご報告を――』

「いや、それは後でいい。それより、そこの星顔と四角顔のアンデッドから、ライラ・ヘルナーを攫ったクズのいる場所を聞き出せ！　手段は問わぬ。唯一の条件はできる限り正確にそして早くだっ！」

『御意でちゅ』

ベルゼは平服しつつも、悲鳴を上げる暇も与えず蠅どもにより星顔と四角顔のアンデッドを連れ去り、その姿を私の影に溶け込ませる。餅は餅屋に。尋問はベルゼが最も適任だ。こいつならすぐにでも星顔と四角顔のアンデッドから、ライラの捕らわれている場所を聞き出し報告してくるだろう。

本来、ここら一帯を更地にすれば一番手っ取り早いのだが、ライラが囚われている以上、それは不可能だ。この広い空間でむやみに動くよりもベルゼの情報により位置を特定するのが手っ取り早い。敵の正確な位置さえ分かれば、私の足なら遅滞なく辿り着ける。今は討伐図鑑の魔物どもにより、奴らを包囲しつつ行動範囲を狭めながら、位置を特定するのが最重要。

「ライラ、無事でいてくれ」

久方ぶりに覚えた胃の腑の焼けるような焦躁に、下唇を噛み締めつつも私はそう声を絞り出したのだった。

丸顔のアンデッド、マルはウィローグリーン髪の少女を背負いながらも、ほくそ笑んでいた。こんな簡単な仕事で腐王様に恩賞をもらえる。腐王様のあの御喜びようから察するに、この人間の女の身体を手に入れれば、アレスを滅ぼすだけの力が得られるのは間違いあるまい。アレス亡き後、この世界は腐王様の管理する地となる。つまり、人間は名実ともに我らの家畜となる。そうなれば、好きに壊して、好きに解体して遊べる。あれほど良質な家畜はそうはない。特に番《つがい》の目の前でその一方を切り刻んだり、母親の前で子供を解体していく様を見せつけてその悲痛と絶望の声を聴くことは最高のエンターテインメントなのだ！

(うーん、期待に胸が膨らむぅッ♪)

走りながら鼻歌を口遊んでいたら、隣のサンカクの頭部がぐるぐると回っていた。そう、文字通り不自然なくらいグルグルと回っていたのだ。

「……」

思わず立ち止まって距離を取るが、サンカクの頭部は高速で回り続け、次いで逆方向に身体が回り始めた。

『サ、サンカク？』

恐る恐る尋ねた途端、サンカクの首が千切れ飛び空中で回転し始める。そして首を失った胴体から真っ白な何かが這い出てきた。

『ひッ⁉』

あまりのおぞましさに小さな悲鳴を上げながら後退るが、背後から首を捕まれる。

『ねぇねぇ、どこに行くのぉ？』

その女の声に背筋に氷を当てられたような寒気が襲いかかり、僅かに首を動かして背後を確認すると、背負っていたウィローグリーン色の髪の少女がマルの顔に右の掌を当てる。

『ッ⁉』

思わず小さな悲鳴を上げそうになる。当然だ。無邪気な笑みを浮かべる女の口の端は耳元まで裂け、鋭い牙が覗き見えていたのだから。こんな悪辣な表情、家畜《にんげん》に出せるはずがない。だとすれば、この女は人ではなく――。

必死に背中の女を振り払おうとする。しかし――。

『な、なぜ振り払えないッ⁉』

強く握れば壊れそうな細腕なのにどういうわけか凄まじい力でピクリとも動かすことは叶わない。サンカクから這い出た白色の人型の何かは、大きな背伸びをする。すると、サンカクの身体はボロボロの灰となって崩れ落ちてしまう。

『そ、そんな……』

掠れた声が喉から漏れ出していた。

あり得るわけがない！　こんなの絶対にあり得るはずがないのだ！　マルやサンカクたち、

腐王様の直轄の配下には【復元】の加護がついている。首が飛ばされた程度なら、瞬きを数度するだけで完全復元できる。それが灰になってしまう？　それは加護が機能していないことを意味する。腐王様は悪神。通常の理から外れた御方。その加護を無効化するのは同じく理から外れた存在。つまり、この女や白色の人型の何かは――。

『ぐぎぃ⁉』

最悪の結論に到達した時、ウィローグリーン色の髪の少女がマルの頭部を凄まじい力で左右に引っ張ろうとする。

さらに白色の人型の何かが近づいてくる。

――恐ろしいッ！

あれに触れられればマルは全てを失う。知的生物なら当然に享受することのできる全てを！　なぜこんな悪質なものに気付かなかったのだ⁉　この背後の女とあの人型の白色の塊からは腐王様すらも比較にならない悪意を感じる。激しい痛みとともに、傷の修復がされないことに気づく。

（な、なぜだっ⁉）

マルたちは腐王様の御力で傷を負っても瞬時に修復する。その反射的効果により、大した痛みなど感じるはずがないのだ。それがさっきから少しずつ引き裂かれるにつれて、七転八倒の痛みが全身を駆け巡っていた。身体がジワジワと引きちぎられるという血液が凍結するほどのとびっきりの恐怖、そしてとっくの昔に忘れたはずの激痛に、口から悲鳴が漏れる。

罅割れる視界の中、

『やっぱり、すでに貴方たちがライラ様を保護していたのですね』

いつの間にか眼前に出現していた露出度の高い赤色の衣服を着た美女の呟きを最後に白色の人型の何かはマルに手を伸ばす。白色の人型の手が触れた瞬間、マルの意識は永劫の悪夢へと落ちていく。

◇◆◇◆◇◆

丸頭と逆三角頭のアンデッドが真っ白の灰となって地面に落下した後、露出度の高い赤色の衣服を着た美女、ネメシスは刺すような両眼ですでに人とは思えぬ形相になったウィローグリーン色の髪の少女に、

「ギリメカラ、御方様の大切な御方はご無事なんでしょうね？」

強い口調で問いかける。ウィローグリーン色の髪の少女は一瞬で姿を鼻の長い巨大な怪物の姿に変えると腰に手を当てて、

『愚問！　我が領域でお休み頂いておる！』

大気を震わさんばかりの大声を張り上げる。

「この件、御方様が知って——いえ、聞くまでもありませんね」

ネメシスは首を左右に振るが、

『もちろん、あの御方は全てご存じだ！』

鼻の長い怪物、ギリメカラは即答する。その真っ赤な三つ目の中にあるのは、己の絶対の存在に対する深くも色濃い信仰心のみ。それは一切の虚偽を含まない純粋にして混じりけのない尊崇と崇拝の念。

「貴方たちはホント、ブレませんわねぇ。ま、私《わたくし》たちも決して人のことは言えませんが……」

肩を竦めて自嘲気味に首を左右に振ると、極めて神妙な顔に変える。そして――。

「ここから先は我ら女神連合が仕切ります。それでよろしいですね？」

『ルミネという娘の件だな？　ライラ様の保護が我らの優先事項であり、我らが神の渇望。それ以外なら、好きにすればいいさ。ただしぃ――』

ギリメカラの三つ目が怪しく光り、ギロリッとネメシスに射殺すような視線を向ける。

「分かっていますわ。彼女の安全だけは、私《わたくし》たちの誇りにかけて保証いたしますわ」

運命にでも取り組むような真剣な表情で大きくネメシスは顎を引く。

『ならば、我らが口を出すことではないな』

「感謝いたしますわ」

頭を軽く下げて謝意を述べるネメシスに、

『それが我らの至高の神の御為になるのであろう？　ならば、それはむしろ無粋というものよ』

ギリメカラは口端を僅かに上げて、そう返答する。

「そうですわね」

ネメシスもその言葉を最後に、まるで煙のようにその姿を消失させる。

ネメシスの代わりに残されたギリメカラの周囲に次々に姿を現す無数の異形たち。一柱《ひとり》、一柱《ひとり》が悪神と邪神からなる討伐図鑑でも一騎当千の実力を有する、最大派閥に族する狂信者の集団。

『貴様らぁ、この輩の裏にいるのは天軍の使いども！　つまりぃー、この戦は天からの我らの至高の御方への宣戦布告だっ！　我らゴミ虫どもはどうするべきなのだ⁉』

大地すら揺るがすギリメカラの問いに――。

『たとえ憎き天軍が相手でも、冷静にかつ冷酷に御方様の手足となりて、背く一切を撃滅せしめるべしッ！』

全身黒色ののっぺらぼう姿のアザゼルが、即答する。

『愚かにも偉大なる御方に敵意を向けたカスアンデッドどもはどうするべきだと思う？』

『容赦の一切ない殺戮のみッ！』

八つの目を持つ異形、ロノウェが叫ぶ。

『ならば、我らゴミ虫どものやることは一つだけだっ！　殺せ！　壊せ！　潰せ！　砕け！　我らの至高の主《あるじ》の御心《みこころ》のままに！』

ギリメカラの叫びに獣ごとき咆哮が上がり、最大派閥ギリメカラ派は、敵一切の殺戮を開始した。

◇◆◇◆◇◆

【華の死都】の中心、エリア3の廃墟跡

煙のように姿を現した鼻の長い怪物ギリメカラは周囲を見渡すと、

『この辺でいいか』

その場でドカッと胡坐をかき、両手で印のようなものを結ぶ。突如、その全身から多量の闇色の霧が湧き出ると大気へ巻き上がり、【華の死都】のエリア2～5までを覆い包む。

『これで虫一匹逃げられんし、我と同等の存在であっても一切の干渉はさせぬ！』

満足そうにそう独り言ちた時、アザゼルが背後から音もなく現れると、

『首尾は？』

未だかつて一度も見たこともない鬼気迫る様子で、念を押すように問いかける。

アザゼルはいつもと異なり、黒色の奇抜な仮面を被り、黒色の外套を着用していた。

『無論、準備は万端。計画はこの上なく順調に運んでいる』

ギリメカラはにぃと口角を耳元まで吊り上げて返答する。

『テルテルの件だが……』

口籠るアザゼルにギリメカラは右の掌を向けると、

『貴様が奴と因縁があることは承知している。どのみち、あれはタルタロスをこの地に現界さ

せる贄。いわばこの計画の肝《きも》。必ず捕らえなければならぬ。その最重要任務、貴様に委ねたい』

力強い口調と眼《まなこ》で要請をする。

『いいのか？　俺がやれば手加減など一切できようもないぞ？』

『ふっ！　貴様のその恰好、元より貴様自身で始末をつける気だったのであろう？』

『……』

無言でそれを肯定するアザゼルに、

『それに、それは余計な危惧というものだ。そうだな、スパイ？』

傍に跪いているスパイにギリメカラは三つ目をギョロと動かして確認をとる。

『受肉する術式は魂深くに刻まれていますのでね。そう簡単に壊れるものではない。魂を破壊し尽くさなければ、基本何をしても構いませんよ』

テルテル大佐にとって最悪ともいえる破滅の返答をする。

『了解した。此度、俺は独自に動かせてもらう』

アザゼルはそう宣言するとギリメカラたちに背を向けて歩き出す。そして肩越しにチラリと振り返り、

『恩に着る』

凡そアザゼルとは思えぬ発言をすると、その姿を消失させた。アザゼルと入れ替わるように人型の白色の塊、ドレカヴァクが出現し、

『最重要任務を任せたいですか……此度の不自然すぎるほど強引な計画。ようやく、私にも本計画の全貌が見えてきましたよ』

意味深な台詞を吐く。

『まあな、我の時と同様、過去の清算は必要だ。御方様はそれを強く望んでいらっしゃる』

『以前の精霊の里への襲撃を策謀した天軍の雑魚大佐が偶然にもアザゼルと因縁があった。それをアザゼルに処理させることにより過去を清算させる。同時に奴を贄にして天軍最高戦力の一翼であるタルタロスを現界させた上で始末し、此度の不敬にケジメを付けさせる。おまけに、タルタロスの死をもって天軍への介入の最後通牒とする。本当に恐ろしい御方だ。どこまでお読みになっておいでなのか……』

『当然だぁ！　我らが偉大なる父は、天軍の小さく弱いクソ虫でさえ、骨の欠片一つ残さず利用し尽くす御方よ！　我らは御方様の意思に沿うように忠実に動かねばならんのだ。スパイ、鼠はまだ気付いておらんな？』

ギリメカラは薄気味悪い笑みを浮かべながらもスパイに確認する。

「ええ、何せ俺が魔族の人形を使ってそう仕向けましたからね。奴は滑稽にも己が復活させたと本気で信じ込んでいましたよ」

肩を竦めるとスパイは即答する。

『それにしても愚かですねぇ。己の世界に大人しく籠ってさえいれば、つかの間の平穏を謳歌できたものを……』

『そう言ってやるな。奴らにとってもこれは青天の霹靂。奴らもこの世界に介入せざるを得ない事情があったのだからな』

『それがルミネ・ヘルナーですか？』

ドレカヴァクの口から出たその名前に、初めてギリメカラの表情から笑みが消える。そして――。

『ルミネ・ヘルナーはおそらく、特異点《とくいてん》だ。しかも、稀にみる特上のな』

噛みしめるようにギリメカラは返答した。

『特異点、なるほど。しかも、ルミネ・ヘルナーがそれほどのイレギュラーならば、臆病な奴らのことだ。天軍総出で出撃し、この世界を火の海に変えるはず。大佐ごとき雑魚に委ねるのは聊か不自然。まだ天軍も半信半疑というところですか？』

『タナトスはそうだろう。だが、実際に命じた六天神タルタロスはかなり正確にルミネ・ヘルナーの危険性を把握しているようだ。現にテルテルとかいう雑魚大佐に力を与えてルミネ・ヘルナーを探させているようだからな』

『特異点ごと取り込んで、力を得ようという腹積もりですか。全く、相変わらず、愚かな思考だ』

『全く同感だ。そんな形式ばかりの強さをいくら得ても、真の強者を倒せるわけがあるまいに』

吐き捨てるギリメカラに、

『この件は女神連合も知っているのですか？』

ドレカヴァクが疑問を投げかける。

『特異点であることは知らせている。その上での選択だ。女神連合はまさに背水の陣で臨んでいるだろうよ』

『分かりませんねぇ。なぜわざわざ、そんな危険に晒す必要があるというのです？　私にはアキレス腱であるルミネ・ヘルナーは厳重に保護しておくのが最良だと思うのですが？』

『おそらく、この度女神連合のやろうとしているのは、ルミネ・ヘルナーへ試練を与えること。女神連合はこの試練をルミネ・ヘルナーにとって危険を犯しても遂げるだけの価値があると感じているんだろうさ』

『人という種族に影響を受けているのは我らだけではない、ということですか？』

『どうだろうな。だが、御方様のお力で我らはこの世が己が思い描いていたほど単純にはできていないと知った。もう無知な我らには戻れんし、戻る気もない。それは、我ら全派閥が同じはずだ』

『かもしれませんね。女神連合もルミネ・ヘルナーを命に代えて守るでしょうが、仮にも此度の敵はタルタロス。万が一の事態はあり得ます。ルミネ・ヘルナーの安全確保の保険は？』

『念のため、ベルゼバブにも協力を要請している。ベルゼバブの三子が秘密裏に護衛につく手筈になっている』

ベルゼバブの三子の名を耳にした途端、ドレカヴァクは苦虫を噛み潰したような顔で、

『あの最悪最強の三子ですか……あれが護衛に付いているならば確かに無用な心配でしょうね。』

そう独り言ちる。

『ああ、あの三子に闘争で勝てるものは我らの中でも限られている。タルタロス自身ならともかく、タルタロスに力を与えられた程度の輩に後れなど取るまいよ』

『ところでスパイ、本計画の骨子である例の手筈はどうなりました？』

ドレカヴァクは納得したように大きく頷くと、隣で跪いているスパイに尋ねる。

「もちろん、準備は万端さ！　というより、この術を埋め込んだタルタロスという馬鹿が、わざわざ、テルテルの魂に己の魂の一部を侵入させてきた。そのタルタロスの魂を目印として利用すれば、あとは贄により目をつぶっても、目的の奴を受肉できる」

両拳を開いて何かが這い出てくるジェスチャーをするスパイにギリメカラは口角を吊り上げて立ち上がり、両腕を広げて――。

『計画はこの上なく順調だ！　我らは我らの使命を全うするのみ。鼠一匹残すことのない敵勢力一切の滅殺、それこそが我が至高の御方の渇望！　このゴミムシ、必ずや貴方様のお役に立ってみせましょう！』

三つ目の眼球を真っ赤に染めてギリメカラは大気を震わせる声でそう叫ぶ。

こうして、鼠狩りの箱庭は着々と完成に近づいていく。

◇◆◇◆◇◆

【華の死都】エリア４

『マル様方はまだお見えにならないのか』

腐王の力により不死の力を得た元赤竜王のゾンビ――レッドレドは配下のドラゴンゾンビたちに尋ねるが、

『娘を捕えたとの報告があったきりです』

即答してくる。

『まあ、あの御方たちなら心配はないか』

マル様、サンカク様、ホシ様、シカク様全員が悪神、腐王様の四柱の側近。そのお力は想像を絶する。この地で生きる生物では、たとえ竜種や魔王でも太刀打ちはできぬ。唯一の例外は同じく理の外におり、この世界を実質管理支配している聖武神アレスの勢力のみ。そして、今この場にアレスの使徒がいるという報告はない。何より――。

『この軍勢にはたとえアレスとて迂闊には手を出せぬはず』

竜種、幻獣種、精霊、魔物に、巨人族のゾンビ。腐王様にかつて挑みそして敗北し、忠誠を誓う代わりに不死の肉体を手に入れた、一体一体が万夫不当の強さを有する怪物揃い。抗えるものがいるとしたら、それは――。

『レッドレド様、頭上に黒色の霧が……』

僅かな緊張を含む部下のドランゴンゾンビの言葉に上を見上げると、丁度この【華の死都】を覆うように黒色の霧がドーム状に広がっていく。

『あれは結界か？　いや、そんな馬鹿なッ』

この場所は腐王様の腐敗領域。いわば神域だ。魔法、特殊な恩恵、加護、あらゆる奇跡がここでは無効になる。その神域に結界を張るなどできようはずがないのだ。いや、そもそも、広大な【華の死都】のほとんどを覆う結界など存在するはずが――。

『レッドレド様ッ！』

部下であるドラゴンゾンビの呼び声に思考を現実に戻される。

『どうした？』

『あれ……』

茫然と部下の凝視する先を視界に入れて、思わず息を飲む。そこには山のような巨大な白竜が荘厳にも佇み、その肩の上には黄金の竜の頭部を持つ人型の何かが青龍刀片手に佇んでいた。

そして――同時に至る所から上がる驚愕の声。

『い、いつの間にッ！』

周囲の空中、廃墟の上、地面、枯れ木の頂点などに、無数の異形たちがまるでレッドレドたちを包囲するかのように定位置で佇立していた。数自体は千たらずであり、数万もの腐王軍からすれば取るに足らぬ存在にすぎない。

しかし、辛うじて残存していたレッドレドの危機意識が、あれらは危険であり、今すぐこの場から逃げるべきだと、五月蠅いくらい警笛を鳴らしていたのだ。

白竜の肩に乗る黄金の竜の頭部を持つ人型の何かは、圧倒的な数を有する腐王軍に対して青龍刀の先を向けてくると、

『運がなかったな』

虫けらにでも向けるような視線でそう吐き捨てた。

『貴様らは——』

口にしようとするレッドレドの疑問は、

『ぬしらは我らが至高の御方《おんかた》を不快にさせた。それは万死に値する大罪だ。よって、近衛たる我ら神竜軍の代表である儂が貴様らに神罰を下す！』

傲慢不遜な声色の台詞によって遮られる。

『まてぇ、ラドーン、貴様、何勝手に近衛を名乗ってんのじゃっ！』

『そうよ！　御方様の近衛は私たち、女神連合よッ！』

『こらこら、てめぇらもどさくさに紛れてんじゃねぇッ！』

周囲から巻き起こる嵐のようなブーイング。奴らの大気を震わせる怒りの咆哮に、大気はミシリッと軋み、烈風が幾度も同心円状に走り抜ける。その強大な魔力を含有した陣風により、腐王軍の十数体の兵隊が大地を転がり、遺跡に衝突し粉々に弾け飛ぶ。

『……』

己の頬がヒクつくのを自覚する。あれは仮にも腐王軍。この世界では絶対的強者だ。それが凡そ攻撃にもならぬただの咆哮により、消滅する？　そんな現実あり得るはずがない。いや、あり得てはならぬ。ならばこれは幻術か？　しかし、それにしては実際に腐王軍に損害が——。

『たかが虫けら千匹にビビってんのかぁ。オメェらマジでだらしねぇなぁ！　レッドレド、オメェが行かねぇんなら俺が蹴散らしてやんよ！』

巨人不死隊を率いるデッカデカが金棒を担ぐと地響きを上げつつ、前線に出ていく。巨人不死隊は、腐王軍の中でも最精鋭。デッカデカはその部隊長。強さだけならレッドレドにすらも匹敵する。

『ノーちゃんがやるでしゅ』

顔のほとんどを真っ白な髪で隠された人族の少女が軽く右手を上げて進み出る。先ほどとは一転、周囲を取り囲む正体不明の集団から騒めきが起こる。

『おいおい、あのノルンがやる気になってるぜぃ？』

『ええ、あの食べるのさえ億劫になってすぐに寝落ちするノルンがよっ！』

『不吉すぎんぞ。何か悪いことが——まあ、このメンツで起こりようねぇか』

好き勝手に話す正体不明の集団。

（何かがおかしい）

あの少女がデッカデカに勝てるはずがない。なのに白髪の少女の心配をしている者など一体すらいない。ただ、白髪の少女がやる気を出している。その一点につき驚愕しているようだった。その事実に言い表しようのない悪寒が全身を走り抜け――。

『おい、デッカデカ、その女、明らかに変だ！　気を抜くな！』

咄嗟に助言を叫ぶも、

『はぁ？　こんなチビガキがこの俺様の鋼の肉体に傷一つつけられるわけねぇだろうが！』

デッカデカは右目を細めて少女を小馬鹿にしたように観察しながら、巨大な金棒でポンポンと己の肩を叩く。

『こいつらやっつけて、マスターにナデナデしてもらうでしゅ。主にノーちゃんだけが』

輪から離れて進み出た少女はデッカデカの前に立ち、形のよい眉の辺りに決意の色を浮かべながらそう宣言する。暫しの静寂の後、

『ざけんな！』

『抜け駆けすんなですのっ！』

爆風のような怒号が過ぎ去っていく。そして、そのどの発言も白髪の少女の勝利を微塵も疑っていない。

（やはり、これは変だ）

デッカデカは、マル様方を除けば腐王軍の中でも五指に入る実力者。膂力だけなら、頭一つ飛び抜けている。いや、いくらなんでも体格差がありすぎる。どう頑張ってみても勝負になりそうすらない。なのに、この少女の余裕に違和感を通り越して強烈な不気味さを覚えていた。

『デッカデカ――』

再度、警告を発しようとするが、デッカデカは屈辱に身を震わせつつ、額に無数の太い青筋を張らせながら、

『なめやがってぇっ！』

怒声を上げて白髪の少女に金棒を振り下ろす。デッカデカのあの金棒は腐王様から賜った火炎の効果を有する魔法の武器。あのようなか弱い少女など金棒で潰され、骨も残さず燃え尽きてしまう――はずだった。

『は？』

間の抜けた声を上げるデッカデカ。さもありなん、溶解された地面の中心には白髪の少女が傷一つ負わずに、右手で金棒を軽々と受け止めていたのだから。

しばらく、デッカデカはこの非常識な現象が飲み込めないのか、茫然と立ち尽くしていたが、すぐに態勢を整えるべく金棒を持ち上げようとする。しかし――。

『う、動かねぇ』

息を吹けば壊れそうな華奢な白髪の少女が握る金棒は、デッカデカの膂力をもってしても微動だにしない。そして次第に軋み音を上げる魔法の金棒。

『嘘だろっ！』

強烈な不安に急き立てられるように、必死に金棒を動かそうとするデッカデカ。だが、やはりびくともしない。そして遂に金棒は破砕音とともに粉々に砕け散る。

『ば、ばけもの……』

白髪の少女を見下ろしつつ、デッカデカはそう声を震わせる。刹那、少女の姿が霞み、デッカデカの懐で右肘を引き絞っていた。

『ちょ、ちょっと待――』

それが事実上デッカデカの最後の言葉となる。

――グシャリッ！

肉が千切れ、骨が潰れる音。吹き抜ける爆風。デッカデカの上半身は見事に砕け散り、地響きを上げながらも地面に倒れる。

『えーい、このままノルンに先を越されてたまるかよ！　早い者勝ちだっ！』

正体不明の集団の一柱《ひとり》からそんな不吉極まりない言葉が飛ぶ。身体の奥底からとっくの昔に忘れ去ったはずの途轍もない恐怖が這い上がってくる。

『逃げねば――』

必死だった。本能に従い上空に浮遊するが――。

『ッ⁉』

突如、眼前に出現する真っ白い人型の存在に、声にならない悲鳴を上げる。次の瞬間、頸部に衝撃が走り、レッドレドの視界は超高速で回転し、そして枯れ木をなぎ倒し、遺跡を破壊しながらも驀進《ばくしん》。そして、高速で近づく腐王御殿に悲鳴を上げる暇もなく激突し、レッドレドの意識は永遠にプツリと途切れる。

こうして、鼠狩りの箱庭は完成し、【華の死都】エリア4は地獄と化す。

——派閥、武心。

地面を懸命に疾駆する骸骨の馬と騎士からなるスカルソルジャーたち。腐王軍の中でも勇猛果敢に戦場を駆け巡り多大な戦果を得てきた闘士たち。それが現在、一人の少女から一心不乱に逃げ惑っていた。

突如天から降ってくる稲妻。それにより瞬時に三体のスカルソルジャーが塵と化す。そこに虎縞の胸当てと短パンを穿いた虎耳の少女がしたり顔で佇んでいた。

「逃げるのぉ？　でもぉー無駄なんだなぁ！」

虎耳の少女の姿が掻き消えたと思うと、辺り一帯を稲光が縦横無尽に走り抜けて、スカルソルジャーを塵へと帰す。

『おい、白虎！　てめぇ、全部殺しちまいやがってぇ！　もっと手加減しろよ！』

『そうよ！　御方様に褒めてもらえなかったらどうしてくれるのっ！』

戦場のいたる所から上がる猛烈な批難の声に、

「でもぉ、牛ちゃんや悪ちゃんは、今回お留守番中だしぃ。ネメア様が全力でやってよろしいと言っていたよぉ」

悪びれた様子もなく間延びした声で返答する。

『牛魔王と悪食か。確かにあいつらが出てないなら、多少は仕方ねぇか……』

『ええ、あれらが出たらもっとシッチャカメッチャカになってたわよ……』

「へへー、ご納得してもらえたところでぇ、気張ってぶっ殺しますかぁ！」

再度、稲妻となって戦場を駆け巡り、アンデッドどもは灰燼《かいじん》と化す。

――派閥、空を愛する会
白髪の少女に殺されたデッカデカの配下の巨人たちは、逃げ切れぬと知ると決死の覚悟で戦いを挑む。

『死ねぇ！』

『化物めがっ！』

腐敗した大型の鎧姿の数体の巨人は地響きを上げつつ、眼前の背中に朱色の翼を生やした赤髪の青年の脳天に鉄の金棒を叩きつける。青年はそれを避けもせず、あえて頭頂部で受け止めた。

青年の背丈は二メートル前後にすぎない。まさに、己の数十倍の背丈のある者からの金棒でのブチかまし。通常ならば、大地に飛び散るのは青年の脳漿であったはず。しかし――。

『ッ！』

鉄の金棒は飴細工のごとくドロドロに溶解してしまう。

『そ、そんなッ！　腐王様に頂いた魔法武器が溶けた⁉』

声を荒らげる腐敗の巨人に、赤髪の青年はさも不快そうに眉を顰めると、

『ハッ！　ノルンにさえも効果がなかった、一介の悪神ごときの武器がこのフェニックスに効くはずがあるまい』

そう吐き捨てるように叫ぶ。

彼はフェニックス。討伐図鑑に登録されてから人型でも行動が可能となった不死の神鳥だ。

指をパチンと鳴らすと天から生じた紅の炎の柱が、巨人たちの骨、肉片一つ残さず灰と化す。

『この程度の自力でかの恐ろしい御方様《おんかた》を激怒させたのか。過去の私を見ているようで滑稽すぎて笑えてくるな』

自嘲気味に呟くとその身体を浮き上がらせて、空を滑空し敵勢力の本格的な殲滅を開始した。

——派閥、女神連合

決死の形相でハイリッチたちは、手に持つロッドの先を青色の髪を左右でお団子に巻いた少女に向けると詠唱破棄により、魔法を行使する。色とりどりの魔法が空を駆けて、青色の髪を左右でお団子に巻いた少女に殺到するが、

「児戯ですの」

少女が軽く吹いただけで綺麗さっぱり消し飛んでしまう。彼女は女神アテナ、討伐図鑑でも有数の武闘派閥の一つ女神連合のツートップの一柱である。

『そ、そんな……』

溶けた顔を怯えと不安で歪ませながらも、後退ろうとするハイリッチたちに、アテナの真っ青の双眼が怪しく光る。

『けけけけっ！』

突如、奇声を張り上げるハイリッチの集団。ハイリッチたちの身体が盛り上がり、熊のぬいぐるみのような外見となる。

『うへ？』

突如仲間がぬいぐるみになるというあり得ぬ現実に、素っ頓狂な声を上げた隣のハイリッチを熊のぬいぐるみは蹴り上げる。臓物《ぞうもつ》がまき散らされて、粉々になるハイリッチ。

『げけけけけっ！』

再度至る所で奇声が上がり、新たな熊のぬいぐるみが出来上がる。そして一斉にハイリッチたちに襲い掛かる。

『うあぁぁぁぁぁーーー！』

熊のぬいぐるみの大群の襲撃に、絹が引き裂かれるような絶叫がハイリッチたちから洩れていく。

――派閥、鬼怒相楽

『か、勝てるわけねぇッ！』

悲鳴を上げながら、逃げ惑う幻獣部隊のアンデッドども。

『お、おい、こら、逃げるなっ！』

そんな部下の幻獣どもに、幻獣部隊の隊長は声を張り上げて翻意を促すも、もちろん効果などない。無理もない。隊長とて今すぐこの地獄から逃げ出したい気持ちでいっぱいだったのだから。

そんな必死の形相で逃げる幻獣たちの前に額に角を生やした鎧武者の集団が回り込み、その首を刀で一刀両断にする。

それはまさに電光石火。光の筋となった鎧武者たちは無情にも逃げようとする幻獣たちをものを言わぬ肉片へと変えていく。

そして、気が付くと幻獣部隊の隊長の前には、三白眼の鬼の青年が佇んでいた。彼は鬼神たちの頭領、酒呑童子。討伐図鑑きっての武闘派閥、鬼怒相楽のトップ。

『な、なんなんだ、お前らはッ⁉』

あまりの理不尽から、今腐王軍なら誰しも覚えているであろう疑問を投げかける。

腐王様と聖武神アレスの力は互角。こんな一方的な展開など、たとえアレス軍の精鋭だってあり得ない。つまり、こいつらはアレスとはまた別の他神の勢力。しかも、天下の腐王軍を蟻でも踏みつぶすかの如く、今も蹂躙しているのだ。その強度は次元が違うのはもはや明らかだった。

『お前らは本当に不憫に思うぜぇ。だが、これは俺っちたちの主の命。ここできっちり滅んでもらう』

三白眼の鬼の青年の姿が消える。刹那、幻獣部隊の部隊長の全身が粉々に引き裂かれる。

『お館様ぁ、俺っちたちの忠誠をここに示すぜぇ。おい、野郎ども、皆殺しだ。虫一匹生かしておくんじゃねぇぞっ！』

腐王軍にとって悪夢に等しい命を下すと、酒呑童子もさらなる獲物を求めて疾駆する。

——派閥、神竜軍派

一匹の氷の神竜の口から吐き出された氷のブレスは何もかもを凍結させて瞬時に逃げ惑うアンデッドたちを氷の彫像へと変えてしまう。

炎の神竜が地響きを上げて歩く度に地面は煮えたぎり、逃げるアンデッドたちを塵も残さず蒸発させる。

小さな水の神竜が空を駆け巡り、その度にすれ違った空を浮遊しているアンデッドたちの周囲に水が纏わりつく。直後、そのアンデッドたちの肉体をドロドロに溶かしてしまった。

それはまさにアンデッドたちにとっての地獄絵図。それもそのはずだ。この抗う気力さえも軒並み奪う攻撃は討伐図鑑の中でも頂点に位置する火力を有する派閥の進撃なのだから。特に——。

人型のラドーンが巨大な青龍刀を一閃すると距離も威力も全てを無視してズルリとあらゆるものを呑み込み、二つに分割されていく。同時に連鎖的に爆発して、辺り一帯を吹き飛ばす大爆発を起こす。

『ラドーンっ！　てめぇ！　俺たちまで殺す気かっ！』

『ざけんじゃないわよ！　もう少しで死ぬところだったわよ！』

全派閥から一斉に非難の声が殺到する中、

『これは我らが崇敬の王の大命だ！　御方の近衛の儂らとしては、絶対に譲れぬ戦よ！』

ラドーンは据わりきった目で青龍刀の石突を地面に叩きつける。たったそれだけで、周囲一帯が陥没して、アンデッドたちを生き埋めにしていく。


そして――神竜軍派と双璧を成す最大派閥。

真っ白な人型の存在、ドレカヴァクの右腕がまるで風船のように急速に膨れ上がる。

『うあ……』

『バ、バケモノォォッ‼』

自らの数十倍の規模となった白色の腕を目にして竜のアンデッドたちの戦意は完全に消失し、一目散に逃げ始める。

白色の腕が薙ぎ払われてアンデッドの肉体は真っ白な粒子と化して冷たい空気に溶けていく。

『くそぉぉっ！』

『くるなぁっ！』

破れかぶれからだろう。生き残った竜のアンデッドの集団が取り乱し、その口からブレスを吐き出すが、

『ぐけ？』

白色の両手が竜たちの口の中から生じると、上顎、下顎を鷲掴みにしてゆっくりと引き裂いていく。断末魔の声とともに、頭部が引き裂かれ鮮血を上げて絶命する。

ドレカヴァクは逃げ惑う竜のアンデッドたちを殺戮しながらゆっくりと浮遊していく。

決死の形相で迫りくる複数のアンデッドの群衆。上半身が素っ裸の八つ目の青年は、肩を竦めると、無造作に右腕を振る。

その爪により大蛇のアンデッドは三枚に卸されてバラバラの肉片となり崩れ落ちる。同時にその肉片がボコボコと盛り上がり、爆発を起こす。

その爆発に巻き込まれ、アンデッドたちも燃やされ粉々の肉片となり果ててしまう。

『ぎひっ！』

脱兎のごとく逃げる巨大な猿に似た幻獣のアンデッドの背中に八つ目の青年は右の掌を向けると、突然硬直し、ボコボコと肌が茹で上がり、大爆発を起こす。

八つ目の青年は口角を吊り上げて、次の獲物を探して戦場を歩き出す。

◇◆◇◆◇◆

――【華の死都】広場前

【華の死都】のエリア1以外のほとんどを覆うように立ち込める黒色の霧の壁。急遽、実技試験を中止して、生徒たちを塔へ避難させる。そして、副学院長派の職員を全て締め出し、学院長派であるイネアの部下とハンターギルドのラルフ・エクセルを始めとする数人のハンター、そしてローゼ王女の一行のみが広場前に残る。今、カイ・ハイネマンの配下を自称する片眼鏡の女性アスタが出現させた映像により、あの黒色の闇の中の光景を眺めていた。

「じ、次元が……違いすぎる！」

調査部部長クロエが、滝のような汗を流しつつも、今この場で誰もが覚えていた感想を口にする。その映像はアンデッドの集団を完膚なきまでに破壊する集団。その戦争というにはあまりに一方的な光景は、まさに強さの桁が違うことが窺えた。

「ローゼ殿下、カイ様の配下はあんなに強かったのですか？」

イネアはどうにかそう声を絞り出していた。歴史上最強の超越者だというのだ。想像はしていた。いや違う。想像できているつもりだった。しかし、今目の前で繰り広げられているのは、そんな生易しいものじゃない。もっと遥かに途轍もなく大きな何かだ。

「ええ、私も初めて見た時はビックリしましたけど」

びっくりした？　この王女は何を言っているんだ？　そんなレベルじゃない。そもそも、今カイ・ハイネマンの配下の者たちが蹂躙しているのが、ただのアンデッドのはずがない。何せ、イネアにはあの中のアンデッドたちの一体たりとて倒せる自信が微塵も湧かないのだから。おそらく、あのアンデッドたちはこの【華の死都】に封印されていた伝説の悪神、腐王の軍。何者かが腐王の封印を解いてしまったのだろう。腐王とは聖武神と神話上戦ったとされる悪神。通常なら、この世界のいかなる勢力にも抗うことができなかったはず。

しかし、幸か不幸か、この地には最強の超越者、カイ・ハイネマンがいた。彼の配下たちによって、腐王の軍はまるで蟻でも踏みつぶすがごとく駆逐されている。

「ッ⁉」

その時ドーム状の黒色の霧の壁を突き抜けて一直線にこちらに高速で向かってくる飛翔体。それらはテントの横に着弾して地響きを上げる。立ち込める爆風の中、飛翔体の落下地点を振り向くと、巨大なクレーターが発生していた。そして、その中心にあるのはぐちゃぐちゃに潰れた腐敗竜の頭部。さらに瞬きをした時、クレーターの中心の竜の傍には、真っ白な人型の存在が佇んでいた。

『これは失敬』

白色の人型の存在はアスタに軽く一礼する。そして、そのクレーターの中心の腐敗した竜の頭部に近づくと、その頭部はフワフワと浮遊する。次の瞬間、白色の光の帯となって黒色の霧壁の内へ帰っていく。

「あーあ、ギリメカラ派の最高幹部まで動員されてんのか。どこのどいつか知らんがマジで終わったな」

ザックがしみじみと感想を述べると、

「この件であの悪質な一派が裏方から表舞台へと上がったのである。そろそろ、本件のシナリオもクライマックスってところなのであろうな」

アスタも頷きながらも意味ありげな台詞を口にする。

「一つお聞かせください。カイ様はあの御方たちよりお強いのでしょうか？」

ある意味、聞くまでもない疑問を尋ねると、

「それこそ愚問であるな」

案の定、アスタは意地の悪い笑みを浮かべつつも予想通りの返答をしてくる。

「最強の超越者ですか。その意味がようやく私にも理解できました。ええ、まさしく骨の髄まで……」

これは確信だ。カイ・ハイネマンにはこの世の誰だろうと勝てはしない。彼を怒らせることが、最大のデスセンテンス。これはこの世界にある唯一無二の法則のようなものなのだと思う。

(もう、何もかもどうでもよくなってしまいましたね……)

あれはいわゆる天災のようなもの。そもそも、人の身で動かせるものではなかったのだ。そう。我らが空に浮かぶ太陽や月をどうにもできないように。抗うことができぬ絶対不可侵の荒魂。

(この一件が無事に済んだら、平々凡々と暮らしていこう)

そう心に固く誓いながら、イネスは一方的な蹂躙劇を眺め続けた。

◇◆◇◆◇◆

【華の死都】エリア5――腐王御殿

『糞♪　糞、糞♪　糞♪　糞ふんフーーーNNN』

今後訪れるであろう己の最高に腐った身体と、腐りきった世界を夢想し、腐王はその腐ったベッドの真ん中でゴロゴロと寝返りを打ちながら鼻歌を口遊む。腐王にとって警戒すべきはこの世界を実質上管理する聖武神アレス、ただ一柱《ひとり》。奴を滅ぼせば、いや、この世界で好き勝手に動けなくするだけで、腐王に抗えるものはいなくなる。四大魔王？　竜種？　幻獣種？　そのような神格すら有さぬ、取るに足らない存在に、この腐王が止められるものか。これは悪と善との長きにわたる争い。そんな有象無象の雑草ごときが入り込む余地などないのだ。

マルから腐王の最高の肉体となる器を確保した旨の連絡はすでに受けている。あとは、ここで待つだけで腐王の望む腐りきった世界が訪れる。

『そろそろ、おやつの時間DEATH。連れてくるのDEATHッ‼』

千年ぶりに起きて腹が減った。軽くスナックタイムとでも洒落こもう。

『はい！』

執事服を着たゾンビが恭しく一礼すると、部屋から退出する。

『糞♪　糞♪　糞、糞♪』

鼻歌を口遊みつつ、ベッドから浮遊し豪奢な円形のテーブルの前の椅子に腰を下ろすと、ゾンビメイドの一人がナプキンを胸につけてくる。

『お待たせいたしました』

数分後、執事とコック風ゾンビが大きな二つの皿を運んでくる。その皿には釣鐘型のクロシュがされており、ガタガタと動いていた。

『本日は捕らえたばかりの新鮮な人間をこの場でご提供したいと存じます』

コックが右手を胸に手を当てて一礼する。

『新鮮な肉DEATHかぁ。いいDEATHッ！　今はそんな気分DEATHッ！』

ナイフを左手にフォーク右手に持ってクロシュを叩く。さらに一礼し、コックがクロシュを開けるとそれぞれの皿には金属の拘束具を嵌められた二人の男女。一人は、坊ちゃん刈りにした小柄な男と、もう一人は長い金髪をおさげにした大人しそうな女。両者は両眼から涙を流し、懸命に叫ぼうとするが猿轡をされており、上手くいかない。両者の全身には血のような真っ赤な液体がまんべんなく纏わりついていた。

『この家畜たちWA？』

『偵察に出ていた者が捕らえました。踊り食いもできるよう洗浄した後、秘蔵のタレをつけていますれば、腐王様もお喜び頂けるのではないかと』

腐王は風船のような顔を醜悪に歪ませて、

『それは良いDEATHッ！　泣き叫ぶ家畜《人間》を噛みちぎRUuu！　その絶望にまみれた舌ざ

わりが最高に硬くてぇ、と——っても、腐った美味さなのDEATHッ！』

得々と叫ぶ。益々大きくなる二人の悲鳴じみた声に、

『それではさっそく、一番味の良い頭から——』

腐王は大口を開ける。胴体の数倍にも及ぶほど不自然に広がる口に、鋭い牙。それらが、金髪をおさげにした女にかぶりつこうとした、まさにその瞬間、腐王御殿の大扉が切り裂かれて、その中からやけに頭部が大きな二足歩行の猫とブロンド髪の少女が入ってきたのだった。

◇◆◇◆◇◆

——【華の死都】エリア5——腐王御殿前の森。

時は少しだけ遡る。

『……ちゃん、おい、嬢ちゃん！　こないなところで寝とると風邪ひくでぇっ！』

中年男性の声に、朧気だった意識がはっきりとしていく。

「ここは？」

まだぼんやりとする頭を動かして周囲を確認すると、そこは緑が生い茂る森。この嗅覚を刺激する僅かに酸っぱい匂い。ここは多分、【華の死都】だ。同時に、アントラが使役する羽蟻に食われそうになったことを思い出し、飛び起きて自身の身体をペタペタと触れて、その安否を確認する。

「なんともない……」

闇夜にともし火を得た思いで、大きく息を吐き出した時、

『やっと起きたか。はよこんな辛気臭い場所からおさらばしよか。儂、はよ宿でゆっくりしたいわぁ』

鼓膜を震わせる男性の声に、

「だ、誰⁉」

キョロキョロと辺りを見渡すが誰もいやしない。

『ここや！　ここ！』

声の音源を探すと腰のバッグの中からであることを突き止める。

恐る恐る革のバッグを開けると、そこにはボロボロの木彫りの猫が入っていた。

「へ？　なぜこれがここに？」

思わず素っ頓狂な声を上げていた。それもそうだ。この猫の人形は幼い頃からのルミネのお気に入りであり、試験で無くすといけないから宿に置いてきたはずだったから。

『嬢ちゃん、よろしゅうなぁ。儂はスサノオ……うーん、なんでやろ。その名以外全く思いだせへん』

陽気な声で挨拶をしてくるが、考えこんでしまう。

おっかなびっくり、精査しようとルミネがその木彫りの猫の人形に触れると突如発光して、浮き上がる。そして眩い光は塊となって一つの形を作り出していく。

光が収束するとそこには真っ白な異国の服を着用し、長靴を履いた猫が佇んでいた。

猫の顔はやけに巨大であり、背には巨大な異国の大剣を背負っている。

『動ける身体も得たみたいやし、まっ、いいわ。ほな、こんな辛気臭い場所、はよ、おさらばしよか』

妙に気の抜けた声で納得気味に数回頷くと、二足歩行の巨大な猫、スサノオはルミネにこの場を去るよう促してくる。

「あ、あんた、何なのよッ⁉」

混乱の極致にあったルミネは疑問の声を張り上げる。それに答えたのは、

「それは貴方の恩恵《ギフト》により生み出された疑似生命体ですわ」

背後からの透き通るような美しい声。咄嗟に振り返るとルミネも赤面してしまうような色っぽい赤色の服を着た長身の女性が佇立していた。

「あんた、誰ッ⁉」

後退って疑問をぶつけるが、

「貴方の姉、ライラ・ヘルナーが今窮地にあります。もし、姉を助けたいなら、この先にある城へお行きなさい」

指を向けて、それだけ告げてくる。

「ライラお姉さまがッ⁉」

ライラが危険にさらされている。その言葉に強烈な焦燥を覚えて上ずった声をあげる。

当たり前だ。ルミネにとってライラはこの世で最も大切な人。失うわけには絶対にいかない。

「大丈夫、貴方ならきっと助けられますわ」

赤色の服を着た女性はそう断言めいた台詞を最後に、まるで最初から存在しなかったかのように、その姿を消失させる。

『なんでやねん。そんな難儀なことに顔を突っ込まんと、はよ、帰って飯にでもしよか』

ルミネにとって決して選択できぬ提案をしてくる大切な人形だった二足歩行の猫《もの》。それは、ルミネの大事な宝物を傷つけられたかのようで、

「煩い！　私は行くったら行く！」

声を荒らげて女性が指をさした方へ走り出した。


城は森が開けるとすぐに見つかった。というより、これに気付かぬものはただの間抜けだ。一言で表現するなら腐った肉でできた城。

木々に隠れながら確認すると城の大きな門の前には、門番らしき二体の怪物がいる。一匹は、一つ目の巨大な顔の化け物、もう一匹は口だけの顔の怪物。

（やだ！　怖い！）

あれらを目にするだけで、強烈な恐怖が湧き上がってみっともなく歯がカチカチと打ち鳴らされる。どう考えても、ルミネではあれらには勝てない。一瞬で挽肉となるのがおち。スサノオが言うように、今すぐ尻尾を巻いて宿に帰って毛布に包まって寝るのが一番。それは痛いほ

どよく分かっていた。

（あの女が嘘を言ったかもしれないし……）

そうだ。ライラお姉さまが捕らわれているというのは、あの赤服の女が言っていただけ。信憑性など皆無。戻ってバベルの助けを得るのが最も賢い考えだ。

（でも——あいつならきっと……）

だけど、逃げようとする度に、あの頼りない灰色髪の少年の姿が浮かび上がり、ルミネはこの場から離れられないでいた。

そうだ。きっと、カイ・ハイネマンなら、迷いもせずにライラを助けに行って、きっとやり遂げている。もちろん、カイはこの世で一番の無能。誰よりも弱い。なのに、どういうわけかルミネにはカイがライラの救助に失敗する姿が思い描けなかったのだ。

（馬鹿みたい。あんな、弱虫なのに……）

自分のバカげた思考に苦笑しながら、己を奮い立たせるべく右拳を大木に叩きつける。非力なルミネでは右拳の皮膚が破けるだけで大木はビクともしない。それでも、ほんの少し勇気が湧いてきた。

『……嬢ちゃん、見た目よりずっと漢なんやねぇ』

スサノオは髭を摘みながら、そんな侮辱以外の何ものでもない感想を述べると、背負う大剣を鞘から抜き放つ。

「あんた、どういうつもり?」

先ほどまで宿に帰ろうと翻意を盛んに迫っていたのだ。微塵もやる気がなかったスサノオの気変わりに、目をぱちくりさせつつ尋ねると、

『もちろん、我がマスターのために、働くねん』

木々の陰から出て行くとスサノオは城の門へと威風堂々と歩いていく。

『なんだ、貴様止まりぇ？』

門番と思しき一つ目の巨大な顔の化け物が制止の声を張り上げた時、スサノオの姿が一つ目の化け物の面前に生じ、右手の大剣を振り切る。その巨大な頭部が宙に舞った。

『なぁッ⁉』

口だけの怪物が仲間の突然の死に驚愕の声を上げた時、十字に引き裂かれて、ドシャッと地面へ叩きつけられる。

「……」

あの脅威が一瞬で動かぬ屍となる。その事実に暫し茫然としていると、巨大な門を大剣で一閃する。腐肉の門がバラバラになる中、

『嬢ちゃん、はよ雑事、すませようや。ワシ、つまみで一杯やりたい』

左手でコップを飲む仕草をするとスタスタと中へ入っていく。

「ちょっと、待ちなさいよ！」

ルミネも遅れないように、スサノオの後をついていく。

『これ以上、好きにさせるなッ！』

ローブ姿のアンデッドが一斉にロッドをルミネたちに向けてくるが、光の線が空中を舞い、アンデッドたちはバラバラの肉片となって砂と化す。

アンデッドなのに、スサノオの大剣で斬られると瞬時に砂と化していることからも、あの大剣は普通じゃない。伝説クラスの魔法武器なんだと思う。

そして、ルミネとスサノオは遂に大扉の前に到着する。スサノオが扉を切り裂いて中に入り、ライラお姉さまを探すべく部屋の中を確認する。

部屋の中では真ん丸の体躯に、無数の球体が刺繍された真っ赤な服を着た怪物が、不自然なほど大口を開けて皿の上の金髪をおさげにした女性にかぶりつこうとしていた。

「スサノオ！」

『承知や！』

スサノオの姿が掻き消えて、次の瞬間、怪物の顔の上半分を切り裂き、その胴体を蹴り飛ばす。風船のような怪物は一直線に肉の壁に衝突してグシャグシャの肉片となる。

「倒したっ⁉」

歓喜の声を上げるルミネに、

『いんや、すぐに復活するでぇ！　時間稼ぎにしかならん！』

スサノオが大剣を油断なく構えながら、認識の誤りを指摘してくる。

時間稼ぎか。見たところ、ライラお姉さまはこの部屋のどこにもいない。この城のどこかに捕らわれているのかもしれない。すぐにでも探しに行くのがベストだ。

あの皿の上には震える人間と思しき二人がいるが、所詮、今日初めて会った赤の他人。ルミネが助ける義理などない。ライラお姉さまがいない以上、一分一秒早くこの部屋から出て捜索を開始するべきだ。それが最も利口な方法のはずなのに、大嫌いな故郷の灰色髪の少年の姿が脳裏をかすめていた。

（あいつなら――きっと！）

多分、ルミネはどうかしているんだと思う。だって、最もルミネらしくないことをしようとしているんだから。強く突き動かされる気持ちのままに、ルミネは二人が捕らわれている皿に向けて走り出す。

『ぞ、賊を殺せぇっ！』

執事姿のゾンビから指示が飛び、ルミネに襲い掛かってくるが、光の線が走り抜けてバラバラの肉片となって床に転がり落ちる。

多分スサノオが切ったのだろう。ルミネが到着した時には金髪をおさげにした女性と坊ちゃん刈りの男性の二人の金属の拘束具は切断されていた。

「逃げるよ！」

「「……」」

皿の上で涙にぬれた顔で茫然とルミネを眺める二人に、

「早く！　死にたいのっ⁉」

声を張り上げると、二人は大きく頷いて皿の上から飛び降りる。部屋を出るべく肉の大扉へと走り出そうとした時、

『家畜どもの分際で、逃がすと思っているのＤＥＡＴＨかぁっ！』

怨嗟の声が鼓膜を震わせると、スサノオが切ったはずの腐肉の大扉が一瞬で塞がり、退路が断たれる。

振り返ると、腐王と呼ばれた風船のような外見の怪物が、まさに悪鬼のごとき形相で空中に浮遊していた。

『嬢ちゃん、下がっとき』

スサノオが大剣を片手に腐王に向けて歩き出す。

『人に使役された下等生物ごときＧＡ、この腐王に牙をむくとは、何たる不敬、何たる不埒ものＤＥＡＴＨッ！』

風船のような顔に浮き上がる無数の血管。そんな腐王をスサノオは鼻で笑うと、

『たかが、腐れ神ごときが、一丁前に吠えるんやないわ』

腐王を真っ二つに切り裂いた。

スサノオと腐王との闘いは、スサノオが優勢だった。というより、腐王はスサノオの相手にすらならなかった。現に腐王は何度もめった刺しにされてところどころ、崩れかかっている。

「すごい……」

坊ちゃん刈りの少年がボソリと丁度ルミネも感じている感想を述べる。

「ええ、あの超越者をあんなに一方的にッ！」

興奮気味に金髪をおさげにした女性も叫ぶ。

『どないした？　もう終わりか？』

スサノオの挑発に、

『おのRE、おのRE、おのRE、下等生物ごときGA、この腐王を傷つけるなど決して決して決して許されはしないのDEATHッ！』

『もとより、オノレなんぞに許されようとは思わん』

スサノオがトドメをさすべく、腐王に近づき、大剣を振り上げた時、

――不甲斐ないねぇ。猿の小娘一匹捕らえられんとはねぇ。しょせん、地方の土地神かにゃぁ。仕方ない、このボクちんが特別に力をくれてやるかぁ」

突如、何者かの声が頭に響いた途端、腐王の足元に魔法陣が浮かび上がり、その魔法陣から無数の真っ赤な触手が湧き出てくる。

『うぬぅ、これはなんDEATHッ!?』

懸命に逃れようとする努力も空しく、腐王の全身は忽ち、無数の触手によって包まれてしまう。

そして、その触手は脈を打ち、繭のような形態となる。そしてその繭がゆっくりと裂け、中からいくつもの顔が生えている人型の大きな怪物が這い出してきた。

そして、その頭部が風船のように真ん丸に膨れ上がり、腐王の顔に変わる。

『素晴らしいDEATHッ！　この腐王はまた進化の階段を上ったのDEATHッ！』

両手をわなめかせながら、感嘆の声を張り上げる。

『あれは少々、厄介やな。もう少しだけ出力を上げる必要があるが、今の嬢ちゃんでそれをするのは無理か……』

スサノオが意味ありげな感想を独り言ちると、ルミネをチラリと一瞥し、左の人差し指をすでに塞がれた肉の扉へ向ける。

『そいつらを連れて逃げろ！』

そう叫ぶ。刹那、肉の扉に亀裂が走り、粉々に吹き飛んでしまう。

『無駄だぁ！　無駄ぁ！　無駄なのDEATHッ！』

腐王が左の指をパチンと鳴らすと、バラバラになった扉の残骸が腐肉でできた一つ目の猛虎のような怪物へと変わり、唸り声を上げる。

舌打ちをするスサノオに、腐王は巨体とは思えぬ俊敏さで間合いを詰めると岩のような右拳を叩きつける。

スサノオは大剣で右拳を切り裂くが、その腐肉がボコボコと盛り上がり爆発を起こす。スサノオは後方へと飛んで回避するが、腐肉の触手がグネグネと曲がりながら、高速でルミネたちへと向かっていた。次の瞬間、ルミネの前で爆破が起きる。

眼前には両腕を広げてルミネを庇うスサノオ。先ほどの爆発のせいだろう。スサノオの全身からは肉の焼ける匂いが立ち込めていた。

『ス、スサノオ⁉』

悲鳴じみた声を上げるルミネに、スサノオはよろめきながらも、大剣を構える。

『進化前とはいえ、この腐王を傷つけた不敬、極刑に値するのDEATHッ！　お前が守ろうとしたその娘も今から、時間をかけてゆっくりと醜く腐らせてやるDEATHッ！』

地響きを上げながら近づいてくる腐王。

『あほんだらぁ、お嬢には指一本触れさせへんぞ！』

スサノオが満身創痍の状態でそう叫ぶやいなや、あの大事にしていた木彫りの猫の人形へと戻ってしまう。ルミネは咄嗟に木彫りの人形を抱きしめていた。

『実に不愉快な幕引きDEATHッ！　仕方ない！　その小娘を存分にいたぶって憂さを晴らすのDEATHッ！』

腐王が目の前でルミネに巨大な右腕を伸ばしてくる。あれが届けばおそらく、ルミネは死ぬ。いや、腐王の言動を鑑みれば、死ぬ方がよほどマシな地獄をみることだろう。

こうなった悔しさはある。でも、なぜだろう。臆病なルミネ自身でもびっくりするくらい怖くはなかった。多分、この木彫りの人形がいるからだ。

――ルミネ、誕生日のプレゼントだよ。

突然、幼い灰色髪の少年から不格好な木彫りの人形を渡される光景がフラッシュバックする。

（ああ、そうだ。全て思い出した。だからあたし、これをずっと持ってたんだ……）

ようやく、なぜ自身がこの一見不格好な人形をひと時も身から離さず持っていたのかを理解した。それは過去に大好きな兄ちゃんが、手をボロボロにしながらルミネを喜ばせようと作ってくれたものだったから。きっとあの時からだ。ルミネが恋心を抱いたのは。

でも、カイ兄ちゃんは、大好きなライラお姉さまの許嫁。だから、必死に嫌いになるよう努力した。でも、そんなルミネの努力とは相反してその気持ちは強くなっていく。だから、あの時、あの祠でこの気持ちの全てを封印してもらえるように頼んだんだ。幸か不幸か、その願いは叶えられて今の今まで綺麗さっぱり忘れてしまっていた。

（私、本当に滑稽だ）

カイ兄ちゃんへの想いを忘れることは、自身が強く願っていたことのはずなのに、もう一度だけ強く会いたいと思ってしまう。たった一度だけでいい。あの優しい笑顔で頭を撫でてもらいたい。

「カイ兄ちゃん！」

兄ちゃんからもらった木彫りの人形を抱きしめながら、ルミネは叫んでいた。

「全く、本日二度目か。ルミネ、お前は危なっかしくて見ちゃいられん」

背後から懐かしくも安心する声が聞こえた時、ルミネたちを取り囲んでいた猛虎のような怪物が弾け飛び、腐王から守るようにとても長い刀身の剣を片手に、今ルミネが最も会いたかった少年が佇んでいたのだ。

(冗談じゃないいっ！　こんなの聞いちゃいないいッ！)

天軍大佐テルテルは泣きべそをかきながら、あの怪物からできる限り遠ざかるべく黒色の霧の中を疾駆していた。

◇◆◇◆◇◆

途中まで計画は完璧だった。中央教会という組織の人間を操り、特異点の娘、ルミネ・ヘルナーをこの腐王の城までおびき出すように画策する。綻びが生じたのは、操っていた中央教会の犬ディビアスと一切のコンタクトができなくなったことだ。即座に腐王の城内で委細を調べようとするが、遠視系の術が一切発動できなかった。ディビアスの生命反応は依然として存在していたことから、タルタロス様のお力で進化したことが原因の一時的な不具合だと結論付けて、腐王の城内で待機しているとルミネ・ヘルナーがのこのこと現れる。

ルミネ・ヘルナーが使役している二足歩行の猫の強度には少々驚かされたが、それも今の進化したテルテルには取るに足らない雑魚に過ぎない。案の定、劣勢に置かれた腐王に力を与えただけで、形成は逆転する。そして、まさにルミネ・ヘルナーを捕縛する寸前で、あの怪物が現れたのだ。

今のテルテルはタルタロス様のお力により進化して上司のタナトスと同レベルまで存在強度が上昇している。特にテルテルが天の諜報員として抜擢されたのは、高度な解析能力があるから。その能力は以前とは比較にならぬほど、正確無比なものとなっている。

その今のテルテルが腐王御殿の玉座の間に入ってきた灰色髪の人間の姿を一目見ただけで、戦意はあっさり消失してしまった。

(あ、あんなのに勝てるわけがない！)

あの悪鬼のごとき表情に、歩くだけで湧き上がった濃厚で凶悪な赤色と黒色の闘気が周囲の床を崩壊させていた。それはまるで主神たるタルタロス以上の怪物に見えてしまっていたのだ。

(かえって助かったかも……)

特異点であるルミネ・ヘルナーに直接手を下せないことに、当初散々悪態をついていたが、今となってはそれに救われた。あの怪物が真っ先にルミネ・ヘルナーを救った様子を鑑みれば、相当執着していることが窺われる。もし、テルテルがルミネ・ヘルナーを襲っていれば、あの怪物に真っ先に処分されていただろう。

(一度、天軍へ報告する？　いや、そんなのタルタロス様が許さない！)

どういうわけか、あれからタルタロス様は一度も出てきちゃいない。さらに、ルミネ・ヘルナーの捕縛を投げ出しても粛清されていないことから察するに、タルタロス様は直接この世界で力を振るうことに、大きな制約があると考えるべきだ。

最も、タルタロス様の意に反して逃げ出している以上、天界に戻っても粛清されるのがおちだ。もう二度と天界には戻れまい。

対してタルタロス様のご命令通り、ルミネ・ヘルナーを捕縛するのはもっと論外だ。タルタロス様に匹敵するかもしれないあの灰色髪の怪物を真っ向から敵に回すなど絶対にごめんだ。

唯一の手段はこの世界でひっそりと隠れて暮らすのみ。とはいえ、前のように条件を満たし、タルタロス様が介入してくれれば、その時点でジ・エンド。テルテルは処分される。まさに八方塞がりとはこのことだ。

あまりの無慈悲な現実に、

「こんな理不尽あってたまるかっ！」

自然と怨嗟の声を張り上げてしまった。

「――ッ⁉」

突如、足に衝撃が走り、視界が空と地面を数回グルグルと回る。受け身もとれず無様に背中から地面に叩きつけられてしまう。

「な、なにが……？」

頭を振って起き上がって、辺りを確認すると――。

「ひぃっ⁉」

眼前にはバツ印の目と縫い合わされた口を象った黒色の仮面を被った存在が佇んでいた。その禍々しい姿を目にし、テルテルの口から小さな悲鳴が漏れる。

(で、出鱈目すぎるっ！)

解析能力などなくても本能で分かる。この相対するだけで皮膚が焼けただれてしまうような強烈で抗いがたいプレッシャー。こいつもタナトスを超える真正の化け物だ。

（勝てるわけないっしょっ！）

状況からいって逃げ一択なのは間違いない。かといって、こいつが見逃してくれるほど甘い奴にはどうしても思えなかった。

（か、囲まれている⁉）

テルテルの周囲を、首をなくした人型の真っ赤なドロドロの液体がぐるりと包囲していることに気付く。あの赤色の人型のドロドロの一柱、一柱から桁外れの力を感じる。いわば複数のタナトス以上の化け物に取り囲まれている状況だ。どう控えめに見積もっても詰みの状況だろう。

『久しぶりだな。テルテル大佐』

黒の仮面の怪物は、心当たり皆無の挨拶をしてくる。

「ひ、久しぶり？」

オウム返しに尋ね返していた。もちろん、テルテルにはこんな怪物の知り合いなどいやしない。悪軍であっても戦場で一度目にすればこの手の輩は決して忘れやしない。

『臆病な貴様のことだ。俺の姿を見れば姿をくらますことは容易に想定できた。だから、手を打たせてもらったのだ』

眼前の怪物は仮面をゆっくりと取り外す。その顔を一目見て――。

「ア、アザゼルぅぅっーーー！」

刺すような顫動《せんどう》が背中を駆け巡る。当然だ。こいつは、至上最悪の堕天使アザゼル。天と悪の双方に牙をむいた怪物だ。こいつを倒すために天軍、悪軍双方から多大な犠牲が出たとされている。

『ふん、ようやく思い出したようだな』

そう吐き捨てるとアザゼルはパチンと指を鳴らす。直後、紅の円盤状の武器を背負う野性的な青年へと変貌する。

「なぜお前がここにいるのさっ！　お前は処分されたはずじゃぁッ！」

アザゼルはルミネ同様、過去に天軍に特異点の指定を受けて排除対象となった。その際にアザゼルの故郷は天軍により一人残らず焼却処分となる。皮肉なことに、その事件をきっかけにアザゼルは覚醒して天軍へと弓を引く。甚大な犠牲の中、アザゼルは捕縛され天と悪双方の話し合いの結果、処分の決定がされたはずだ。そう。あいつが生きているはずがないんだ。

『長い、長い年月、あるダンジョンに閉じ込められていたのさ』

「あるダンジョンに……閉じ込められていた？」

オウム返しに尋ね返す。その一見他愛もない台詞に、足元から多量の虫がウゾウゾと這い上がってくるような強烈な悪寒が全身を走り抜ける。

『ああ、【神々の試煉《ゴッズ・オーディール》】。お前も聞いたことがあるだろう？』

「ば、馬鹿な、あれはただの質の悪い都市伝説の類のはずだッ！」

【神々の試煉《ゴッズ・オーディール》】――世界の勢力のバランスを狂わせるイレギュラーのみを封印した悪質極まりないダンジョン。

最も、もしバランスを狂わせるほどのものなら、封印よりも始末した方が手っ取り早いことから一般には悪質なデマだとされていた。

『やはり、貴様のような下っ端にはその存在すら知らされていなかったか。まあいい、どのみち、あの御方により、【神々の試煉《ゴッズ・オーディール》】の封印は完全に解かれている。あれはもはや、もぬけの殻。次期に天のクズどもも気づくだろうさ』

「【神々の試煉《ゴッズ・オーディール》】の封印が解かれた⁉　そんな馬鹿なことがあるはずがないっ！」

『信じる必要はない。ただ、お前には大きな借りがある。それを返済して初めて俺は過去を清算し前に進むことができる』

アザゼルは背から円盤状の武器を右手で軽々と取り外すと、テルテルへと向ける。刹那、アザゼルから湧き上がる濁流がごとき黒色のオーラ。そのオーラにより、アザゼルの立つ地面はミシリと陥没し、巨大なクレーターを形成する。

「ゆ、許しておくれよっ！　特異点が出現した八の葉の民の全てを処分しろというのがタナトスの命で――」

テルテルの言葉を遮るかのように口に生じた衝撃と焼け付くような熱さ、そして――。

「……もがっ！」

背骨に杭が打ち込まれたような激痛が走る。アザゼルはゆっくりと近づいてくると、右手に持つ真っ赤な円盤状の武器を振り上げる。

『貴様はタルタロスを現界させる大事な餌だ。殺しはしない。だが、それは貴様にとって悪夢そのものと心得よ！』

「もぐががが っ！」

砕かれた顎で必死に救いの言葉を叫ぶ中、アザゼルはその武器をゆっくりと振り下ろし、テルテルの意識は泡となって消える。

◇◆◇◆◇◆

私が鼠狩りを命じた直後ドーム状の黒色の靄が展開される。この感覚、ギリメカラの呪界だな。姿を見せぬと思っていたが、やはり介入してきたか。まあ、あいつが姿を見せない方がよほど異常事態だ。それに奴の呪界はそう簡単に破れる代物ではない。こちらの情報も遮断できるし、おあつらえ向きと言える。最も多少の不都合はある。

呪界の形成により、せっかくベルゼが知らせてきた位置関係が出鱈目になってしまったということ。それでも私がこうして落ち着いていられるのは、先ほどライラがデイモスにより無事無傷で保護されたという情報が入ってきたから。説明では呪界の外の廃墟を探索中のデイモスがそこで血色の良い顔で熟睡しているライラを発見したらしい。もちろん、このタイミングだ。間違いなく裏はある。というか、この身もふたもないやり口、おそらく奴らが攫ったのは化けた私の配下の者だろう。これで一先ず、一安心だ。あとは、私を不快にさせた輩に制裁を加えるのみ。特にこいつらは私から身内を奪おうとしたのだ。それは今の私にとっての最大の禁忌、この世で最も許せぬこと。だからこそ、もしこの件を仕組んだクズがいるならば一切の慈悲は与えぬ。潰し、捻り、壊してやる。雑草一本残らないくらい徹底的にな。私が敵勢力の一切の消滅を誓ったまさにその時、

『御方ちゃま。奴らの居場所を特定したでちゅ』

頭に響くベルゼの声。同時に複雑な呪界内の地図と映像が鮮明に映し出される。どうでもいいが、ギリメカラの奴、凝りすぎだ。だがここまで徹底してれば確かに一匹たりとも逃げることは叶わないだろう。ライラが無事な以上、それはそれで構わんがね。

示された地図通りに疾駆すると御大層な脈動する真っ赤な肉の巨大な建築物に行き当たる。

この趣味の悪い建造物の中にこの度、ライラを攫おうとした奴がいるんだろう。この建造物の悪趣味具合から言って人ではあるまい。大方、知性を持ったアンデッドが生まれ、暴れ出したってところか。もちろん、このタイミングで自然発生的にこんなアンデッドが生まれるはずもない。十中八九、これを生み出した黒幕が必ずいるはず。そして、私の意思にとことんまで忠実なギリメカラならばきっと――いや、今はこのクソ雑魚アンデッドの処理が先決だ。私は肉の城の中へと入っていく。

城の中はアンデッドどもの死体で溢れており、私の進行を妨げるものはいやしなかった。どうやら、先着がいるようだ。この程度のアンデッド風情ならいっぱしのハンターなら楽々駆除できるレベルだ。別にさして奇異なことではない。それにしても――。

「この切り口、相当な手練れだ」

このアンデッドどもの切り口、不自然なほど綺麗だ。これは組織、いや、細胞レベルを意識していないとできぬ芸当。このレベルの達人級の者には最近とんとお目にかかってはいない。

「少々、これをやった奴に興味がわいたな」

不謹慎にも妙に躍る心を抑えて歩を進めると、この城の玉座の間らしき最奥の大広間へと行き着く。そこの光景を目にした途端、

「は？」

私の口から飛び出したのは間の抜けた声。そこにはまさに私が想定すらしなかった光景が広がっていた。

腐敗した巨大な猛虎に囲まれた三人の人間。そして、そのブロンド髪の少女にまさに触れようとしている幾つもの顔が生えた巨人。

「カイ兄ちゃん！」

木彫りの人形を抱きしめながら悲鳴じみた声を上げるルミネを視認した途端、強烈な焦燥が湧き上がり、

「全く、本日二度目か。ルミネ、お前は危なっかしくて見ちゃいられん」

悪態をつきつつもルミネたちを取り囲んでいる猛虎どもを死線により細胞レベルまで切り刻む。そして、いまにもルミネに触れようとしている怪物の前まで滑り込む。

やれやれ、間一髪間に合った。しかし、なぜ、ルミネがここにいる？　ルミネは女神連合に

委ねるとの話だったはずだ。もちろん、素人のルミネがネメシスたちから逃げ出せるわけもない。ここにルミネがいることはネメシスたちの意思。ネメシスたち女神連合は独自の思想で動く傾向にある。おそらく、女神連合は、ここにルミネが来ることが彼女自身にとって命を賭けるだけの価値があると考えたのだろう。最も、こう何度も危険な目にあっては私の心臓が持ちそうもない。あとで、ルミネには厳しく言い聞かせる必要がある。まあ、相手がこの雑魚アンデッドだし、女神連合の連中にとっては格好の駒だったのだろうけども。それよりも――。

「今はお前の処理だろうなぁ」

私が視線を向けただけで、幾つもの顔が生えた巨人は数歩バックステップすると、

『き、貴様、誰DEATHッ⁉』

おざなりな疑問を口にしてくる。

「使い古された言葉だがね、滅びるお前にそれを告げる意義はない。滅びたくなければ抗うのだな」

私は独自の歩行術、縮地により奴の間合いに入ると、奴をつま先で蹴り上げる。

『げげけへへえッ――‼』

面白い声をあげながら、肉の城の壁をぶち破り、遠方へと消えていく。

「カイ兄ちゃん、この城にまだライラ姉さまが――」

私に駆け寄って見上げながら、焦燥たっぷりの声を上げるルミネを落ち着かせるべく右の掌を頭の上に乗せると、

「ライラはすでに安全な場所に保護済みだ。だから安心していい」

彼女が最も聞きたいであろう事実を告げてやる。

なるほどな、ライラがここに捕らわれている。そうネメシスから聞いてルミネはここにいるのか。相変わらず、無茶をする奴だ。

「お姉さまが無事？　本当？」

「ああ、誓って真実だ」

噛みしめるように告げる私の言葉に、張り詰めていた緊張の糸が遂に切れたのだろう。

「よかった……」

安堵の言葉を最後に、ルミネは気を失ってしまう。気絶したルミネを咄嗟に抱きかかえると、

「ネメシス、ルミネを頼む」

部屋にある気配の一つまで近づき、そう指示を出す。突如、露出度の高い赤色の衣服を着た長身の女、ネメシスが跪いた状態で姿を現し、

「命に代えましても」

力強く返答すると立ち上がり、ルミネを受け取り、大きく一礼するとその姿を消失させる。役目を終えたのだろう。彼女を保護していたのであろう、室内にあった他の複数の気配も同時に消失する。

しまったな。私のチームメイト、ラムネとキキの二人も避難させておけばよかった。かなり強く脅したからてっきり諦めて帰ったのかと思ったが、このクズアンデッドどもに捕らえられ

ていたようだ。

まっ、ライラとルミネの無事が確認された今、あとはただの制裁。私の目の届く場所にいる限り、そう危険にはなるまいよ。それにこの二人はルミネと違って素人ではない。忠告もしたし、今こうしているのは自業自得。危険の覚悟くらい持っているだろうさ。

それにしても——。

「この城、邪魔だな」

ルミネの保護と同時にベルゼからこの城とその周辺には、保護すべき者は存在しないとの報告を受けている。ならば、自重はもはや必要あるまい。

私はラムネとキキと先ほど蹴り飛ばした奴以外の全てを指定して、

「【真戒流剣術二刀流】、漆《しち》ノ型、——世壊《せかい》」

黒と赤のオーラを纏った【村雨】を振り下ろす。黒と赤の崩壊の波が建物の内部から同心円状に駆け巡り、その一切を破壊しつくす。あっという間に広大な更地が出来上がる。その更地に私が先ほど蹴り飛ばした幾つもの顔が生えた巨人が、全身ぐちゃぐちゃに拉げた状態でピクピクと痙攣していた。

「おい、ベルゼ、まさか、これがライラを攫おうとしたのか？」

軽く蹴っただけで瀕死とは流石に予想だにしなかった。一応、魔力を消して膂力のみで蹴ったから修復はするはずなのだがね。

『そうでちゅ。そいつが此度の誘拐の実行犯、腐王でちゅ』

ベルゼバブが私の前で平伏しつつも恭しく返答する。

腐王ね。名前負けもいいところだ。まあ、修復はしているようだし、アンデッドなのは確かだろうさ。

ようやく癒えた腐王に近づくと、

「おい、起きろ！」

その顔を蹴とばしてその意識を無理矢理、現実へと引き戻す。

腐王は私と目が合うと恐怖で顔を引き攣らせて、逃げようとするが、進行方向にいるベルゼバブを視界に入れて、

『バ、バ、バケモノォォっ！』

甲高い絶叫を上げて一目散に走り出そうとするが、私たちを取り囲むように出現している討伐図鑑の戦闘狂たちに気付き、今度こそ絶望の声を上げる。

「ご苦労だった」

私が労いの言葉をかけると、全員跪き深く首を垂れてくる。

「さて、時間も押している。面倒事はさっさとすませてしまおう」

おそらく、この後とっておきのメインディッシュがあるようだしな。

私が視線を向けただけで、震えだす腐王。

『お許し――ぎゃあぁぁッ―――!!』

私は懇願の言葉を吐き出そうとする奴の右腕を切断する。劈くような悲鳴が更地となったエ

リア5に響き渡る。

「許せ？　何を言っているのだ？　お前は私の大切な者を奪おうとした。たとえ何者かの操り人形であっても、己の意思で為した以上、その報いは是が非でも受けてもらう」

こいつからは、そこらで徘徊しているゴブリン程度の力しか感じぬ。この程度の低位のアンデッドなど、放っておいてもいずれバベルかハンターギルドにより駆除される。だが、こいつは私の大切な者に危害を加えようとしたのだ。そんな害虫をこのまま見逃すほど私はおめでたくはない。

『なぜDEATHッ？』

「あ？」

『なぜなぜなぜなぜ私に痛みがあるのDEATHッ!?　私は不死のはず！　痛みなどあり得るずはずが——』

そう、うんちくを垂れる奴の左腕も切り飛ばす。地面をゴロゴロと転がり、苦痛に悶える腐王。

「ごちゃごちゃ五月蠅い。お前のけったくそわるい体質など知ったことか。不死だろうがなんだろうが、私を怒らせた以上、確実に死んでもらう」

『あってはならない……DEATH……』

奴はヨロメキながらも後退りつつ、恐怖に引き攣らせた顔を左右に振る。

「あ？」

『この私が滅びるなどあってはならないDEATHッ！』

金切り声を上げて背後に跳躍しようとする、腐王の両足を根本から切断する。再度響き渡る絶叫。私は奴を見据えて、

「お前はここで死ぬんだよ。無様に、哀れに、一人寂しく死ぬんだよ。そして――ここで、お前にとって残念な報告がある」

最後通告をしてやる。

『残念な報告？』

オウム返しに聞いてくる腐王に、

「私はお前を無難にただ殺そうとは微塵も思っちゃいないってことだ」

死刑執行の宣告をすると、私は重心を低くして【村雨】の剣先を背後へ向ける。同時に半径四百メルの範囲に半球体の透明の魔力の膜のようなものが形成される。その中にいるこのサングラスの風船のような男を指定し、刀身に魔力を込め始めた。この技は最低最悪の外法の技。あのイージーダンジョンでも使用したのは数回にすぎぬ。主に私が不要な存在だと判断した時だけに使用していた。この腐王は聊かやり過ぎた。躊躇などするはずもない。

【村雨】の剣先に濃密な赤黒色のオーラが陽炎のごとく纏わりついていく。

『い、いやDAぁぁぁぁっ‼』

野性の本能というやつかもしれない。決死の形相で両手両足を切断された状態で私に背中を向けて空中に浮遊し逃亡しようとする腐王に、

「【真戒流剣術一刀流】伍《ご》ノ型、――永死《えいし》」

【村雨】が奴を一閃した途端、奴の動きがピタリと止まる。正確には動きが緩慢になっていく。そして、ゆっくりとゆっくりと胴体が真っ二つに横断されていく。

『ぎいーーーーーーーーーやああああぁぁぁぁぁーーーーーーー』

冗談のように間延びした声を上げつつ、腐王にいくつもの線が入り、やはりズルリとゆっくり崩れていく。

これは伍《ご》ノ型――永死《えいし》。本来は『五月雨』という遠距離型の技だったが、討伐図鑑の者たちを登録しているうちに、この『永死《えいし》』の効果が付け加わってしまう。この技は五月雨の遠距離的な性質を著しく減退させる代わりに、結界内で指定されたものの時を肉体と感覚を限界まで引き延ばす。つまり、この技の対象者は細切れになる恐怖と激痛を永劫の時として味わって結局は魂が耐えられず死に至る。正直、こんな物騒な技を使用するシーンなどそう多くはない。『五月雨』の方がよほど使いやすかった。故に、何度も『五月雨』を再現しようと試みるも、全てこの『永死《えいし》』の効果が付属してしまう。おそらく、討伐図鑑による強制的な改変というやつだろう。おかげで、唯一の長距離用の技が私には使用不可能となってしまった。

最も、こんな真正のクズには、躊躇いなく使用することができるから、全く使えない技ってわけでもないわけだが。

腐王は今も間延びした罅割れた声とともにゆっくりと崩れていっている。この技が一度発動されると、完全に滅びるまで凡そ数日かかる。これがこの技の扱いにくいところなわけだが。

ともあれ、これで前座が終了した。後は——突如、魔法陣が出現し、そこから奇妙な形の蝶ネクタイに、ハットを被った坊主の男が出現する。男の目は焦点が合わず忙しなく彷徨わせており、涎をだらしなく垂れ流していた。同時に現れたアザゼルがその傍で私に跪く。

「それは？」

このタイミングだし、今回の事件の関係者なのは間違いないだろうがね。

『それは天軍大佐テルテル、此度の事件の首謀者の使いにございます』

アザゼルが恭しく私に進言してくる。

首謀者の使いね。天軍と言っている時点で、人ではなく魔物か何かだろう。まあ、こいつからも大した力も感じぬ。こんな雑魚よりも——。

「ふむ、それと何か因縁でもあるのか？」

アザゼルはギリメカラ派の中でも四恐とも称されるほど悍ましい能力を有する奴だが、サクッと殺すか無力化するのが通常だ。ここまで心が壊れるほど痛めつけたりはしない。ここまで過剰な制裁を加えるのだ。何か強い理由があるのは間違いあるまい。

『俺が堕天する前の話ではありますが、それは俺の主君と故郷の仇。此度、このアザゼルがケジメを付けさせていただきました』

主君と故郷の仇か……心情的にはすぐにでも八つ裂きにしたかったろうに、アザゼルがそれをしないで私の前に持ってきているということは——。

「そうか、気を遣わせてしまったな。すまない」

おそらく、これを使って何かをする予定でギリメカラ辺りに殺すことが禁じられていたのだろう。

『め、滅相もございません』

「アザゼル、私はこんな雑魚の黒幕の処遇なんぞより、お前の方が大事だ。だから、次からは決して遠慮をするなよ」

『あ、ありがたき……幸せ』

身を震わせて俯くアザゼルから視線をギリメカラに移すと、

「それで、こいつで何をしようとしている？」

聞くまでもない悪だくみの内容を確認する。

『そやつは、餌であります』

「とすると、こいつを餌にしてまた真の黒幕を召喚でもするのか？」

『流石は我らが全能なりし神ぃ！　その通りでございます！　その天のエサとそこの腐王《ゴミ》を利用してスパイが只今から強制現界の術式を実施いたしまする！』

ギリメカラが今もゆっくりと刻まれている腐王に眼球のみを動かして、大声で答える。全能でなくても、今までのギリメカラたちのやり口を見ていれば阿呆でも分かる。なにせ、前にも似たようなことはあったからな。

「ならば、すぐに始めるとしよう。その前に。おい、サトリぃ！」

『お呼びでしょうか。私の御方様』

私の前に緑色の髪をおかっぱにした少女、サトリが姿を現して跪く。

「それの精神をもとに戻せ」

こいつは私の配下の家族を皆殺しにしたのだ。これだけのことをしておきながらお花畑に逃避行するなど、この私が絶対に許さん。私にはアザゼルの主人としてこいつに直に制裁を与える義務がある。

『仰せのままに』

テルテルへと右手を掲げるとパチンと指を鳴らす。

「ここは？」

ぼんやりと周囲を見渡していたが、周囲を完全包囲している討伐図鑑の愉快仲間たちの射殺すような視線を認識し息をのむ。そして、私と視線が合うと、

「ぎひぃぃっ！　バケモノォォッ！」

金切り声を上げる。私は【村雨】の剣先を奴の眼前に向けると、

「さて、お前、テルテルとか言ったな。これからお前に制裁を与える。せめての情けだ。精一杯抗ってみせよ」

私は【村雨】の鞘を背から取り外して刀身を鞘に納める。そしてその鞘を左手で握ると、右手を軽く柄に触れて重心を落とす。

「ゆ、ゆるじでぐだざい！　ボクちんの知っていることは全て話すからぁ！」

テルテルは涙と鼻水で顔をグシャグシャにしながらも、懇願の台詞を吐く。

「ここまでのことをしでかしておきながら、仲間を簡単に裏切るか。とことん不快な奴だな。お前は私の配下の大切な者を奪い、此度私の大切な者を奪おうとした。そのお前にこの私が慈悲をかけると本気で考えているのか？」

私の憤りを表すかのように黒と赤の闘気が私の全身から噴き出して、大気をミシリと歪ませる。

「ひやぁぁっーーー!?」

私に背を向けて一目散に逃げ出そうとするテルテルに私はありったけの魔力を【村雨】に込めていく。

「永死《えいし》――改」

私の言霊とともに【村雨】が振り抜かれ、奴を粉々に切り刻む。不自然なほどゆっくりとした断末魔の声を上げながら、テルテルは死ぬことも許されぬ永劫の苦痛の旅に出ていく。【村雨】により、ブーストを賭けた永死《えいし》だ。腐王とかいうクズに放ったものとは、全く別次元の技となっている。

『御方様、お心遣い感謝いたします』

跪きながらアザゼルがそう噛みしめるように口にする。

「では、さっそく始めるとしよう、スパイ頼む」

【村雨】を鞘に収納し背に付けなおすと、今もゆっくりと鋳割れているテルテルを腐王の傍へと蹴り上げ、スパイに依頼する。

「はっ！」

スパイが大きく頷き呪文のようなものを唱え始めると地面に巨大な魔法陣が浮かび上がる。

それらから黒色の触手のようなものが伸びて、テルテルを雁字搦めに拘束し、巻き付いていく。

そして、腐王もドロドロに溶かしていくと黒色の繭と化したテルテルへと向かい融合してしまった。

『天軍六天神、タルタロスが来るぞっ！』

ギリメカラの声が響き渡り、今まで余裕だった討伐図鑑のものたちに緊張が走る。面白いな。こいつらがここまで警戒する相手か。こんなことは後にも先にも初めてだ。

「そのタルタロスとやらは私がやる。お前たちはそこの二人を連れて避難していろ！」

親指で背後で震えているラムネとキキを指さして厳命を下す。ラムネとキキがベルゼの蝿たちに運ばれていき、他のものたちも距離を取るが、いなくなりはしなかった。おそらく、観戦を決め込むつもりだろう。見られて減るようなものでもないし、別に構わんさ。それに、私の戦いの巻き添えで死ぬような間抜けは私の部下にはいやしないから。

「どうやらおでましか」

黒色の繭は次第に大きくなっていき、破裂する。その中から出現したのは人相の悪い十代半ばの少年。少年は暫し、真っ白な手袋で己の白色の服やマントや帽子を触っていたが、

『くひゃっ！　やったぜぇ！　連絡が途絶えたからてっきり失敗したと高を括っていたが、テルテルの野郎、どうやら成功したようだなぁ！　だとすると特異点の力も取り込んだってわけ

かぁ！　特異点の力が馴染めば、晴れて俺様は最強に至るぅ！』

　歓喜に天へと咆哮する。その咆哮により黒色の衝撃波が同心円状に吹き抜けていく。黒色の衝撃波により、忽ち木々は枯れ果て、飛んでいた虫や小動物などの生き物は軒並み脱力して横たわる。どうやらあの闘気には即死系の効果でも含まれているのだろう。この場にいる私の部下であの程度の即死で死ぬ間抜けはいないが、あの二人のチームメイトは危なかったかもな。避難をさせて正解だった。

「喜んでいるところ悪いが、時間も押している。とっとと殺し合おう」

『なんだぁ、貴様ぁ？』

　右の掌を私に向ける。私の周りに迫る黒色の魔力の波。感覚で分かる。これも私を殺しうるだけの脅威にはなりえない。というか、まともに受けても効果は全くあるまい。最も、わざわざ受けてやるほど私は間抜けではない。緩慢に迫る黒色の魔力の波を鞘から抜いた雷切により、切り裂き霧散させる。

『ん？　効果がない？』

　再び迫る黒色の波をもう一度雷切により切り裂いて消滅させた。

『厄介だな。俺様の能力が効かぬ突然変異種か』

「興ざめだな」

　本当に見当違いで興ざめもいいところだ。確かに私にはその手の即死系の能力は効果がない。しかし、いかなる能力の発現にも魔力の流れが必要だ。それがないのに、能力が発動するのを私は今まで一度たりとも見たことがない。つまり、魔力の流れ自体を断ち切ってしまえば能力は発動し得ない。実際に過去にベルゼバブはその魔力を極限まで秘匿し、私に攻撃をしかけてダメージを与えてきた。私に対するたった一度のチャンスをベルゼバブはものにしたのだ。要するに私が何を言いたいかというと、このタルタロスという魔物は戦闘において最も重要な魔力の流れを感知する技術がないということ。

『なんだとぉ？』

ドスのきいた声を上げるタルタロスを無視して、私はギリメカラを始め、今も観察している討伐図鑑の者たちをグルリと見渡して――。

「おい、まさか、こんな話にもならん未熟者が、お前たちがそうも警戒する絶対的強者だとかぬかすのではあるまいな？」

だとすれば、少々、討伐図鑑の者たちを甘やかしすぎたな。この強者ばかりの世界でこんな雑魚に負けるようなら、危なっかしいったらありゃしないし。もう一度私が鍛え直す必要があるだろう。

討伐図鑑の者どもが騒めく中、

『おお！　流石は我が至上の父！　天軍最高戦力を雑魚呼ばわりとは！』

ギリメカラが両手を組んで歓喜の表情で涙ぐむ。相変わらずわけの分からん反応をする奴だ。

「おい、ギリメカラ、嬉し泣きしている場合かっ⁉　御方様の発言、ありゃあガチだぞっ！下手をすれば、俺っちたち全員、またあの地獄のような日々に逆戻りだっ！」

酒呑童子の言葉に、一気に青ざめていく討伐図鑑の猛者たち。そんなまさに阿鼻叫喚さながらの状況の中、

『この俺様が雑魚だとぉ⁉　万死に値する！』

タルタロスが憎悪に満ちた顔で、いずこからか大鎌のようなものを顕現させて私の脳天目掛けて振り下ろしてくる。

「だから、雑魚だと言っているのだ」

こんな単調で力任せな攻撃が仮にも武人の私に通用するわけがあるまい。黒色の魔力を纏いつつ私を縦断せんと迫る大鎌の刃を鷲掴みにする。

『は？』

間の抜けた声を上げるタルタロス。私は魔力を纏った左手で刃を握りつぶしてさらに魔力の出力を上げる。たったそれだけで、大鎌は膨張し吹き飛んでしまう。

『……』

茫然と壊れた大鎌を見下ろすタルタロスに、

「お前ごときの自力で余所見をする余裕があると思っているのか？」

一方的に告げると足を払う。空中でタルタロスは数回転すると地面に背中から受け身も取らずに落下する。そのタルタロスの腹部を力任せに踏みつける。

『ぐはっ！』

血反吐を吐くタルタロスをつま先で持ち上げてその体を浮きあげさせると、遠心力のたっぷ

りと乗った右回し蹴りをブチかます。弾丸のような速度で【華の死都】の遺跡を破壊しながら、タルタロスはギリメカラの呪界へと衝突。呪界を粉々に破壊してようやく止まった。

『ぐはっ！　こ、こんな馬鹿なことがっ！』

私は数度地面を蹴り上げて仰向けに寝たままで吐血し、立ち上がろうとするタルタロスの前まで移動する。私と目が合っただけで、タルタロスの両眼に濃厚で強烈な感情が灯る。それは今まで散々目にしてきたもの。

「こんなものか？　私はこれっぽっちも本気を出しておらんぞ？」

雷切の刀身の棟で肩をポンポンと叩きながら、奴の戦意を確認する。最も、この感情を覚えたものに、もはや期待をするだけ無駄かもしれないが。

『き、貴様は……誰だ？』

「私はカイ・ハイネマン、剣士さ。まあ、行き先がすでに決まっている奴に話すだけ無駄かもしれないがね」

『行き先？』

恐る恐るオウム返しに尋ねてくるタルタロスの鼻先に剣先を向けると、

「ああ、このままお前が私の遊び相手にすらならぬというなら面倒だし、あとはベルゼに処理させる。もし、お前が私を一瞬でも唸らせることができれば、褒美に一撃で滅してやる。どうだ？　悪い話ではなかろう？」

仮にもライラとルミネに危害を加えようとした奴を苦しまず殺してやるんだ。私にとってこれほどの慈悲はないだろうさ。

『ふ、ざけやがってぇぇぇーーー！』

タルタロスは屈辱に大気を震わせんばかりの声を張り上げると、犬のように四つん這いになって数回跳躍する。そして、ボコボコと皮膚が盛り上がって、ボール状の球体を形成していく。瞬きする間もなく、肉の球体が弾け飛び、中からいくつもの人が融合した胴体に黒色のマントを纏った怪物が出現する。その怪物の頭部の脳味噌は露出し、口と目は金属のようなもので縫いつけられている。

「ほう、いわゆる変化《へんげ》というやつか」

随分グロい姿だな。天というより、悪の方が近くないか？　あくまで奴らのお遊びに付き合うならだがな。ともあれ、辛うじて強さを感じられるようにはなったな。だが、これで私と戦えるとは到底思えない。

『この生意気なクサレ餓鬼がぁッ！　このタルタロス様を雑魚呼ばわりした愚行、たっぷり後悔させてやる！　ただでは殺さん！　我が取得領域で生きたまま切り刻んで――』

「あーあ、いいさ。その手の弱者の負け惜しみは聞き飽きているのだ」

できもしない大言壮語にもな。完璧に頭に血が上ったのだろう。

『死ねぇ！』

両手を組んで特殊な印を結ぶと、声を張り上げる。あのなぁ、私を取得領域とやらで切り刻むんじゃなかったのか？　殺してどうするよ。

私の周囲の地面から十二本の腕のようなものがニョキッと出ると、腕を組みそこから、やはり黒色の波が湧き出てくる。違いがあるとすれば、それは先ほどのものより比較にならないほど濃密で禍々しかったこと。最も――。

「くだらん」

その黒色の波を魔力を込めた雷切により一閃する。四方八方に稲光が走り抜け、奴の黒色の波を瞬時に食い荒らして、地面を蒸発させて奴に迫る。

『んなッ⁉』

驚愕の声を上げて身を翻すが雷撃の一つが奴の左腕を貫き、蒸発させてしまう。

『ぎぃーーーーーーーーーやあぁ！』

上がる絶叫に私は雷切の剣先を奴に向けると、

「いくら魔力の波自体が強力でも、そう分かりやすい限り、私には一生届かぬよ」

懇切丁寧にアドバイスをしてやる。

『魔力の……波？』

呆けたように呟く様子から察するに、奴は魔力の動きを見ることはできない。それでは私たち強者の世界では戦えない。

「やはり、結局こうなったか」

もういい。これ以上は無意味だ。これならかつて自らの命を燃やして向かってきたマーラの方が、よほど歯ごたえがあった。こんな雑魚との闘いに意義など見出せん。終わらせるとしよう。私は雷切を腰の鞘にしまう。こんな奴に剣すら必要ない。というか、強さが中途半端だから剣を使えば遂、殺してしまいそうだ。

『ま、待って！　待って欲しいっ！　分かった！　貴様を、いや、貴方を我らが天軍へ――』

裏返った声でテンプレ発言をしてくるタルタロスに、私は大きなため息を吐くと、

「この私がそんなものを認めると、お前は思うのかね？」

重心を低くして右肘を大きく引く。こいつはライラを傷つけ、ルミネを殺そうとした黒幕だ。その咎は負ってもらう。私の口角が自然に吊り上がるのを自覚する。

『ひぃぃぃっ！　バ、バ、バケモノォーーー！』

テルテル同様、敵の私に背を向け一目散に逃げ出そうとするタルタロスに、私は地面を蹴って奴の顔面を殴りつける。

凄まじい速度で吹き飛ぶ奴へ向けて、さらに地面を蹴る。すぐに奴を追い越し私は身体を数回転すると、遠心力の乗った右回し蹴りをぶちかます。再度、一直線に飛んでいくタルタロスまで疾駆すると、奴の右頬を殴りつける。

それから、タルタロスの身体は左右、上下を幾度ともなく行き交い最後には私の踵が奴の脳天に突き刺さって地面へと落下する。

『あぐあ……』

もはや原形すらとどめず、地面でピクピクと痙攣しているタルタロスを前にして、

「ベルゼ、こいつの後始末は頼む。テルテルと分離した上で、存分に遊んだら、天軍とやらに

最高のもてなしをしてやれ！」

奴らにとって破滅に直結する指示を出す。

『御意でちゅ』

大きく頷くとベルゼバブも煙のように姿を消す。

さてと、討伐図鑑の者たちの今後の課題も改めて浮き彫りになったが、それと彼らの此度の功績とはまた別の話だ。

「終戦だ！　お前たち、よくやってくれた。感謝する。あとで宴会でもしよう」

礼を述べると、討伐図鑑の者たちは再度一斉に頭を下げると図鑑の中に帰っていく。

残されたチームメイトだった二人に近づくと、

「さて、戻るとしようか」

声をかける。流石の私もこの状態の二人をこの場に残すほど非道にはなれぬ。広場まで連れて行くことにしよう。

「……」

「……」

無言で微動だにしない二人に、

「どうした？　付いてこないのか？　二人だけでここから帰りたいならそれでも構わんぞ？」

「い、行きます！」

「私も！」

改めて問いかけると必死の形相でついてくる。私は肩を竦めるとローゼたちのいる広場へ向けて歩き出す。

◇◆◇◆◇◆

――時はライラ・ヘルナーが攫われる直前まで遡る。

（くそっ！　くそぉっ！　踏み込みすぎた！）

帝国六騎将の一人、ラムネラは自身の迂闊さに内心、罵倒しながらも、同じく六騎将だったキルキとともに懸命に疾駆する。

裏社会の者と思しき蟻使いとの戦闘のあと、カイ・ハイネマンは二人の少年少女を抱えると広場へ向けて駆けていく。忽ち見失ってしまい、慌てて追いかけたのが運の尽きだった。

途中よく分からない黒色の霧が立ち込めている空間に迷い込み、ようやく抜けだせたと思ったら、今度はあのアンデッドどもに遭遇したのだ。

今、ラムネラたちを追ってきているのは、ゾンビのような格好をした数体の魔物。

「ねぇ、ラムネラ、絶対これ遊ばれているわよ！」

「分かってる！」

キルキの言葉通り、今追ってきているアンデッドどもは付かず離れず、ことさら攻撃をしかけてくるわけでもなく、ラムネラたちの周囲を包囲しつつも追跡してくる。

「どのみち、このままではじり貧だ！　キルキ、やるぞっ！」

向き直り四面体の聖遺物——四光の効能の一つ聖御を発動し、正四面体の白銀の結界を張る。

これでアンデッドどもはおいそれと侵入はできなくなったし、多少なりとも時間を稼げる。

あとは——。

「……」

キルキをちらりと見ると、彼女は大きく頷き、長剣を鞘から抜き放つ。

「やってやるわ」

キルキの武器、あれもラムネラの四光同様の聖遺物であり、四光とは相性がすこぶるいい。

一見長剣だが、あれは聖属性の力を斬撃に乗せるという特殊効果がある。

この結界は四光が元となっており、移動自体が可能だ。結界内から奴らに向けて斬撃をありったけ浴びせつつ、後退していけばいい。最も、四光の持続的発動には精神の集中を要するから、普段通りには移動できないが、それでも着実に逃げられるのは大きい。退避する場所はもちろん、超越者たるカイ・ハイネマンの下。これは、前門の虎に、後門の狼をぶつけるような手段ではあるが、同じ怪物のカイ・ハイネマンならこのアンデッドどもも倒せる可能性が高い。

キルキの長剣に白銀色のオーラが集中していく。

「はッ！」

白銀色の斬撃がちょうど首なしアンデッドの一匹に向かう。首なしアンデッドはそれを煩い虫でも叩くがごとく、右手で弾いてしまう。

「え？」

「は？」

ラムネラたちが素っ頓狂な声を上げた時、眼前の首なしアンデッドの姿が消えていた。

「ラ、ラムネラ！」

口をパクパクさせてラムネラの背後を指さすキルキ。とっさにラムネラが振り返ると、安全地帯のはずの白銀の結界内に首なしアンデッドがいたのだ。

「ば、馬鹿な——」

驚愕の言葉を叫ぼうとした時、鳩尾付近に強い衝撃が加わり、ラムネラの意識はあっさり刈り取られる。

それからラムネラが甘ったるい匂いに顔をしかめつつも、瞼を開けるとそこは皿の上だった。聞いたことのある人物のすすり泣く声に顔だけ動かすと、キルキが幼い子供のように号泣していた。

改めて尋ねずとも分かる。こんな布一枚の裸同然の状態で皿の上に置かれているんだ。キルキが泣いている理由にも、予想くらいつく。おまけにこの全身に塗りたくられているのは、調味料ってやつか。

（どうやら僕らを食うつもりらしい）

ただのアンデッドにタレをつけて人を食らうという発想はない。

いや、そもそも聖遺物である四光の結界を易々とくぐり抜けるなど一般のアンデッドどころか、六騎将だって不可能。もし可能だとすれば、フォーさんくらいだろう。

つまり、あの首のないアンデッドはフォーさんと同等クラスの力を有している。あれが特別偉そうにも見えなかった。つまり、それはフォーさんクラスの強さのアンデッドがゴロゴロいることを意味する。

（くははっ！　そんなの無理に決まってるじゃないかっ！）

戦姫とも称されたキルキが泣くわけだ。今ならはっきり分かる。こいつらは、アンデッドか否かとかいう次元の問題じゃない。きっと、もっと高次元な何かだ。それは多分、ラムネラたち人間が神と呼ぶような存在。

魔王？　竜王？　そんなもの、こいつらからすればゴミのようなもの。もし抗えるものがいるとしたら、それは正真正銘、この世界の理から外れた存在だけだろう。

その最悪ともいえる思考は、コックのような姿のアンデッドが厨房に入ってくることにより遮られる。そして、コックはラムネラとキルキの乗る皿に、クロシュを被せるといずこに運び出す。

それから暫く移動したのち、クロシュが取り除かれて、ラムネラは正真正銘の怪物と対面する。それは小人のような小さくも風船のような真ん丸な体躯の男。

「ッ‼?」

必死に悲鳴を上げようとするが猿轡により、出るのはくぐもった声のみ。

（なんだよ、こいつ……）

笑ってしまう。違う！　こいつは違いすぎる！　この嘔吐しそうなほどの圧迫感。こんな奴、フォーさんだって勝てるものか。この肌が焼け付くような圧倒的な魔力はあの底が見えないと思ったカイ・ハイネマン以上に悪質で禍々しかった。

（なんでこの短時間で、こんな化け物ばかりに遭遇するのさ！）

ただ、涙が出た。もちろん、大半は恐ろしいからだが、もう半分は悔しかったから。今までラムネラは自分が強者だと信じて疑わなかった。だが、実のところどうだ？　カイ・ハイネマンという人を超えた怪物に遭遇し、日も跨がぬ僅かな間で、それすら超えるこんな怪物に遭遇してしまう。つまり、強者だと思っていた自分は実はただの道端の石程度の存在でしかなかったわけだ。それがどうしようもなく悔しく辛かったのだと思う。

『この家畜たちWA？』

『偵察に出ていた者が捕らえました。踊り食いもできるよう洗浄した後、秘蔵のタレにつけていますれば、腐王様もお喜び頂けるのではないかと』

『それは良いDEATHッ！　泣き叫ぶ家畜を噛みちぎRUuu！　その絶望にまみれた舌ざわりが最高に固くてぇ、とーーても、腐った美味さなのDEATHッ！』

その発言のあまりの悍ましさと、その風船のような男の醜悪で欲望にまみれた顔に、背筋に虫が蠢くようなとびっきりの不快感が駆け抜ける。血も凍るほどの凄まじい恐怖からか、無意識にもあらんかぎりの声で叫ぶ。だが、無情にも――。

『それではさっそく、一番味の良い頭から──』

風船のような男の口が、キルキを食らわんと大きく広がる。

キルキとラムネラはフォーさんに拾われるまでは、スラム街の孤児だった。意識があった時から、彼女とは姉弟のように育った。それが今、何ら抵抗もできず、怪物に食われるのを黙って見ているしかない。それが──。

(ふざけるなぁぁっ!!)

許せない! それだけは絶対に許せない! たとえ、それが超常の神であったとしても──。

内臓が震えるほどの激しい怒りに、猿轡をされている状態で獣のような声を上げた時、救世主が現れる。

それはブロンド髪の少女と大剣を携えた二足歩行の猫。その猫は風船のような男の頭部を半分に切断し、キルキとラムネラの猿轡と金属の拘束具を斬り、解放する。

そして、スサノオと称された猫と風船のような怪物との闘いは開始される。

「すごい……」

口から出たのは感嘆の声。あの絶望の化身のような存在をスサノオは純粋な剣術で圧倒していたのだ。

「ええ、あの超越者をあんなに一方的にッ!」

キルキも興奮気味に上ずった声を上げる。ラムネラのような剣の素人でも分かるのだ。多分、剣の道に生きるキルキにとってスサノオのやっていることはまさに偉業なのだろう。

スサノオが風船のような怪物にトドメを刺すべく大剣を振り上げる。まさにその時、天から声が降ってきて、風船のような男は全身に顔を生やした巨人へと変貌する。

あの巨人の強さはまさに圧倒的だった。スサノオは巨人に膝を突き、ブロンド髪の少女を守って木彫りの人形へ変わってしまう。

まさに絶体絶命、ラムネラが死を覚悟した時、灰色髪の少年が現れたのだ。それはラムネラたちの監視の対象、カイ・ハイネマンだった。

でも駄目だ。確かにカイ・ハイネマンは強い。だが、あの巨人からはカイ・ハイネマンをも超える圧倒的な力を感じる。それはカイ・ハイネマンが発した闘気よりも恐ろしく、禍々しいもの。あの巨人に勝てるものはこの世にはいない。しかし、そのラムネラの予想は実にあっさりと裏切られる。

カイ・ハイネマンは巨人を蹴り上げて、気絶したブロンド髪の少女を露出度の多い長身の女性に預けると、腐肉の城ごと吹き飛ばして更地にしてしまう。

その後、カイ・ハイネマンは瀕死の重傷を負ったいくつもの顔を生やした巨人の前まで行くと、修復するのを待つ。気が付いた巨人はカイ・ハイネマンが呼び出した蠅の怪物に恐怖の声をあげ、周囲を取り囲む怪物たちを目にし完璧に戦意を喪失してしまう。

（どういうこと？）

わけがわからない。今のカイ・ハイネマンからは一切の強さを感じない。それなのに、あの絶望の化身のような巨人は、カイ・ハイネマンに命乞いを始める。

カイ・ハイネマンは腐王と呼ばれた巨人に、一切の慈悲をかけることもなく圧倒的な力で滅ぼしてしまった。

その後、突然連れて来られた坊主頭の男と腐王の両者を触媒にして真っ白の衣服を着た人相の悪い少年のような姿の存在が、この地に呼び出される。あの少年が出現すると木々が枯れ、小動物などが死に絶えたのだ。おそらく、あの少年がやったのだろう。何より、腐王には眉一つ動かさなかったカイ・ハイネマンの配下の超越者たちは、あの白服の少年に過剰とも言える警戒をしていた。そのことからも、あの白服の少年は腐王とは比べるのも馬鹿馬鹿しいほどの強者なのは間違いなかった。そして、それは、その少年がいくつもの人が融合した胴体に脳味噌が露出した頭部を持つ怪物に変化して証明される。正直、目を合わせるだけで意識を失ってしまうような悪夢の化身のような存在、それをカイ・ハイネマンは武器すら碌に使用せずに倒してしまったのだった。

現在、カイ・ハイネマンに連れられ避難所であるバベルの広場に向かっている最中だ。

この人は本当に何者なのだろうか？　いや、もちろん、フォーさんとも違う正真正銘の超越者だということくらいは分かる。でなければ、あの絶望の化身のような存在たちをまるで蟻でも踏みつぶすかのように滅ぼせるはずもない。このラムネラの疑問の本質は、そういう表面上のことではなく、もっと本質に根差したもの。

「あの……」

消え入りそうな声を上げると、カイ・ハイネマンは立ち止まって振り返り、

「ん？　どうした？」

まるで人間のような感情豊かな表情で、ラムネラとキルキに尋ねかけてきた。

「なぜ、僕らを助けたんです？」

「実際にお前たちを助けたのは、ルミネだ。後で礼ぐらい言っておけよ」

ただ、そう告げると、

「ええ、重々分かっておりますし、そのつもりです。ですが、あのまま放置されればあの白服の怪物に僕らは殺されていました。なぜ、僕らを助けていただけたのですか？」

「うん？　あのまま、死にたかったのか？」

眉を顰めて聞き返してくるカイ・ハイネマンに、

「いえ、とんでもありません！　助けていただいたことには本当に感謝しています」

両手を振って否定する。

「うん？　お前の質問の意味が分からんのだが？」

「私がお聞きしたいのは、あの状況で私たちを保護してくれた理由です」

「まー、見殺しにするには目覚めが悪いからだろうな」

「たった、それだけですか？」

「私に助けられたのが、そんなに意外かね？」

「い、いえ、そういうわけでは……」

そうは言ったものの、カイ・ハイネマンは数多の強力無比な超越者たちを率いる存在。いわば史上最強の超越者だ。その超越者が、目覚めが悪いという理由で利害関係もない赤の他人同然のラムネラを助けたということだろうか？　それがラムネラの超越者というイメージと全く噛み合わない。

「そうだな。助けた理由を、あえて言葉にするとすれば、人間だからだろうな」

「だ、誰がでしょうか？」

全く意味不明な発言に、思わず聞き返していた。

「だから私だよ」

「へ？」

「だから私が人間だからだ」

「それって笑うところなのでしょうか？」

至極当然の疑問に、隣のキルキもうんうんと大げさに頷く。

「またそれか」

カイ・ハイネマンはうんざりしたように、右手で顔を覆うと、

「私は足のつま先から頭のてっぺんまで人間だ。昔から、そして今もな」

そんな到底あり得ない事実を口にする。だが、カイ・ハイネマンの表情と言葉からはどうしても嘘偽りを述べているようには思えない。いや、そもそもカイ・ハイネマンが嘘を述べる意義がない。だとするとこれはどういうことだ？

「まさか、本当に人間なんですか？」

震える声でそう尋ねていた。

「ああ、だからそう言っているだろうが。どこの誰がどう言おうと、私は人間だ」

この方が人間？　腐王やあのいくつもの人が融合した悍ましいあの絶望の化身のような怪物を一方的に蹂躙した超常の力を有する存在が？

「あなたは人間なのですね？」

それがもし真実ならば――。

「だからさっきから、繰り返しそう言っておろうが」

きっと同様の疑問を幾度となく尋ねられたのだろう。鬱陶しそうに同趣旨の返答を繰り返す。この御方が人間。ならば、この御方は――。

「あなたは超えたのですね？」

声に熱がこもっているのを自覚する。身震いもしていたし、涙さえ出てきていた。

当たり前だ。武に生きる者として、この事実に感動するなという方が無理というもの。

フォーさんと同格？　馬鹿を言うな？　文字通り、ありとあらゆる面で、この御方は格が違う。今ならあの超越者たちがこの方に崇敬の念を抱いていた理由がはっきりと分かる。

ただ強いだけじゃない。この御方は矮小の人の身でありながら、人という限界の枷《リミット》をあっさり破ってこの世で最強の存在に至ったのだから。

「超えた？　何をだね？」

「いえ、もう結構です。知りたいことは全て知りました」

「そうかね」

カイ様はラムネラとキルキを見て暫し、頬を引きつらせていたが、大きく息を吐くと、

「お前たちもか……」

そんな諦めにも似た台詞を吐いたのだった。


カイ様はラムネラとキルキを広場まで送り届けると、いずこへと姿を消してしまう。

「ラムネラ、これから、どうするつもり？」

「決まってるだろ？」

今のラムネラにとって六騎将の地位など張り子の虎にすぎない。未練など微塵もないのだ。そんなものよりもカイ様の傍で仕えたい、その強烈な渇望のみがある。

「だよねぇ。あんただったら、そうすると思ってた」

「そういうお前も似たようなものじゃないのか？」

「ええ、私、カイ様についていく」

もちろん、今この状況でカイ様がすぐにラムネラたちを認めてくれるとはつゆほど思わないし、今離脱すれば、ラムネラたちはフォーさんに粛清される。だから、監視の名目でこの学院に留まり、その機を窺うことにしよう。それに、いい思い出はないが、帝国はラムネラたちの祖国。滅びを望んではいない。あの御方の成し遂げたあり得ぬ偉業を説明し、恭順するよう説得はしようと思う。

「なら、手続きをしなきゃな」

「そうね」

お互い顔を見合わせてクスリと笑うと、歩きだす。その時、ラムネラには頬にあたる風がやけに新鮮に感じていたのだ。

エピローグ

——バベルの塔の絢爛豪華な一室

「失敗したぁ？　槍王の排除がか？」

緑色のローブを着用した巨体の老人、副学院長——クラブ・アンシュタインが額に太い青筋を張らせつつ、今も一切の感情を失った顔で佇む同じく緑色のローブを着た目つきのキツイ男に尋ねる。

「は……い」

この目つきのキツイ男は副学院長クラブの懐刀であり、普段から憎たらしいほどに自信にあふれている。たとえ失敗したとしても、このように死人のように血の気の引いた姿になることはない。

そのあまりにこの男とは思えぬ姿に片目を細めて、

「ルミネという娘の始末はどうなった？」

「失敗しました」

やはり、生気の抜かれた顔で顎を引いて答えるだけ。

「ソムニ・バレルと無能は？」

「全て失敗しました」

無表情で即答する側近の目つきのキツイ男に、

「馬鹿野郎がっ！ この件には儂のメンツもかかっている！ 次期学院長戦にも影響する！ 失敗しました、ではすまされんのだぞっ！」

怒鳴りつけるが、

「メンツぅぅ？ すまされんんんん？」

ケタケタと薄気味い笑い声を上げるだけ。

懐刀の男の異様な様子に他の職員から騒めきが起こる。

「貴様、何がおかしいッ⁉」

側近のいかにも小馬鹿にしたような態度に、怒りが嵐のように襲ってきて、怒号を上げていた。それでも側近は笑い続ける。

――ケタケタケタ！

「笑うのをやめろっ！」

笑うのを止めるべく殴りつけると壁に叩きつけられるも、まるで人形のようなカクカクした動きで立ち上がり、踊り始める。

『ベルゼバブデブー♪ ベルゼバブデブー♪ ブーブー、ブーブー、バブバブ♬』

そんな鼻歌を口遊みながら、まるで軟体動物のように全身をくねらせる。同時に響く骨が軋み、肉が潰れる音。

「お、おい、よせ！ やめろ！」

クラブが制止の声を上げるが、目つきのキツイ男は全身から血を吹き出しながらも、奇怪な鼻歌を歌い、踊り続ける。

『ベルゼバブデブー♪　ベルゼバブデブー♪　ブブデバブデブー♩　ウジウジしていて、とっても臭い、蠅の中の蠅、キングオブ蠅、それがバブゥ♫　ベルゼバブデブー♪　ベルゼバブデブー♪　ブブデバブデブー♩　糞まみれで、とっても香しい、それがバブの求めるパラダイス♬　ベルゼバブデブー♪　ベルゼバブデブー♪　ブブデバブデブー♩』

遂に目つきのキツイ男の外観は人ではなくなり、蠅に近い生物へと変貌していた。

「ひぃぃぃぃっ！」

目つきのキツイ男の突然の変容に、クラブの側近の一人が部屋から逃げようとする。

「おい、貴様――」

クラブの留まるよう命じる叫び声は最後まで続かず――。

『キシッキシシャシャ！』

奇声とも笑い声ともつかぬ声をあげて、目つきのキツイ男だったものの口から無数の触手のようなものが高速で伸長し、部屋から逃げようとしたものの脳天を串刺しにする。脳天を串刺しにされた男はビクンビクンと痙攣していたが、突然立ち上がり、死の舞踊を開始する。血反吐を吐きながら踊る職員だったものに、部屋中から悲鳴が上がる。目つきのキツイ男だったものは、両手を腰に当てると、

『宣告でちゅ。我らが至高の御方《おんかた》はすごぉく、すごぉぉーく不快になっておいでこちゅ。故にこの件に深く関わった者に罰を与えるでちゅ』

先ほどとは一転、ひどく厳粛した態度でそう告げる。その発言を契機に部屋内は地獄と化した。

瞬く間に、部屋内の部下の職員は全員よく分からぬ生き物へと変貌してしまっていた。

一糸乱れぬ動きで、踊り狂う部下たちだったものを目にし、

『……ひくはっ……』

あまりの悍ましさと体中の血液が逆流するほどの恐怖に呼吸が上手くできず、喉を掻きむしりながらも、背後の窓へと後退る。必死だった。あそこまで行けば、この地獄から解放される。そう信じて床を全力で蹴って窓を蹴破り、外に飛び出す。あとはフライの魔法を使って浮遊すれば――。

「――ッ⁉」

そんなクラブの希望は窓の外に多数浮遊している蝿にも似た怪物に捕らえられることにより、完膚なきまでに砕かれる。

「ぴぎゃあぁぁぁぁあっ‼」

絶叫を上げる中、クラブの意識は絶望一色に染め上げられていった。

◇◆◇◆◇◆

——中央教会バベル支部

「今、何とおっしゃいましたぁ？」

魔導通信機器の前で、いつも鉄壁の笑みを浮かべていた枢機卿パンドラは、上ずった声で聞き返していた。

『たった今、教皇猊下が崩御されました。シー枢機卿様も同様です』

「は？　い、いえ、でも、どうしてぇ？」

覚束ない足取りで椅子に腰を下ろして、懸命に平常を装いながらも聞き返す。

『きっと、怒りに触れたのでしょう』

通信前にいるのは、真っ白の法衣を着た白髪の老人、彼はディビアス司祭。教皇猊下、直轄の神騎兵の一人。その傲岸不遜な彼とも思えぬ生気のない姿で、ディビアス司祭は両手に丸い包みを持ちながら、恐ろしいほど淡泊にそう返答した。そのまるで何かを確信しているような様相に、

「誰の怒りに触れたというのですぅ？」

即座に尋ねていた。とはいえ、原因くらい十分に検討がついていた。十中八九、ルミネ・ヘルナーだ。なぜなら、此度のルミネ・ヘルナーの有する恩恵《ギフト》は、我らの神さえも貶めるもので

あるという天啓を得たのは、シー枢機卿。そしてその天啓を受け、実際に排除の決定をしたのは教皇猊下だったのだから。このタイミングだ。まず間違いなく、ルミネ・ヘルナー絡み。しかし、あのお二人は神の落とし子とも称される四大司教を除けば、中央教会でも屈指の実力を有する。その二人を殺害するなど並大抵の力では不可能――。

パンドラの意識は、

「ダーレ?」

突然立ち上がったディビアス司祭のケタケタと笑い声により遮られる。

「どうしましたぁ?」

通信の魔道具から距離を取る。大司教シュネーもいつものお惚けの様相とは一転、今まで見たこともない形相で魔道具を凝視していた。

『ベルゼバブデブー♪　ベルゼバブデブー♪　ブブデバブデブー』　ウジウジしていて、とっても臭い蠅の中の蠅、キングオブ蠅♬　それがバブぅ♫』

通信機器の向こうのディビアス司祭の首が不自然に回転し、その胴体は骨を砕き肉を裂く音とともに珍妙な踊りを舞い始めた。同時に連絡役の男の両手に握られていた球体の包みが解ける――。

「パンドラ様ぁっ!　これはヤバイやつだよっ!」

大司教シュネーが額に玉のような汗を貼り付けながら、叫び声を上げる。

「分かってますぅ!　直ちに通信の切断を!」

そんなの言われなくても見れば分かる。その球体は中央教会のトップ、教皇猊下の頭部。その頭部は目と鼻から血を流しながら、大口を開けて歌っていたのだから。

「通信を切断してくださいっ！」

「ダメですっ！　さっきからやっていますが、反応すらしませんっ！」

これは異常だ。さっきから通信機器は切断しているのに効果がないのだ。さらに通信機器の向こう側のディビアス司祭の死の舞踊は続行する。

『ベルゼバブデブー♪　ベルゼバブデブー♪　ブブデバブデブー」バブは至高の御方の忠実な僕《しもべ》ぇ♪　御方の喜びはバブの喜びぃ、御方の不快はバブの不快ぃぃぃぃぃ」

ベルゼバブデブー♪　ベルゼバブデブー♪　ブブデバブデブー』

すでにディビアス司祭の肉体は蠅のような生物へと変わっていた。そしてピタリと歌うのをやめると、起立し、

『我らが至高の御方《おんかた》はとってもとってぇーーも不快になっておいでてちゅ。故にこの件に深く関わった者に罰を与えたでちゅ。これ以上不快にさせるようなことがあらば、そのものにも罰を与えるでちゅ』

そう叫ぶとプッツリと通信は切断されてしまう。

「助かった……のですかぁ？」

緊張の糸が切れて腰をペタンと床に下ろす。文字通り、腰を抜かしてしまったのだと思う。

「そのようですね」

大司教シュネーもそう頷き、片膝を突いて荒い息をしていた。このような無様な姿を見せるのはパンドラ同様、彼も生まれて初めてなのかもしれない。

「あれはきっと最後通告というやつですねぇ」

パンドラが助かったのはルミネ・ヘルナーの排除に深く関わっていなかったから。なにせ、パンドラがこの地を訪れたのは全く別の理由だったのだから。事のついでで中央教会本部からの連絡役を請け負っただけ。たったそれだけの理由だから、助かったのだろう。

「どうも、この世界、相当キナ臭くなってきたようですねぇ」

ルミネ・ヘルナー。一介の少女をなぜあそこまでシー枢機卿様や教皇猊下が危険視扱いするのかが疑問だったが、今はっきり分かった。あの蠅が口にした至高の御方、それがルミネ・ヘルナーを殺そうしたことに激怒し、制裁目的でシー枢機卿と教皇猊下を殺した。いや、ルミネ・ヘルナーの謀殺計画に深く関わった者は全て死亡しているとみるべきだろう。

(むしろ、この程度の損害で済んだのを喜ぶべきかもしれませんねぇ)

あれはまさしく神敵であり、人類共通の敵。それほどの悪意を感じた。此度、中央教会があれの存在を認識した対価として支払ったのは、教皇猊下とシー枢機卿の命。二人とも人材的にはいくらでも替わりがきく。戦力的には大分痛手ではあるが、致命的な損失というわけでない。

あれは間違いなく魔王以上だ。いや、むしろ魔王など、あれからすれば道端で蠢く蟻にすぎまい。その一端にでも触れればその邪悪さについて理解できる。あれは決してこの世界で野放しにしてはならぬ存在。そうはいっても、あれらに勝てる存在など、我らが神くらい。我らの神が、そう簡単にこの世に現界できるなら世話はない。そして、今の中央教会の全戦力をつぎ込んでもおそらく結果は同じ。皆殺しになるのが関の山。だとすれば、あの計画を前倒しすべきだ。パンドラと四大司教が真の意味で神力を得れば、きっとあれらと渡り合えるはずだから。

(いえ、それだけではおそらく足らないかと)

勇者のチーム。あれらが神力を得れば、相当な強さを獲得できる。魔王討伐の暁には用済みとして処分するつもりだったが、聊か事情が変わった。勇者だけではない。利用できるものは全て利用しなければ、あれには抗えぬ。

「勇者殿にコンタクトを取りますよぉ。あと四大司教を本部に招集してください」

おそらくパンドラの意図は以心伝心、通じ合っていたのだろう。こんな時、普段なら不平の一つくらい述べている大司教シュネーは実に素直に頷くと部屋を退出していく。

(この戦、私たち神の子が負けるわけにはいきませんわぁ)

パンドラは右拳を強く握りめてそう誓ったのだった。

◇◆◇◆◇◆

――天軍軍令本部

ここは天軍の頭脳にして指揮系統を司る軍令本部。そこの広い一室は今や上へ下への大騒ぎとなっていた。当然だ。世界レムリアに送ったテルテル大佐の生命反応が消失したのだから。

天軍はこの世の二大勢力の一角。もし世界に現界すれば無類の強さを誇る。そう。世界など粉々に砕くほどに。故に天軍は通常、現界するには管理世界の管理神の許可が必要であり、かつ、厳重な監視の下に置かれる。そして、それはタナトスの命を受けたテルテル大佐も同じ。定時連絡は義務付けられており、その魂と肉体の健全性を常に把握できるようになっている。

テルテル大佐からの通信が途絶してから半日、疑問に思ったレテが調査したところ、魂的にも肉体的にも死亡が確定したのだ。テルテル大佐は天軍の大佐だ。それを倒しうる勢力など一つだけ。即ち、悪軍だ。つまり、レムリアには悪軍、しかも大佐クラス以上が駐留していることになる。

「まだ、分からないのか?」

タナトスは普段の冷静沈着な自分らしくなく声を荒らげてしまっていた。

「それが強力なジャミングが出ているらしく、通信機器全てが無効化されてしまっております!」

これで確定だ。天軍の装置をジャミングできるものはこの世でたった二つ。天軍自身と悪軍だ。このジャミングが天軍の他の勢力によるものなら、とっくの昔にテルテル大佐をレムリアに送り込んだタナトスに何らかのアクションをとってくるはず。それがない以上、悪軍と考える方が自然だ。

奴らの目的も凡その予想はつく。あの特異点、ルミネ・ヘルナーの存在だ。あれの持つ恩恵《ギフト》、『転落神生（てんらくじんせい）』はこの世の天と悪のバランスすらも狂わせる危険性を秘めている。だからこそ、最優先事項としてルミネ・ヘルナーの抹殺をテルテル大佐に命じたのだ。

ここで、あの恩恵《ギフト》は天や悪が手を下せば、それを契機に暴走しかねない。そうなれば一大事だ。

だから、人間を使っての処分を命じていた。もちろん、テルテル大佐がレムリアへ降りた理由は、建前的にはアレス嬢の兄上からの要請により天軍によるレムリアの制圧管理。腐王とかいう上級神を故意によみがえらせて、天軍を出動させて他の封印されている二神もろとも打ち滅ぼすと同時に、地上をことごとく焼き払い、アレス嬢に管理しやすい世界を再構築するというもの。最も、経験則上、ルミネ・ヘルナーという特異点は、新たに第二、第三の特異点を生み出す。この機を利用して天軍が、新たな特異点ごと徹底的に消去する。それがレムリアでの主なタナトスの策戦目的だった。まあ、主神たるタルタロスはまた別の目的があったようだが。

その時、天の兵士がこの軍令本部に転がるように駆け込んでくると、

「タナトス様、テルテル大佐が帰還なされました！」

到底信じられぬ世迷言を口走る。

「何を言っている？　テルテルは死んだとの報告をすでに受けている」

レテが声を荒らげる。それはそうだろう。魂的にも肉体的にもテルテルが死亡したと確定したのはレテなのだから。

「し、しかし、どう見てもテルテル大佐にしか――」

兵士が言い終わらぬうちに軍令本部の扉が粉々に破壊されてテルテル大佐が入ってくる。

「テルテル？　お前、無事だったのか？」

そう言いつつも、レテが顎で指示を送ると、一斉に兵士たちが取り囲み各々武器を構える。普段のテルテルならば、このような愚行、間違ってもしない。もはや、これが正気のテルテルではないのは明らかだ。

「ぶじぃーー⁇」

ケタケタと薄気味悪く笑いだすテルテルに、

「何が可笑しいっ⁉」

レテが怒声を上げるがやはり、テルテルは一言も答えずただ笑うだけ。その異様な姿に周囲の天軍将校たちからもざわめきが上がる。そして、テルテルはピタリと笑うのをやめると、右脇に抱えていた布の包みを開く。

「ーーーーッ⁉」

そこにあったのは――主神たるタルタロスの生首だったのだ。

『ベルゼバブデブー♪　ベルゼバブデブー♪　ブーブー、ブーブー、バブバブ♬』

そのタルタロスの頭部はカッと目を見開き、奇妙な鼻歌を歌い、テルテルは奇怪なダンスを踊り始める。

――ゴシュ！　ゴギッ！　グチュ！

軍令本部に響き渡るテルテルの骨が砕け、肉が裂ける音。今すぐ止めさせなければならない。それなのに、軍令本部の将校たち、少将のレテ、四天将のタナトスさえも、身動き一つできない。それもそうだろう。今歌っている生首はタナトスたちの暴君であったタルタロスなのだから。

そして、死の演舞は続く。

『ベルゼバブデブー♪　ベルゼバブデブー♪　ブブデバブデブー♩ウジウジしていて、とっても臭い蝿の中の蝿、キングオブ蝿♬　それがバブぅ♫』

テルテルの全身はすでに原形をとどめないほど潰れて、蝿のような姿へ変わってしまっている。辛うじて冷静さを取り戻して、

「これを仕掛けてきているのは悪軍だっ！　総攻撃しろぉっ！」

丁度そう指示をだした時、テルテルだったものはピタリと動きを止めると、

『我らが偉大なる御方《おんかた》はめちゃめちゃ、くちゃくちゃぁーーー不快になっておいででちゅ。故にこの件に深く関わった者に罰を与えたでちゅ』

その脇に抱えるタルタロスの生首が荘厳に宣うと、テルテルはその後脱力する。そして、

『これは至高の御方《おんかた》からの最後通牒でちゅ』

無機質な言葉を吐き、テルテルだったものは大気を震わせるような咆哮を上げると、近くの将校に近づくと、四本の手でその両肩を押さえつける。そして口から触手を伸ばす。

「ひぃぃぃッ――くけッ……」

触手により頭部を貫かれ、その将校はビクンビクンと痙攣していたが、突然直立すると奇妙な踊りを踊り始めた。背筋に氷柱を押し付けられているような強烈な悪寒に、

「もう手遅れだ！　直ちに殺せ！」

無情な指示をこの場の配下の将校たちに送り、タナトスも武器を取った時、

「面倒なことになっておるようじゃのう」

どこかとぼけた声が響き渡ると、テルテルと死の演舞を開始した将校の頭上に白色の雷が落下し、塵も残さず炎滅させてしまう。

「デウス様！」

軍令本部の入口で雷の槍を手に荘厳にも佇立している老神は、六天神中最強と称される大神デウスだった。片膝を突くタナトスたちには目もくれず、タルタロスの生首に近づくと手に取って精査し始める。次第にデウスの表情は険しくなり、

「どうやら本物のようじゃ」

タナトスたちにとって信じられぬ事実を告げる。

「デウス様、あの蠅の怪物は⁉ なぜ、我らの主神がこんなお姿に⁉」

レテが焦燥たっぷりの疑問の声を張り上げる。それはまさにタナトスが今混乱の極致にある事項。

死の神タルタロス――臆病なほど秘密主義で滅多に他の勢力に顔を見せぬ大神。奸計を好み、他者の命をゴミ同然にしか思っていない極悪非道。

しかし、一方、その実力だけは六天神の中でも屈指。少なくともタナトスは今までそう信じていた。それが、こんなにあっけなく、しかも、惨めに滅せられてしまう。それがどうしても受け入れることができなかったのだ。

「さあのぉ、ただ一つ言えることは、孫の管理世界、レムリアで何やらとんでもなく危険なものが動き出している。そういうことじゃろう」

デウスは一度、言葉を切ると、タナトスに向き直り、

「緊急招集じゃ！　天神会議を開く！　直ちに、他の六天神をこのエーリュシオンへ招集せよ！」

大神デウスの命が下り、タナトスはじめ、天軍もこの時、明確に動き出す。

◇◆◇◆◇◆

「転落神生《てんらくじんせい》、精神生命体の魂を強制的に流転させ、この世界に落として生み出す恩恵《ギフト》か。それは盛大だな」

まあ、無理矢理、流転させられた精神生命体はたまったものではないわけだが。

「盛大ってマスター、事の重大性を分かっておいでであるか？　それはまさに人が神を生み出すに等しい御業である」

呆れ果てたように言うアスタに、

「人が神を生み出すねぇ。聊か大げさにすぎるな。確かにルミネの生み出したそのスサノオとかいう精神生命体の剣術は達人級だが、結局あの雑魚アンデッドに後れを取った。その程度のものにすぎぬ」

諭すようにそう断言する。あの腐王とかいうクズアンデッドからはゴブリン並みの力しか感じなかった以上、それに負けるようなものが神のわけがあるまい。もしそうなら、ゴブリンが神より強いというわけのわからぬことになってしまう。

「それは、本気で仰っておいでか？」

ヒクヒクと頬を痙攣させるアスタに、

「ああ、もちろんだとも。なあ、お前たち？」

大きく頷き、同席していたネメシスやギリメカラに同意を求めるが、

「は、はい……」

ネメシスは微妙な笑みを浮かべながら私から視線をそらし、

『流石は我が神ぃ！』

両手を組んで号泣するギリメカラ。全く意味不明な態度をとる奴らだ。

「ともかく、ルミネ嬢は今後も間違いなく狙われるのである」

「ああ、分かっている。相手に危険視扱いされている以上、その保護は必須だ。考えるさ」

ルミネが恩恵《ギフト》で生み出したスサノオに、機会を見て話してみるさ。最低でも今回の木っ端魔物どもぐらいなら、単騎で退けてもらわねばな。ま、見たところ、剣の腕は相当なものだ。鍛えれば、それなりの強さにはなるだろうさ。

「御方様、此度勝手に動いてしまった件、申し訳ございませんでした」

ネメシスが私に深く頭をさげてくる。

「ふむ。お前はルミネを危険に晒したことにつき悔いているのか？」

「いいえ。あの試練はいわば彼女の真なる願望を叶えるためのもの。私はその道を示せたことを、誇りに思っております」

ラムネとキキを腐王とかいう化け物から救うことがルミネの願望？　ルミネがヒーローにでもなりたかったということだろうか？　ルミネはそんなタイプではないと思うんだが。

「ならば謝る必要はないさ」

ネメシスが此度動いたのは、ひとえにルミネのため。ルミネの安全も十分確保されていた。ならば、私が口を出すことではないな。まあ、確かに気になるから、ライラの見舞いのついでにそれとなく聞いてみればいいさ。ルミネのことだ。怒りだすかもしれんわけだが。


それから、私は滞在している宿を出ると、ライラが入院しているバベルの病室へ向かう。

バベル内のライラのいる病室に入ろうとした時、

「カイ兄ちゃん……」

消え入りそうな声色で呼び止められる。音源に顔を向けると、淡い夕日の光を浴びながらルミネがそっぽを向いた状態で佇んでいた。

カイ兄ちゃんね。ルミネのやつ、幼い頃の話し方に戻っている。最近ではカイ・ハイネマンと本名を呼ぶことが多かったのだが、どういう心変わりだ？

「うむ。ルミネ、お前も元気そうで何よりだ」

おざなりな台詞を吐く私に、ルミネは頬を膨らませるとそっぽを向いて、

「助けてもらったんだから、当たり前じゃん」

やはり、かろうじて聞こえるかどうかの小さな声でそう呟く。

「そうだ。お前に少し聞きたいことがあったのだ。なぜ、自らライラを助けようとした？　危険だとは思わなかったのか？」

てっきり、激怒すると思っていたのだが、視線を私から逸らすと指をモジモジと絡ませながら、

「……危なくなっても私のヒーローが助けてくれるからかな……」

実に素直にそんな妄想たっぷりの返答をする。

「おいおい、そんな都合の良いヒーローいてたまるか。いいか、今度は必ず一人で行動せずに、私たちを頼るのだ。分かったな？」

「うん」

頷くルミネ。どうにも調子が狂う。ここはいつものルミネなら怒り出すところじゃないだろうか。

「ふむ。分かればいいのだ」

少し想定外だが今度は気を付けると言っているのだし、良いのだろうさ。

病室へ入ろうとした時、

「カイ兄ちゃん」

呼び止められて、

「うん？」

振り返ろうとした時、ルミネに後ろから抱き着かれて頬にキスをされる。

咄嗟のことで戸惑う私の耳元で、

「兄ちゃんだけは姉さまにも負けないから」

そんな意味不明な台詞を吐くと、一目散に駆け出して行ってしまう。

「ふーむ、ルミネの奴、ライラと喧嘩でもしたんだろうか？　いや、ライラ大好きっ子のルミネに限ってそれはないか。だとしたら、あの発言はどういう意味だ？」

ルミネの奇行と言葉に答えを探すが、全く思い当たらない。まあ、ルミネは昔から突然、意味不明なことを言い出すことがあった。考えるだけ時間の無駄かもしれん。

今度こそ、私はライラの病室に入る。

「ライラ、来たぞ」

「カイ！」

顔をぱっと輝かせながらベッドから飛び起きると、私に飛びついてくる。

「ふむ。もう、大丈夫そうだな」

元より、傷は保護したデイモスが癒して完治している。今ライラが入院しているのは、死闘を繰り広げたことによる疲労からくる念のためのものだ。

「むふふ、カイの匂いがしますわ」

遥か昔にしたようにライラは私の胸に顔を埋めると、スンスンと匂いを嗅いでくる。

「水浴びをしたから、汗臭くはないはずなんだがね」

「もう！ そういう意味ではありませんのッ！」

私から離れると、後ろで手を組んでプンスカと怒る。そんな、感情豊かなライラの姿に妙な懐かしさと、胸の奥が温かくなるのを感じて、

「ライラ、ホント無事でよかった」

私は彼女をそっと抱きしめると、そう安堵の台詞を吐いたのだった。

◇◆◇◆◇◆

ぼんやりしていた意識が浮遊していき、瞼を開けると見知らぬ天井が視界に入る。

「ここは……」

未だに上手く働かない頭を数回振ると、ようやくあの悪夢のような現実が脳裏に蘇ってきて――。

「ライラっ！」

ソムニはベッドを飛び起きて己の最後の誇りにかけて助けようとした少女の安否を確認する。

真っ白のシーツのベッドに、嗅覚を刺激する独特のアルコールの匂い。ここは医務室か。

「おい、貴様、ライラさんの名を叫んで起きるとはどういう了見だっ！」

据わりきった目で茶髪の美少年がソムニの胸倉を掴んでくる。この少年は、ソムニなど問題ないくらい有名だ。ローマン・ハイネマン、槍王の恩恵《ギフト》を有する超人の一人。ソムニとは比べ物にすらならない圧倒的な才能の持ち主。

「そうよ！　お姉さまの夢を見ていいのは私だけなのっ！」

少女の怒声が響く。音源に顔を向けると尖った目でソムニを睨むブロンドの髪をボブカットにした少女。そして、その隣には――。

「そうか、無事だったか……」

ボブカットの少女の傍で微笑を浮かべて佇んでいるウエーブのかかった長いウィローグリーン色の髪の少女――ライラ・ヘルナー。よかった。この少女が無事なら、この左腕を犠牲にしたかいがあったというもの。報われたと言える。

「あれ？　僕の左腕？」

切断された左腕は傷一つなく存在した。あれは白昼夢？　いやあれは、夢にしてはあまりにリアルだった。間違いなく現実。十中八九、バベルの塔の回復技術だろう。確かによく見ると、うっすらと切断面らしき痣があるし。とりあえず、今は現状認識が先だ。

「僕らはどうなったんだ？」

ライラは首を左右に振ると、

「私《わたくし》も気が付いたら医務室に寝かされてましたの。ね、ルミネ」

「はい！　そうです、お姉さま！」

ボブカットの少女はライラに屈託のない笑顔を向けると大きく顎を引く。

「あの蟻野郎、今度会ったらただじゃ済まさないっ！」

増悪の表情でローマンが左の掌に右拳を打ち付けた。

「ライラ、エッグの遺体はどうなった？」

たとえ、首だけになっていても、遺体は彼の両親に返してやりたい。遺体の前で彼の両親に事情を話して謝罪する。それがエッグを巻き込んでしまったソムニの義務であり使命。そう純粋に思えるから。ライラは眉を顰めて不思議そうに小首をかしげると、

「遺体って、エッグは死んでませんわよ」

そんなあり得ないことを口にする。エッグは首を切断されて絶命していたはず。それをソムニはこの目でしっかり見た。死亡しているのは間違いない事実。

「いや、確かに僕は――」

そう叫びかけた時、扉が勢いよく開かれ、

「食えるの買ってきたぜ！」

体格の良い黒髪の少年が、右手で布袋を持ちつつ、部屋に入ってくる。その人物を視界に入れて――。

「エ、エ、エッグッ⁉」

思わず立ち上がり、右の人差し指を向けて素っ頓狂な声を上げてしまう。それもそうだ。死んだはずのエッグが五体満足で立っていたのだから。

「ん？　何の話してんの？」

「はっ！　お前が死んだんだそうだ」

槍王――ローマンが小馬鹿にしたかのようにエッグに話を振る。

「ひでぇな。俺、死んでないっすよ」

口を尖らせて抗議するエッグの傍まで覚束ない足取りで向かうと、

「……」

ペタペタその全身を触る。

「な、何すかっ⁉　ソムニさん、マジでキモイっすよ！」

顔を引きつらせるエッグに、全身の毛穴から絶望感が浸み出すような安堵を覚えて、床にペタリと腰を下ろして、笑いだしたのだった。

その後、ライラとエッグから事情を聴く。

エッグの記憶はあの少女たちに襲われたところまで、ライラの記憶はスキンヘッドの男を怪物化した司祭に敗北して黒髪の剣士に捕らえられたところまで。気が付くと、このバベルの医務室のベッドの上で横になっていたのだという。それから、複数の組織がこの医務室を訪れてライラたちから詳しい事情を尋ねる。その一つはバベル、もう一つはアメリア王国の調査部だった。最も、彼らは事情を大まかに把握しているようで、ほとんど確認にすぎなかったようだが。

「結局、僕はお山の大将だったようだ」

肩を竦めて自嘲気味に言うと、

「あー、俺、知ってましたよ」

エッグがさも当然に、ソムニにとって衝撃的な事実を口にする。

「知っていた？」

「ええ、それってかなり有名かも。いや、ソムニさんが弱いって言っているわけじゃないんです。ただ、ギルバート殿下の守護騎士になるほどの実力や、あの神聖武道会でベスト四に入るというのはちょっとね……」

エッグは人差し指で頬を掻きながら、言いにくそうに返答した。

「そうか。みんな知っていたのか……」

全く滑稽な話だ。自分の実力だと思っていたのは、全て父のお膳立てのおかげ。しかも、それに気付いていないなかったのは戦闘の素人とソムニ自身だけ。これほど格好の道化はそうもいないだろう。

「でも、俺も似たようなもんっすよ。俺が王国騎士学院に受かったのも、親の圧力《コネ》で平民相手の出来レースに勝った結果にすぎませんしね。まっ、俺の場合は親があとで簡単に暴露してしまいましたけど」

嫌悪感を隠そうともせずに、エッグはそう言葉を絞りだす。

「そうか……」

そういえば、エッグは騎士学院入学当初に知り合ったばかりの時、剣ばかり振っている愚直な剣一筋の少年というイメージだった。それが、いつの間にか、碌に剣の修行もしない女好きの少年という印象に置き換わってしまう。エッグはエッグで色々あったのかもしれない。

「で？ ソムニさんはどうするんです？」

どうやら、エッグにも粗方の事情は伝わっているようだ。あの糞王子《ギルバート》の守護騎士を事実上罷免された以上、このバベルへ入学する意義はない。

しかし、このまま故郷に逃げ帰ることだけは己のプライドにかけてできそうもない。何より、もう父の庇護下で生きるのだけは絶対に嫌だ。だから――。

「僕はこのバベルに残るよ。今年、落ちたとしてもこの都市で働いて来年また受けるさ」

強さを得る方法はまだ分からない。でも、このまま流されてはいけない。そう思えるから。

「……」

暫し、エッグは無言でソムニを見ていたが、

「ソムニ、あんたも吹っ切ったんだな」

そう、エッグとは思えぬ口調と声色でぼそりと呟くと、今まで見たこともないほど厳粛な顔で口を閉ざしてしまう。そのエッグらしからぬ様子に戸惑っていると、扉が開かれ老紳士が部屋に入ってくる。老紳士はかぶっていた帽子をとると、胸に当てて軽く一礼する。

「ソムニ・バレル君、我が主が君との面会を求めている。来てもらいたい」

老紳士の言葉は穏やかだったが、なぜか拒否はできぬ強い力を感じ、

「は、はい」

頷いてしまっていた。隣にいるエッグが神妙な顔で何か口にしようとしたが、

「大丈夫ですよ。我が主はアメリア王国の愚王子などという虫けらなどではありません。もっとずっと尊き御方です。ソムニ君の安全はお約束します」

熱をもった台詞と右の掌により老紳士はその言葉を遮る。仮にもアメリア王国の王族を虫けらと称するか。流石にそんな台詞はアメリア王国の者には吐けない。その言動からも、ギルバートとは反目していると考えていい。なら、まだ信用できるかもしれない。それに、この老紳士の誘いは断れない。そんな気がする。

「分かりました。でも、僕だけです」

まだ何か言いたそうなエッグを右手で制し、その目を見据えて宣言する。

「ええ、もちろんですとも」

老紳士は両眼を細めると、ついてくるように顎をしゃくり、歩き始めた。


老紳士が案内したのは、一般学生の居住区にある古ぼけた屋敷だった。てっきり、どこぞの王族の屋敷にでも案内されると思っていたソムニが目を白黒させていると、その屋敷の居間のような部屋の前までくる。老紳士は扉の前で振り返ると、

「いいですか。この中にいるのはごく一部を除いて、この世の誰よりも強く恐ろしい方々ばかりです。くれぐれも礼儀を忘れずに行動してくださいね」

悪質極まりない笑みを浮かべて、そう念を押してくる。耳元近くまで吊り上がった口角に、

紅に染まった両眼。その人とは思えぬ様相に生唾を飲み込み、

「は、はい！」

顎を引いて了承する。これは動物的な危機意識というやつかもしれない。この時、ソムニはこの老紳士には絶対に逆らってはならない。そう確信を持って実感していた。老紳士は顔を微笑に戻して満足そうに頷くと、木製の扉を叩く。

『入れ』

野太い男の声とともに、扉はゆっくりと開かれる。

「ひっ⁉」

ソムニの口から出たものは悲鳴。この時ばかりは自分をチキンとは責められない。なぜなら、部屋の中にいる大部分は人とは思えぬ様相をしていたのだから。

巨大な鼻の長い怪物に、獅子の頭部をもつ化け物、竜の頭の男、背中に朱色の翼を生やした赤髪の青年、九本の尾を持った美しい銀髪の女性、額に角のある三白眼の長身の男が威風堂々と佇んでいた。

（マズイッ！）

なぜだろう？　あれらは絶対にマズイ。それだけは嫌というほど理解できていた。

飛び出るほど高鳴る心臓に荒い息、視界までぼやけてくる。震える膝にムチ打って必死に意識をつなぎとめようとしていると、

『ほう、人間にしては珍しく我らの力を把握するか。中々勘が鋭いと見える』

朱色の翼を有する青年の言葉に、

『勘っていうレベルかぁ？　この坊主、俺っちたちについてかなり正確に理解してるぜぇ』

額に角を生やした三白眼の男が腕を組みつつしみじみ呟く。

『人間には窮地に陥ると特殊な能力を発現する者がいると聞く。大方それではないのか？』

興味深そうに発言する獅子の頭部を有する怪物に、

『少なくともあの身の程知らずのアンデッドどもよかぁ、マシだわなぁ』

三白眼の男が相槌を打つ。

『とりあえず、このままというわけにはいくまい』

鼻の長い怪物が両手をパンと打ち鳴らす。途端に今まであったとびっきりの恐怖が消失してしまう。

『見かけによらず、器用でありんすねぇ』

感心したように呟く銀髪の女性に、

『はっ！　そやつは昔からみみっちい小手先の術はやけに得意だったからのぉ』

竜の頭部を有する怪物が悪態をつくと、

『力押ししかできぬトカゲに言われたくはないな』

鼻の長い怪物が吐き捨てるように叫ぶ。

『根暗畜生風情が、我らをトカゲと呼ぶか？』

竜の頭部を有する怪物が血走った双眼で睨みながら、口から小さな火柱を吐き、鼻の長い怪物の三つ目が怪しく輝く。

『ベルゼバブデブー♬　ベルゼブブデブー♪』

奇妙な鼻歌とともに、部屋の中心に忽然と現れる二足歩行の蝿。同時に部屋の奥の扉に向けて二足歩行の蝿は跪く。今までの険悪な雰囲気から一転、異形たちも一斉に同じ方向を向いて跪いた。老紳士と黒色の骸骨男が恭しくも扉を開けると、数人の者たちが部屋に入ってくる。

その中心にいる灰色髪の少年を視界に入れて――。

「――ッ⁉」

驚愕の声を出してしまう。それもそうだろう。フードを頭からかぶった男女の中心にいる灰色髪の少年は少し前までソムニが特大の背信者として蔑んできたカイ・ハイネマンだったのだから。

カイ・ハイネマンの恩恵《ギフト》は、『この世で一番の無能』。つまり、この世で一番才能のない人物といっても過言ではない。なのに、異形たちが跪いているのは、同席する誰に対してでもなくカイ・ハイネマンだった。カイ・ハイネマンは跪く異形たちをぐるっと眺め見ると背後の片眼鏡の美女を振り返り、

「今回の件でこのメンツが集合する必要はあったのか？」

どこか呆れたように尋ねる。

「この件には特殊な他勢力もかかわっているようであるし、当然ではないかと」

「そうか。分かった。お前たちもご苦労さん」

カイ・ハイネマンの労いの声に再度、首を垂れる異形たち。そのあまりに異様な雰囲気の中、カイ・ハイネマンはともに部屋に入ってきたフードを頭から被った数人の男女に向き直ると、

「見たところ、そばかす少年がまだ来ていないようだ。到着するまでもう少しばかり、ここで寛いでいてくれ」

口角を上げてそんな言葉を投げかけると、

「は、はい。分かりました」

白色のローブの女性がフードを取ると、どこか引きつった笑顔で顎を引き、他の同席していた者たちも次々にそれに倣う。その人物たちを認識して、

「イネア様ッ！　アルノルト騎士長っ！」

思わず、素っ頓狂な声を張り上げていた。当たり前だ。あの二人はアメリア王国の騎士でこのバベルを受験した者なら誰でも知っている。あのサラサラで艶やかな金髪に白色ローブを着た女性は、バベルの統括学院長イネア・レンレン・ローレライ。そして、あの大剣を担いだ青髪に無精髭を生やした男はアメリア王国最強の騎士、アルノルト騎士長。

「では、とりあえず茶でも飲んでいてくれ」

カイ・ハイネマンは部屋の中心にある木製の長テーブルに皆を促すと、自分もその席の一つに座る。

黒色の前髪を切りそろえられている美女により菓子と飲み物のようなものを出されたが、極

度の緊張のためか味など微塵も分からなかった。ただ、カップを皿に置く音が、カチャカチャとシュールに部屋に響いていた。この鉄火場のような状況の中、再び扉が開かれると――。

「遅れました。連れてきましたわ」

桃色髪の女性と二メルはある筋骨隆々の野性的な風貌の男が、鼻根部にそばかすのある大人しそうな少年を連れて部屋に入ってくる。

（ローゼマリー王女殿下も⁉）

あの桃色の髪に美しい顔立ち、見間違えるわけがない。あれはローゼマリー王女殿下だ。

もう頭がパンクしそうな中――。

「連れてきたのですっ！」

「連れてきたよ！」

『つれてきたんだぁ！』

続いて白と黒を基調とした衣服を着た金髪の童女と銀髪の獣人族の童女の二人の少女が部屋に駆け込んでくると、カイ・ハイネマンに抱き着き、そのお腹に顔を埋める。金髪の童女の頭の上にちょこんとお座りしていた白色の子犬もカイ・ハイネマンの胸に飛びつくとその顔をペロペロと舐め始めた。

「ご苦労さん。ほら、焼き菓子があるからお前たちも座って食べなさい。フェン、お前は約束のハンバーグだぞ」

カイ・ハイネマンは二人と一匹の頭を優しくなでると、隣の席に座るよう指示する。

「わーい、お菓子なのです！」

「お菓子！　お菓子！」

『ハンバーグぅ！』

二人と一匹は席に座ると即座に食べようとするが、

「行儀よくだ」

カイ・ハイネマンに注意を促されて、

「はーい、なのです！」

「はーい」

『はーい、はーい、はーい！』

二人の童女はナイフとフォークを使って食べ始め、白色の子犬は尻尾をぶんぶん振って肉にかぶりつく。

「さて、さっそく話し合いを始めよう」

カイ・ハイネマンに促されて全員が席につく。こうしてソムニにとって初めての世界レベルでの話し合いは開始された。

「ほー、すると、今回の件で関わっていたのはバベルの副学院長クラブ・アンシュタイン派の者たちだと？」

カイ・ハイネマンが人差し指でテーブルを叩きつつも、そうイネア様に疑問を投げかける。

「はい。少なくとも私の部下たちは無関係です」

「学院長派は知らなかったから責任がない。そう言いたいのか？」

カイ・ハイネマンのテーブルを叩く音が止まり、そう静かに尋ねた。

部屋にいるバベルからの同席者らしき人たちの生唾を飲む音が鼓膜を震わせる。

「いえ、私だけはこの件につき察知しており、貴方を利用しようとしました」

カイ・ハイネマンは暫し無言でイネアを凝視していたが、背後で控える鼻の長い怪物をちらりと見ると、大きなため息を吐き、

「まあいい、裏で面倒な奴が絡んでいたようだし私の部下の関与もあり、学生に対する安全性の担保もあった。何より、私に害はなかった。だから、今回だけはお前たちの行為を不問としよう。だが、これっきりだ。私は利用されるのがとにかく、嫌いなものでね」

一つの結論を口にする。

「重々承知しております」

イネアの返答を契機にバベルの同席者たちから、悪夢から目覚めたようなため息が漏れる。

それは、たった一人の少年の、しかもこの世で一番の無能者の言葉にすぎない。なのに、イネア学院長を始めとするバベルの同席者たちは心の底からその決定に安堵しているのがソムニも理解できた。

「我らはクラブとかいう愚者には制裁を済ませた。この件でのバベルの残りの処理はお前たちでやるんだな」

「はい。それはお約束いたします」

イネア学院長がテーブルの下で両拳を握り占めてガッツポーズをしているのを認識し、バベルという世界でも有数な巨大組織の頂点に君臨する女性はカイ・ハイネマン一人を心底恐れていることを実感する。

「次はアメリア王国の件か。ローゼ、悪いが――」

カイ・ハイネマンはローゼマリー王女殿下をちらりと眺めると、この男には珍しく口籠もる。

「構いません。配下殺しは王族にとって最大の禁忌。それを犯そうとした者に同情はできない。たとえ、それが血を分けた実の弟だったとしても」

ローゼマリー王女殿は眉の辺りに決意の色を浮かべて、そう噛みしめるように宣言する。

カイ・ハイネマンは頷くと、ソムニに次いでそばかす少年に視線を移す。あのそばかす少年は見習い騎士テトル。テトルはアメリア王国では下級貴族出身ではあるが、代々王家に仕える騎士の家系。ゆえに、ギルバートに幼い頃からずっと仕えてきた。最も、バベルで在籍している学院が最低最悪のオウボロ学園であることもあり、タムリを始めとする他の守護騎士からは無能と蔑まされて毎日ひどいいびりにあっていたようだったけど。

「もう知っていると思うが、アメリア王国第一王子ギルバート・ロト・アメリアは今回の騒動の首謀者だ。少なくない人が死んだ以上、責任は是が非でも取ってもらわねばならぬ。アル、王国はそれで構わないな？」

「構わない。陛下からは了承をいただいている」

　アルノルト騎士長は苦渋の表情で顎を引く。

　カイ・ハイネマンはテトルとソムニをマジマジと見ると、

「君らはギルバートが憎いか？」

　単刀直入にそう尋ねてきた。

　憎い？　殺されかけたんだぞ！　そんなの決まっている！　しかも、あいつはライラやエッグのような無関係な者さえも巻き添えに処分しようとした。単にソムニが弱い。ただそれだけの理由のために。

「憎い……です」

　声から出たのは自分でもぞっとするような怨嗟の声。

「僕ももう信じられない」

　テトルもテーブルに視線を固定しながら、全身を小刻みに震わせてそう声を絞り出す。

　きっとテトルもギルバートに切り捨てられたのだと思う。幼馴染の配下すらも処分しようとしたのか。全くもってあのボンクラは救いようがない。ローゼマリー王女の顔が悲痛に歪み、アルノルト騎士長が苦悶の表情を浮かべるのを認識する。でもだめだ。どうやってもあっさり全てを裏切ったあの男だけは許すことはできない。

「では、質問だ。お前たちはギルバートが死ぬことを許容するか？」

「え？」

　喉から出たのは疑問の声。咄嗟にカイ・ハイネマンの顔を確認すると、神妙な顔でソムニとテトルを凝視していた。

「いいか。私は喧嘩を売ってきた奴には容赦はしない。たとえ、いかに未熟で取るに足らなくても、私の大切な者を傷つけようとするのなら、きっちり潰す。ギルバートは私の大切な者を壊そうとした。故に、奴の行先はすでに決まっている。そう、このままならな」

「このままなら？」

「ああ、この度私たちの諍いにお前たち二人を巻き込んでしまった。これは私の失態だ。だから、お前たち二人に私を止める権利をやろう。お前たちは、私がギルバートを殺すことを許容するか？」

その質問が洒落や冗談ではないことは、彼のその様相から何となく分かった。そしてローゼマリー王女殿下とアルノルト騎士長の様子からも、この男は間違いなくそれを実行する。そう確信もできていた。

「あいつを殺すことを許容するか……」

殺したいほど憎んでいる。それは偽りのないソムニの本心。あんな非道な王子などこの世からいなくなった方がよほどアメリア王国のため。それも間違いない事実。仮に殺してよいと言っても罪悪感などきっとこれっぽっちも覚えないだろう。それほど、ギルバートを嫌悪していた。だけど――。

（できないよな……）

ソムニが武道会で不正を働いた父を憎むことができないように、あんなどうしようもない男にも家族がいる。ローゼマリー殿下のこの世の終わりのような顔を見ればそれは一目瞭然だ。仲が悪いと有名な王女殿下でもそうなんだ。国王陛下を始めとする王族たちも悲痛に顔を歪ませるのだろう。それはソムニには許容できそうもない。それに――いや、今それは考えまい。

「『僕はギルバート（殿下）の死を望みません』」

ソムニの決意の言葉は、テトルのそれと丁度重なった。

カイ・ハイネマンはソムニたちを暫し、無言で凝視していたが、

「了解した。奴は殺すまい。だが、ただで済ます気もない。私からの試練は受けてもらうとしよう。それでいいな？」

「も、もちろんです！」

王女殿下は涙ぐみながら、何度もソムニとテトルに、「ありがとう」と繰り返していた。

その姿がとても胸が締め付けられてしまう。同時に、ソムニに一つの大きな意思が芽生えているのが分かる。

「だが、坊ちゃん王子に制裁を加えないっていうと、誰が責任とるんだ？　流石に、大事になっている以上、無処罰ってわけにいかねぇだろ？」

筋骨隆々、野性的な風貌の男が素朴な疑問を口にすると、

「もちろん、考えている。あのタムリとかいう馬鹿騎士だ。あれに全ての責任を押し付けて、処断する。まあ、処刑されて死ぬのも、ベルゼに遊ばれて死ぬのもそう変わらないだろうさ。どちらも同じ死だ」

カイ・ハイネマンはぞっとするような笑みを浮かべつつも、そう断言する。

「相変わらず、師父はおっかねぇなぁ」

野性的な風貌な男のしみじみとした言葉に、血の気が引いているイネア学院長を始めとするバベルの人たち。対して、アルノルト騎士長は肩を竦めて苦笑するだけだった。

「私たちのいざこざに、お前たち二人を巻き込んでしまった。すまない。何か望むことはないか？　可能な限り便宜を図ろう」

望むことか。それは今のソムニにとって選択の余地すらないもの。それは強くなること！　力がなければ、何も掴めない、守れない、それがよく分かったから。

「僕を強くしてください」

魂からの懇願の台詞を吐く。この人に教えを乞う。それが一番の強さへの近道。今ならなぜソムニの友人がカイ・ハイネマンの試合を見て変わったのか、理解できる。この人は強い。しかも、きっとこの世の何者よりも圧倒的に。それはこの怪物たちを従えていることからも明らかだ。

「強くしてくださいか……」

カイ・ハイネマンは暫し目を細めてソムニを凝視していると、

「ぼ、僕もお願いします」

テトルもカイ・ハイネマンに頭を下げる。異形たちからざわめきが起きる。まさか、ソムニたちがそんな要求をするとは思いもしなかったのだろう。

『強くしてくださいって、我らにか？』

『いや、話の流れからいって御方様にだろう』

『ダメだ！　ダメに決まっておるッ！　御方様に直々に教えを乞うなど、そんな羨ましい――

いや、お忙しい御方様に負担をかけるなど言語道断だ！　我が請け負いましょうぞっ！』

鼻の長い怪物の叫びに、

『おいコラ、ギリメカラ、何勝手に先走ってやがるっ⁉』

角を生やした三白眼の男が額に青筋を張らせて叫ぶと、異形たちは我先にとソムニとテトルの師を願いでる。

「いや、確かにこの度の責は私にある。私としては構うまい。でもいいのか？　私はお前の父と敵対するものだぞ？」

「父とはすでに道を違えました。もう同じ道は歩みません」

そうきっぱり宣言する。

「お前もか？」

大きく頷くテトルを目にし、カイ・ハイネマンは髪を乱暴に掻きむしっていたが、

「いいだろう。私がお前たちを鍛えてやる」

ソムニたちの最も望む答えを口にした。

「「あ、ありがとうございますっ！」」

ソムニとテトルが同時に頭を下げる。

「ただし、剣術だけだ。私は剣士。それ以外を教えられん。そうだな……」

カイ・ハイネマンはそう口にすると、暫し顎に手を当てて試案していたが、

「デイモス、お前がこの二人に魔術を教えろ」

黒色骸骨にそう指示を出す。

『私で……よろしいのですか？』

黒骸骨は他の異形たちをチラリと眺め見ると、恐る恐る尋ねる。

「不満か？」

『滅相もございません！ ただ、私ごときにそのような大役――』

「だから、先日の件はライラを救出したことでチャラだ。いい加減忘れろ」

『そういうわけには』

カイ・ハイネマンは大きなため息を吐くと、

「すまないと思うなら、お前がその二人に教えろ！ 人の子供に教えるわけだし、元人間のお前の方がより適切のはずだ」

有無を言わさぬ口調で厳命する。

「はッ！ 必ずや！」

跪いて首を垂れる。今まで面白そうに成り行きを眺めていたニメルはある筋骨隆々、野性的な風貌の男が席を立ち上がり、喜色の溢れた顔でソムニたちの席まで来ると、

「よろしくな、弟弟子ども！」

背中を乱暴に叩いたのだった。これはソムニとテトルが、世界の命運を左右する舞台に上がった瞬間でもあったのだ。

◇◆◇◆◇◆

――バベル北部の高級住宅街の個室

「無能とソムニの駆除の報告はまだ来ないのか？」

アメリア王国第一王子ギルバート・ロト・アメリアは苛立ちを紛らわすかのように、足裏で床をリズミカルに叩きつつも、今や筆頭騎士となったどじょう髭の守護騎士に尋ねる。

「ご心配なされるな。我らは前任の能無《のうな》し上級騎士どもとは違いますゆえ」

姿勢を正しながら、自慢のどじょう髭を右の指でつまみながら答える守護騎士に、

「当然だ！　法外な金を払って雇ったんだ！　役に立ってもらわねば困る！」

吐き捨てるように叫ぶギルバートに、守護騎士たちは無言で笑みを浮かべる。その佇まいにあるのは強烈な自信、そして命と誇りを贄にして栄光を勝ち取ってきたという自負があった。

彼らはギルバートが高額の報酬を約束して世界中から守護騎士としてスカウトした武芸者たち。ハンター、傭兵、そして裏社会の兵《つわもの》たち。一人一人が一騎当千の実力を有する猛者ぞろい。

今までは騎士の中でも一定の武功を獲得している上級騎士のみを守護騎士としていた。だが、

ソムニの未熟さや、無能にあっさりと敗北するタムリのあまりの不甲斐なさにその慣例を破り、現時点での実力を守護騎士採用の唯一の基準としたのだ。

「ええ、存分にお役に立ってみせましょう」

「口先ではなんとでも言える。実際に役に立って見せろ！」

「ええ、そのつもりですとも」

やはり、笑みを絶やさずどじょう髭を摘みながら顎を引く筆頭騎士。

「で、二匹を駆除したあとの処理は？」

ギルバートは部屋の中心にある豪奢な椅子に腰を掛けると両眼を閉じて大きく息を吐いた後、問いかける。

「無能がトウコツを雇ってソムニを殺害。無能を殺しソムニの仇を打ったものの、トウコツと刺し違えてタムリは名誉の戦死。そのようなシナリオになるよう手配しています。役立たずとはいえ、殿下の前筆頭騎士が簡単に敗北してしまっては御身の御尊顔に泥を塗る結果となりますからな」

「それでいい。だが、本当に問題ないんだな？」

「ええ、準備は万端にしましたゆえ。そろそろ、副学院長殿から吉報が届く頃でしょうよ」

「そうか……」

ギルバートは椅子に座ると安堵のため大きく息を吐き出した。これで身の程知らずにも王族たるギルバートに不敬を働いた無能の屑を排除した。おまけに役立たずであったソムニとタムリの処理、次いでこの機会に無能な見習い騎士も駆除できた。ギルバートの守護騎士の大幅な戦力増強も図れたし、御の字というやつだろう。

特に無能をロイヤルガードにしたローゼの鼻も明かせたのは大きい。王位選定戦では王族とロイヤルガードは頭と手足のような決して切り離せぬ関係だ。死んだから、すぐに替えてしまえるような性質のものではない。そのペナルティーは相当大きい。少なくとも、王位選定戦においで勝利することは限りなく零に近づく。

「これでローゼも脱落か」

ギルバートが口端を上げた時、耳を聾する炸裂音が鳴り響いて建物が大きく揺れ動く。

「な、何事だっ⁉」

勢いよく席から立ちあがって叫ぶギルバートの叫び声に、先ほどとは一転神妙な顔でどじょう髭の男が部下である右頬にトカゲのタトゥーをした守護騎士に向けて顎をしゃくる。

「……」

頬にトカゲのタトゥーをした守護騎士が腰からナイフを抜くと慎重に重心を低くしながら部屋の入口に近づいていき、扉に体を密着させて開けようとした時――

「ん？」

扉に入るいくつもの基線に、トカゲのタトゥーをした守護騎士は眉を顰める。その直後、扉はその守護騎士もろとも破片状に分解されてしまう。

「各自臨戦態勢ッ！　王子を守れぇ！」

どじょう髭の男が部屋全体に響き渡るような大声を上げると、守護騎士たちはギルバートを庇うように前面に移動し、各々の武器を抜き放つ。その跡形もなく分解された扉から、灰色髪の少年が姿を現す。

「な、なぜ貴様がぁっ⁉」

ギルバートの口から飛び出す驚愕の声。それもそうだ。異国の服を着た中肉中背の幼い子供のような外見。それは此度、処分されたはずのカイ・ハイネマンだったのだから。

「殺せ」

どじょう髭の男の静かな指示が飛び、赤色坊主頭の巨躯の騎士が凄まじい速度でカイ・ハイネマンに迫り、大剣で頸部を横なぎにする。大剣は爆風を纏ってカイ・ハイネマンの頸部へと迫るが、右手に持つ木刀によりあっさり弾かれ、次の瞬間、赤色坊主頭の男の全身は粉々の肉片となり果てた。

「ば、馬鹿な……」

隣のどじょう髭の男が、そう声を絞り出す。

「馬鹿王子、大人しくついてこい。拒否は許さんから、抵抗しても無駄だぞ」

カイ・ハイネマンはまるでどじょう髭の男など眼中にすらないとでも言うかのように、傲岸不遜な態度でギルバートにそう命じてくる。

「ふ、ふざけるなっ！　無能の分際でっ！　こいつを殺せっ！」

周囲の守護騎士たちに命じるが、

「……」

誰も微動だにせずに小刻みに震えるだけ。

「どうしたっ！　王子たる僕の命令だぞっ！」

叱咤の声を上げるが、やはり誰もピクリとも動かない。

「無駄だぞ。その者たちの目はすでに負け犬のそれだ」

カイ・ハイネマンがそう独り言ちる中、

「何をしている！　早く殺せっ！」

再度、喉が潰れんほどの大声で命じる。

「無理です……あれには絶対に勝てません」

今まで憎たらしいほどの余裕があったどじょう髭の男がそう声を絞り出す。

「ふざけるなっ！　貴様らを雇うのにいくら払ったと思っているッ⁉」

激高するギルバートにカイ・ハイネマンは鬱陶しそうに顔をしかめると、左手に持っていた布袋を投げてよこすと、

「ふむ。そうだな、まずは現状認識からかもな。その布袋の中身を確認しろ。それは、お前が今回の策謀を頼んだ愚物のものだ」

有無を言わさぬ口調で指示を出してくる。そのあまりに不敬な態度に腸が煮えくり返るような屈辱を感じて、

「貴様、この僕が誰だと――」

声を張り上げるが、突如、視界が天井と地面を数回転して木製の床に顔面から激突する。

「ぎぐっ!?」

鼻に生じる熱、それが強烈な痛みだと気付いた時、ギルバートは髪をカイ・ハイネマンに掴まれていた。

「ほら、ちゃんとお前の手で確認しろ。それはお前の愚かな行為が原因でこの世を去った男の末路だ」

カイ・ハイネマンは恐ろしく冷たい声でそう命じると、ギルバートを布袋の前に放り投げる。

「ぼ、ぼぐを、だずげろっ！」

上半身だけ起こして守護騎士たちに命じるが、やはり俯くばかりで動く者はいない。

「本当に学習能力のない奴だな」

カイ・ハイネマンの呆れたような台詞の直後、再度顔面に火花が散る。少し遅れて七転八倒の痛みが襲ってきた。

「もう一度言う、その布袋を開けろ」

「ぶれいぼの――ぐへっ！」

やはり、床に叩きつけられる顔面。その耐え難い痛みに、

「わ、わがっだ！　みるがらもうやべろ！」

必死に拒絶の言葉を叫ぶ。掴まれた後ろ髪がほどかれ勢いよく床につんのめり、眼前の布袋の中身を開く。そこから出てきたものを視界に入れて――。

「いひぃぃっ⁉」

悲鳴を上げて床に放り投げる。床にゴロゴロと転がったものは老人の頭部。というか見知った顔だ。それは、カイ・ハイネマンの駆除を頼んだはずの、このバベルの副学院長のものだった。そのカッと見開かれた両眼と、恐怖に歪んだ表情は、ギルバートからサーッと音を立てて血の気を引かせる。次いで、強烈な嘔吐感が幾度となく襲ってきて――。

「げぇっ！」

床に吐しゃ物をぶちまけていた。

「この程度でショックを受けるなよ。第一、お前はこの数十倍に及ぶ非道をすでに行ってきているはずだぞ？」

涙を流して吐くギルバートを虫けらでも見るような目で見下ろしつつ、カイ・ハイネマンは凍り付くような声色で問いかけてくる。その疑問になど一切答えることはできず、酸っぱいものがこみあげてきて口を押さえて床に吐く。

「本当はな、お前もベルゼに処理させるつもりだったんだ。だが、お前のような屑《くず》にも殺さないでくれ。そう懇願する奇特な者たちがいた。もちろん、国王やローゼではないぞ。身内が何を言っても私は決定を曲げるつもりはなかった」

カイ・ハイネマンは、そこで言葉を切ると背後を振り返り、

「例の場所に連れていけ」

異国の衣服に片眼鏡をした美しい中性の容姿の女にそう命じる。

「了解である。で、こいつらはどうするつもりであるか？」

「こいつらかぁ……」

「うあ……」

カイ・ハイネマンが視線を向けただけで、ギルバートの守護騎士たちは主人を放置し一目散に逃亡を図る。

「愚か者が。恥ずかしげもなく子供を殺そうとした馬鹿どもを、この私が逃がすわけがあるまい」

カイ・ハイネマンの姿が霞む。次の瞬間、扉に向かったはずの数人の騎士たちの首が飛び、糸の切れた人形のようにドシャと床に落下する。そして、扉の前で右手に真っ赤な血液に染まった木刀を持ちながら佇むカイ・ハイネマン。

「我らは降伏する」

「ダメだ。お前たちはやりすぎた。未熟な子供を手にかけようとした時点で、お前たちの運命は決まっている」

「くっ！」

血の気の引いた顔でどじょう髭の男は数歩後退ろうとするが、

「最後の情けだ！　剣士として殺してやる。決死の覚悟でかかってこい！」

カイ・ハイネマンがニィと口角を上げつつもそう叫ぶと、

「くそっ！　くそっ！　くそぉぉぉぉっ！」

どじょう髭の男たちは無念さたっぷりの金切り声を上げると、カイ・ハイネマンに殺到する。

カイ・ハイネマンは右手に持つ木刀をゆっくりと上段に構える。

刹那、どじょう髭の男たちの全身に基線が走り抜け、バラバラの肉片となって床へ落ちる。

室内に残ったのは――グシャグシャの原形すらも留めていない死体と大きな血の水たまり。

「ひぃぃぃぃぃッ‼」

瞬きをする間もなく、今まで最強と思って雇った各界の兵《つわもの》たちが、あっさり挽肉となってしまった事実に体中の血液が逆流するほどの恐怖が湧き上がり、喉の限り金切り声を上げる。

――恐ろしい。

カイ・ハイネマンの正体不明の強さが！

――おぞましい！

カイ・ハイネマンの人を殺したことに何の感慨すらも覚えてない様相に！

もはやギルバートにとってカイ・ハイネマンは人の皮を被った怪物にしか見えなかった。だから、逃げようとするが、腰に力が入らず尻もちをつく。

「後の処理はバベルにでも任せるとしよう」

カイ・ハイネマンが誰に言うでもなくそう呟いた時、片眼鏡の女に後ろ襟首を掴まれる。次の瞬間、ギルバートの意識は暗転する。

微睡《まどろみ》をさまよっていた意識は、突如全身に生じた冷たさに急速に浮上し、上半身を勢いよく起こす。そこは周囲が緑色の海で囲まれた密林だった。そして、ギルバートの傍には見知った顔が数人佇んでいる。

「父上……宰相……ッ!?」

最後の一人を視界に入れて、強烈な恐怖と驚愕により、みぞおちを打たれたように声も立てられなくなる。三人はそんなギルバートなど歯牙にもかけず、話し始める。

「こんなロクデナシでも俺の息子だ。チャンスを貰い、礼を言う」

アメリア王国国王、エドワード・ロト・アメリアがカイ・ハイネマンに感謝の言葉を述べる。

「感謝なら、ソムニ少年とあのそばかすの少年にでもするんだな。彼らはあんな仕打ちを受けても結局、そこの屑の極刑の回避を望んだ。私がそこの屑にチャンスをやるのは彼らの意思を尊重したからだ」

「分かっている。殺されかけた二人にはあとで俺から――」

カイ・ハイネマンは右手により、国王たる父上の言葉を遮る。

「止めておけ。別に二人がそこの屑を許したわけではない。それに二人とももうお前ら王家の連中と関わるのはうんざりだとさ」

「そうか……そうだろうな……」

どこか、さみしそうに父上はそう独り言ちた。

「陛下、時間も押しておりますれば」

宰相が父上に進言すると、

「そうだったな」

父上は大きく息を吐き出して、ギルバートを見下ろした。

「ギルバート、お前は配下殺しという王族として最もやってはならぬ罪に手を染めた。お前がこうして生きていられるのはお前が虫けらのように扱った者たちの慈悲にすぎん。願わくば、一人の親としてお前がこの苦難、乗り切れることを切に願う」

「父上、言っている意味が分からないよっ！　苦難って何さ⁉」

その言葉に潜むただならぬ不穏な空気に強烈な焦燥を覚えて、ギルバートは声を張り上げていた。父上はギルバートの疑問には一切答えようともせず、瞼を大きく瞑ると、

「やってくれ」

噛みしめるような口調でカイ・ハイネマンに頼む。

「サトリ！」

カイ・ハイネマンは軽く頷くと、いずこから本を右手に取り出して叫ぶ。

まるで煙のように出現する緑色の髪をおかっぱにした少女は、

『至高の御方様《おんかた》、お呼びですか？』

カイ・ハイネマンに恭しくも跪く。

「そいつの記憶を一時的に封印しろ。そうだな……」

カイ・ハイネマンは暫し、顎に手を当てて考えこんでいたが、

「私が今から言う条件を満たした時、記憶を回帰するようにしろ」

そう緑髪のおかっぱ少女に命じると、ゆっくりとその条件を口にする。

「そうか。本当にすまんな」

父上はカイ・ハイネマンが口にした条件について瞼を固く閉じていたが、奴に向き直ると深く頭を下げる。大国たるアメリア王国の現国王が無能に頭を下げている。その事実は少し前ならば、よほど奇異に映ったのだろう。だが、今やギルバートにはカイ・ハイネマンが正体不明の怪物にしか見えていなかった。その怪物に父上はギルバートを売り渡そうとしている。そんなおぞましい考えが脳裏をかすめて——。

「父上、やだよ！　助けてよ！」

子供のように父たる国王に懇願の台詞を叫んでいた。

「ギルバート、お前の王位承継権は一時的に停止されるが、失われるわけではない。もし、お前が真の意味でアメリア王国の統治者に必要なものを獲得できたならば、再び王位選定戦に復帰することを許そう」

「言っている意味が分からないよっ！」

「そうだろうな。カイの出した条件を聞いても分からない。だから、今のお前は救えないんだ。でもな、どんなに出来損ないでも、お前は俺の息子。頼む、カイの出したこの試練、見事、くぐり抜けてくれ！」

そう裏返った声で叫ぶと父親は背中を向けてしまう。国王たる父のその肩を震わせる弱々し

い姿をギルバートは生まれて初めて目にし、茫然としていると、

「サトリ、やれ」

カイ・ハイネマンの指示が飛ぶ。

『御意に』

気が付くと緑髪の少女が眼前に出現し、その掌をギルバートの頭部へ伸ばす。次の瞬間、ギルバートの意識は深い眠りへと沈んでいく。

◇◆◇◆◇◆

――【世界魔導院《バベル》】の最上階

その見晴らしの良い一室でクロエはもう何度目かになるため息を吐く。

あの一件はバベルに衝撃的な変革を与えた。

まず、副学院長のクラブ・アンシュタインとその側近たちが忽然と失踪し、その後、無残な死体が発見される。同時に副学院長が、今回の試験でいくつかの勢力からの要請を受けて受験生を殺害しようとしていたという事実が暴露される。まさにバベル中が上を下への大騒ぎとなり、大規模な調査チームが設置される。

結果、ある王族から受験生の抹殺を依頼されていたという前代未聞の不祥事が浮かび上がった。

非公開とされている情報ではあるが、ある王族とはアメリア王国の第一王子ギルバート。どうやら、以前に公衆の面前でカイ・ハイネマンに恥をかかされたことを根に持って策謀したらしい。むろん、あの怪物を少しでも理解すれば、暗殺しようなどと夢にも思わないわけだが。ともあれ、子兎にかみつかれた程度であの怪物が怒り狂うはずもない。激怒したのは、その殺害にライラ・ヘルナーまで巻き込んでしまったから。そして、ソムニ・バレルを始めとする少年少女の受験生まで犠牲にしようとしたと知り、怪物の怒りはあっさり臨界を突破し大規模な粛清がされ、黒幕たる副学院長たちは無残な死体となり果ててしまう。

これだけなら、最近、傍若無人な振る舞いが目立っていた副学院長一派を粛清でき、イネア様たち学院長派にとって実に都合がよい結果となっていたことだろう。

しかし、観測史上最強の超越者、カイ・ハイネマンを激怒させたことの責任を取る形で、イネア様は学院長の座からの引退を表明。今まで不動の座だと思われていた学院長の座が突如空席となったのだ。バベルの塔は一時混乱の極致となる。

バベルの塔を二分する勢力であり、副学院長派とも称された『魔道学院会』は不正の責任を全てクラブ・アインシュタインの独断専行であり、自分たちとは無関係であると発表。

結局、学院長派と副学院長派の間で激しい政争が繰り広げられ、臨時学院長選挙で決着をつけることとなる。

その選挙の結果は、学院長派からの圧力で立候補を余儀なくされたクロエが僅差で勝利し、バベル学院長の座に就く羽目になってしまった。

「イネア様、引退なら私の方がしたかったですよ」

イネア様はあの一件で完璧に牙を抜かれたようで、対峙しているだけで肌がヒリヒリするような以前の覇気がなくなり、別人のように穏やかになってしまわれた。

郊外にある屋敷で今までしたかった研究漬けの生活をすると妙にすっきりとした顔でおっしゃっていた。それはクロエが最も望む未来だったはずだった。少なくともこんな胃が痛くなる決断をする必要はなかった。

一枚の用紙を掴み、

「カイ・ハイネマン、実技試験が0点のためDランク学園――オウボロ学園への入学を許可するですか……」

読み上げてテーブルに放り投げる。

本来、カイ・ハイネマンの実力からすれば、『塔』に在籍してもらうのが筋だが、試験の結果は実技試験0点。適性試験が比較的高かったから、辛うじて合格になったに過ぎない。どうやっても試験の成績からは、オンボロ学園とも揶揄《やゆ》されるオウボロ学園への入学を認めざるを得なかったのだ。

何よりただでさえカイ・ハイネマンの信頼を失っている状況で不自然な試験結果の操作など怖すぎてできない。今は彼に基本、バベルがまっとうな教育機関であることを理解してもらうことが先決なのだ。

まあ、この処置には、ブライとシグマはかなり不満のようだったが、押し通させてもらった。

あの超越者の性格からも、このような方法をとる方が一番無難で不快にはさせない。それが確信できていたから。

それに、近年のランク付けの学院の風潮には嫌気がしていたのだ。第一、入学試験の成績で将来が決まるなら、このバベルという教育機関の存在意義などありはしないだろう。それゆえに、この度の一連の処置は一種のカンフル剤となるとクロエは踏んでいる。ま、行き過ぎて心停止を起こしてしまわないように細心の注意を払う必要があるわけだが。

最も、未だにカイ・ハイネマンの悪質性を理解すらしてない『魔道学院会』の介入もあるだろうし、前途多難なのも確かだ。だからこそ、クロエには考えがある。

「イネア様、散々引っ掻き回したんですから、最後まで責任は取ってもらいますよ」

塔の上から遥か下の街並みを眺めながら、口角を持ち上げてクロエはそう呟いたのだった。

◇◆◇◆◇◆

――寒獄島

寒獄島――そこはアメリア王国の北地域ノーザーブロックの最北端にある最大の監獄。いずれも終身刑以上の凶悪犯罪者のみが幽閉される最低最悪の地獄。

入獄者の入場の時しか開かない鉄の巨大な門の扉がゆっくりと開き、赤色の髪を長く伸ばした長身の髭面の男が出てきた。

「んーーー！」

赤髪に長身の髭面の男は、大きく背伸びをすると、

「久々の俗世の空気、中々感慨深いものだな」

そう独り言ちる。そして、門の前で胸に右手を当てて佇む二人の男女へと視線を向けた。

「殿下、ご機嫌麗しゅうございます」

筋肉質で目つきの悪い短髪の男が、髭面の男に右手に持った紅のローブを着せる。

「殿下、これを」

メイド姿に眼鏡をした黒髪の女性が、恭しく黒色のナイフを渡す。

「ご苦労さん」

赤髪の髭面の男は眼鏡のメイドから黒色のナイフを受け取ると、伸びに伸びた髭を剃り始める。髭を剃っていく度に、美しい青年の顔が露になっていく。

『クヌート』

黒色のローブに奇抜な仮面をした男が、赤髪の青年クヌートの背後に忽然と出現していた。

「カリブディスか」

赤髪の美青年は仮面の男を一瞥すると笑みを浮かべる。

『出るまで随分、長かったなぁ』

「まあねぇ。一応、ここってアメリア王国最大の監獄だしな」

『この我以上の力を持つ化け物がどの口が言う？　お前ならこんな人間の作った箱庭など瞬き

をする間に破壊し尽くせるだろうに』

「まあ、この監獄程度なら否定しないがね」

筋肉質で目つきの悪い男から、クヌートは長剣を受け取ると柄に手を触れて寒獄島の監獄に向き直る。そして、鞘から刀身を抜き放ち、軽くおもむろに一振りしてクヌートは要塞に背中を向ける。

次の瞬間、ズルッと巨大な要塞は真っ二つに割れていき、次いでいくつもの破片に分解されてしまった。

『バケモノめ！　我が召喚された時よりも、存在強度が桁外れに増しておるか……』

黒ローブの男、カリブディスのどこか苦々しい言葉に、

「さて、兄上にでも会いに行くか」

長剣を鞘に納めて、クヌートは寒獄島唯一の港へ向けて歩き出す。

『おい、この施設壊してよかったのか？』

「ここには重罪を犯した屑と私腹を肥やしている豚しかいない。私が治める世界では不要な存在だ」

『ならなぜ今の今まで黙って投獄されていたんだ？』

半ば呆れたように肩を竦めるカリブディスに、

「私にかけたヨハネスの結界術は相当強力だ。私でもそう簡単には破れないさ」

クヌートは両手を上にあげて肩を竦める。

『はっ！　出鱈目もいいところだな。あれの術が常軌を逸しているのは認める。だが、お前なら破ることはできぬまでも、脱出くらいはできたはずだ』

「それは買いかぶりだな」

『いんや、極めてまっとうな判断だよ。大方、真の理由は、お前の今のその力だな？　悪感情を食らって成長するという恩恵《ギフト》だったか。確かに、ここなら悪感情にはことかかないだろうが。お前、我の召喚当初からすでに我すら超えていただろう？　それ以上、強くなってどうする？』

「強さを求める理由か。カリブディス、そんなの決まってるだろ？」

クヌートの屈託のない笑顔を目にし、

『全く、お前はどの悪神以上に悪らしい。お前のような怪物を弟に持ったこの国の国王には心底同情する』

カリブディスは首を左右に振ると、クヌートのあとについて歩き出す。クヌートの臣下の二人もそれに続き、王位承継戦は新たな局面を迎える。

◇◆◇◆◇◆

――アメリア王国王座の間。

普段、各省の大臣たちが列席するその絢爛豪華な王座の間には、今たった二人だけが存在していた。

「ヨハネス、なぜ、クヌートの幽閉を解いた？　しかも、あいつを王位承継戦へ参加させるとは、どういう了見だっ⁉」

声を荒らげるエドワードに宰相は微笑を浮かべて、

「私は王選のルールに基づき決定をしているにすぎません。血盟連合の方々が求めてきた要求はルールに抵触しないから、許可した。それだけです」

淡々と答える。

「ぬかせっ！　今まで頑なにクヌートの解放を認めなかったお前が今更、どの口が言うっ！」

今まで宰相ヨハネスは、いかなる求めにも応じず、エドワードの実弟クヌートの寒獄島への幽閉を継続していた。それがこの度、ギルバートの脱落を理由に王選への参加を許諾し、奴に行使していた結界を自ら解いてしまう。結果、寒獄島は壊滅し、囚人と看守に多大な犠牲が出てしまった。

「陛下、もとより、私ごときでは殿下を幽閉しておくなど不可能。今まで俗世に殿下がお出にならなかったのは私と殿下の利害が完全に一致していたからにすぎませぬ」

「そして、此度の寒獄島の壊滅についての利害も一致したってわけか？」

さっきからグツグツと煮えたぎったような熱い感情が湧き上がり、どうにも抑えられない。エドワードにすら予想がついたくらいだ。この状況下で結界を解けばあのクヌートがどうするかくらい、ヨハネスなら確信に近い形で判断できたはず。つまり、ヨハネスは囚人と看守たちを端から犠牲にするつもりだったということ。

「それは深読みしすぎです、陛下」

やはり、いつもの鉄壁の笑みで予想通りの返答をするヨハネスに、

「罪を犯したとはいえ、囚人たちもアメリア人！　しかも、無辜の民たる看守たちまで犠牲にしたのはどういう了見だッ⁉」

このエドワードの台詞にヨハネスの笑みが一層深まり、

「どうやら、陛下は少々思い違いをしておられます」

エドワードの誤りを指摘してくる。

「思い違いだとッ⁉」

「陛下、そもそも、あの島に無辜の民など一匹たりともおりませんよ。いたのは、反省も後悔もろくにできぬ獣と己の欲望に忠実にふるまう獣のみ」

「それはどういう意味だ⁉」

「これ以上は、ご自身でお調べになった方がよろしかろう」

ヨハネスは微笑に戻してしまう。こうなってからは、この怪物宰相は何があってもエドワードが望む答えを述べることはない。落ち着かねばならない。この宰相に感情論を言っても無駄。それは今までの経験からも明らかだ。大きく息を吸い込み、吐く。それを数回繰り返し、頭に上った血を下げると、

「なら、一つだけ答えろ？」

強い口調で尋ねた。

「この私に返答できるものであるならば」

「クヌートを王位承継戦に参加させた理由は?」

「王選のルールに合致していたから。そう申し上げたはずです」

「建前は結構だ。あいつに王座を渡せば、この国がどうなるか、お前なら容易に判断くらいつくだろう? なぜ、こんな無謀な賭けに出た?」

初めてヨハネスの顔から異なる感情が混じる。それは今までに数度見たことがあった普段から感情が読みにくいヨハネスの中でも最も強いもの、すなわち──落胆、失望。

「陛下、それは実に見当はずれなご質問です」

案の定、ヨハネスはエドワードの幼少期に何度も諭すように穏やかに返答した。

「見当はずれ?」

「はい。この王位承継戦、すでに趣旨はもちろん、上がり方自体が大きく変わってしまっている。無謀な賭けという言葉が出てくる時点で、このゲームの本質が見えていない証拠です」

「どう変わったってんだ?」

イライラと左の人差し指で玉座のひじ掛けを叩きながら尋ねるが、

「......」

ヨハネスは微笑を浮かべるだけで返答すらしない。

「答える気は微塵もないってか……」

少なくともエドワードが望む回答に近づくまでは、ヨハネスが答えることはあるまい。

王位選定戦の趣旨と勝利確定条件自体が変わってしまっている……か。どういう意味だ？承継権者の領地経営と功績を数値化して算定する。そういう取り決めだったはずだ。

クヌートの件以外で、王位選定戦で大きな変化があるとすれば、もちろん一つだけだ。

すなわち、カイ・ハイネマンの存在。あれは確かに異質だ。パプラでのトウテツ討伐に始まり、バルセに突如出現した怪物集団を掃討し、エルディム民衆軍を率いての貴族連合軍を敗北させ、あの悪竜デボアすらも討伐した。此度はバベルの絶対的な支配者の一角であるはずの副学院長クラブがカイ・ハイネマンの逆鱗に触れてあっさりとこの世からリタイアし、カイを利用しようとしたに過ぎないイネア元学院長さえも、隠居生活に追い込まれている。

最近、ローゼに対する不法が目立っていたギルバートの王選でのリタイアの件もそうだ。

ギルバートは国王になるべく、幼い頃から帝王学を叩きこまれている。だがそれを教えたのは血盟連合の幹部たち。統治者として最も大切なものを教えられずに来てしまった。結果、民や部下に対し数々の非道を犯し、同じ王族であるローゼを帝国に売り渡そうとすらしてしまう。ローゼをケッツァーなどという豚野郎に売り渡そうとした時点で、粛清すべきという考えは固まっていた。

しかし、仮にもギルバートは王位承継権を有する次期国王筆頭だ。裏には血盟連合がいることもあり、確たる証拠もなしに処分はできない。ギルバートたちが中々尻尾を出さず、エドワードたちも頭を抱えていたところ、バベルの他愛ない諍いでカイ・ハイネマンにかみつき、あっさり王位選定戦から退場してしまう。

当初、エドワードもカイ・ハイネマンをローゼ側のいちロイヤルガードとみなしていたが、もうそんな愚かな考えはこれっぽっちも持っちゃいない。特にあのギルバートへ課した最後の条件を耳にし、それは確信に変わっている。

カイ・ハイネマンは間違いなく王の器だ。しかも、エドワードのような偽物ではない本物の王。それはきっとこの怪物宰相が望む理想の王の姿なのだろう。だからこそ宰相はカイ・ハイネマンを台風の目のように扱っているのだ。その言動からも、あの化け物弟クヌートさえも屈服させられる。そう信じているのだと思う。このアメリア王国にとってクヌートの存在は内部にたまった膿。この宰相なら、この機に排除してしまいたいと考えるはず。

しかし、その考えはあまりにも早計というものだ。実弟クヌートは正真正銘の怪物だ。人とは思えぬ別次元のカリスマ。そして、他者の悪感情を食らって強さを増していく恩恵《ギフト》。現在、どれほどの強さを得ているか凡人のエドワードには想像することすらできぬ。

もし、クヌートが極度の人格破綻者でもなければ、間違いなく今この椅子に座っているのはクヌートだっただろう。

「お前がカイ・ハイネマンを相当評価しているのは分かっている。それでも、俺には今のクヌートに勝利できる光景が思い描けんのだ」

過去のクヌートの所業を実際に目にすれば、当然に行き着く結論だ。あれの力はもはや人ではなく、自然災害のようなもの。矮小な人の力では災害に立ち向かうことはできぬ。

カイ・ハイネマンはこのアメリア王国の未来に必要不可欠な人材。あの魔族絶滅に盲目な勇者一行よりもずっと。だからこそ、あの怪物に壊させるわけには断じていかない。

「クヌート殿下に勝利できる光景が思い描けない、ですか」

ヨハネスは面白そうにエドワードを凝視していたが、

「いいでしょう。これは私から陛下への最後の宿題といたします。ご自身でこのゲームの行く末、ご覧になってからこのゲーム実施の意義につき結論をお出しになればよろしかろう」

そう口にすると一礼し、ヨハネスはエドワードに背を向けて退出してしまう。

「最後の宿題か……」

ヨハネスは今まで一度たりとも、エドワードに無意味なことは言わなかった。そのヨハネスがそんな意味深な言い回しをするのだ。この選定戦はただの強さや領地経営の手腕を競うような単純なものではなくなっているのだろう。

「いいだろう。お望み通り、見極めてやるさ」

エドワードの、その噛みしめるような決意の言葉が誰もいない王座の間に反響していた。

◇◆◇◆◇◆

――バベル北部の高級住宅街。

「あーあ、俺らのスポンサーがいなくなってしまったよ」

赤色の髪をツーブロックにした優男ヒジリが、椅子に寄りかかり、両手を後頭部に当てながらぼんやりと口にする。

ヒジリの言葉に全員微妙な表情で黒髪の美少年サトルへと視線が集中する。

「何だよ⁉ 僕は知らないよ！ 大方、あの馬鹿王子が勝手に突っ走ったんだろっ！」

吐き捨てるように叫ぶサトルの顔には、恥をかかされたことへの憤激の色が漲っていた。

「実際のことの経緯は？」

艶やかな黒髪を長く伸ばした美少女マシロは形の良い顎に右手を当てながら、背後の白色の鎧を着た騎士に尋ねた。

「ギルバート王子は、バベルの入学試験で受験生であった守護騎士ソムニと、見習い騎士テトルへの殺害未遂容疑で王国調査部が身柄を拘束しています」

王国調査部という言葉に、部屋中にある種の緊張が漂う。

「調査部主導ってことは、あのバケモン宰相が動いたっての？」

ヒジリが先ほどのおちゃらけの様相とは一転、厳粛な顔で疑問を口にする。

「そのようです。理由のない配下への殺人未遂という王族最大の禁忌に触れたことにより、ギルバート王子の王位承継権は無期限で凍結される。そう報告してきました」

「決まりね。ギルはどうやらあの男の逆鱗に触れた。忠告を無視したのだし、当然の結果ではあるのでしょうけど」

マシロの台詞に、

「そのようだね。だとするとマシロ、もうギルは――」

ヒジリも相槌を打ち、ギルバートの安否について口にする。

「いーえ、あの宰相のこと。ギルが死んでいたら承継権の消失及び剥奪というはず。無期限の延期としていることからも、死んじゃないんじゃないかな」

マシロの言葉に安堵の空気が流れる中、

「だけど、どうすんだよ？　ギルがいなけりゃ、僕ら碌に動けなくなるぜ？」

サトルがイライラと足の裏で床を叩きながら、マシロに向けて問いを発する。

「そこは心配いらない。ギルバート派の高位貴族たちから、今回のギルのドロップアウトに際し、代替案を提示してきたわ。それを一部受けようと思う」

「代替案？」

眉を顰めるサトルに、

「そう。どうやら、アメリア王国にはもう一人、王位承継権者がいるらしいの」

「王位承継権者ぁ？　国王の子供って確か、三人だったはずだけど？」

「ええ、もう一人の王位承継権者は現国王の年の離れた実弟。王選のルールにより、男子の王位承継権者が存在しない時に限り、現国王の兄弟も参加できる建付けになっているらしい」

「あー、なーる、ギルがドロップアウトしたから、現時点で男子の王位承継権者はいなくなる。だから、その誰かさんが担がれたと？」

マシロは小さく顎を引く。

「もちろん、このルールは王位承継戦開始前に適用されるもの。すでに開始されている本承継戦で持ち出すことはできないのが筋よ。それにそもそも、ギルの王位承継権は凍結であり、消失ではない。今回のケースに適用されるとはとても思えない。そのはずだった。でも――」

「認められたと。高位貴族たちの圧力ってやつかねぇ？」

「それだけで、あの宰相がここまで露骨な主張を認めると思う？」

「いんや。思わないね。だとすると、どういうこと？」

眉を顰めて聞き返すヒジリに、

「さあ、さっぱり。でも、どうやら裏はありそう」

マシロは肩を竦めて返答する。

「裏ってのは？　マシロ、君少々、回りくどすぎるぞっ！」

イライラしながら、結論を促す賢者サトルに、

「そのどこの誰かさん、過去に犯したいくつかの罪で長らく幽閉状態にあったようね。高位貴族たちの要請を受けて、アメリア王国は彼を解放した」

マシロは淡々とその情報を開示した。

「いくつかの罪ねぇ？　具体的には？」

「一つに占領した他国の兵士の捕虜一万人を生き埋めにしたことの罪があるようね」

「大量虐殺ってやつねぇ……で？　どんな人物なん？」

ヒジリがグルリと周囲の騎士たちを見渡して尋ねると、

「それは……」

全員が顔を見合わせ口ごもる。その顔に張り付いていたのは、正と負の入り混じった複雑極まりない感情。

「誰に聞いてもこんな感じよ。過去に宰相とともに、アメリア王国を一大軍事大国にした立役者でもあるようだし、中々、気が抜けない御仁のようね」

肩を竦めて首を左右に振るマシロに、

「そのヤバイ彼がこのタイミングで王位承継戦に参加する理由は？　いや違うな。参加させる理由は？」

ヒジリが事の本質につき疑問を口にする。

「それこそ、私が知るはずがない。あの宰相の行動指針の予想がつくなら、こうも後手後手にまわってないしね」

「それもそうか。そもそも、ギルの脱落もあの宰相のシナリオのうちだろうし」

「まあ、ギルが警告違反をした時の後釜の駒なのかもしれないけど。でも、この強引なやり口、普段の宰相のやり方とずれている。とすれば……」

両腕を組んで思いにふけるマシロに、

「あーあー、もうやめやめ！　だからさ、話を脱線させるのをやめろよ！　どうせ僕らがこの世界に来る前の強者の基準だし、なんの参考にもならないだろッ！　正直、宰相の意図などどうでもいい！　それより僕らの今後についてだ！　マシロはどうなると考えている⁉」

サトルが席を立ち上がって、建設的な提案をする。

マシロも大きく息を吐くと、

「そうね。話を戻しましょう。噂の大公クヌートは王位承継戦に参加し、彼に高位貴族のほとんどが付くことが正式に決定したわ」

今皆が一番聞きたかった情報を開示した。

「で？　今度は君らの二人がその大公のロイヤルガードになるつもりなのかい？　ちなみに僕はすでにギルのロイヤルガードだから無理だぜ？」

サトルの最もな指摘に、マシロは首を左右に振り、

「まさか、私たちがあの宰相《怪物》の思惑にわざわざ乗ってやる理由なんてない。こちらは今まで通りに大公側に知識面での協力を約束し、その代わり魔族の絶滅につき全面的な協力をもらう。あちらさんも、快く承諾してくれたわ」

このマシロの言葉に歓喜という名の熱気が部屋中から湧き上がる。

「はい、それ、ぬか喜び！　僕らのスポンサーがいないことに変わりがない。ギルの領地のウエストランドはどうするのさ？　今更放り投げる気？　それは流石に身勝手過ぎない？」

そんなサトルの非難の言葉に、マシロ、ヒジリ、その他の騎士たちは意外そうな顔で無言で凝視する。

「な、なんだよ⁉」

「いや、あなたからそんな良識的な話が出てくるとは意外だったもので」

マシロのしみじみとした感想に、

「そうそう。サトルッちはこんな時、なぜ僕がやらなけりゃいけないのさ！　めんどくさい！とか言ってそうじゃん？」

ヒジリも茶化すように相槌を打つ。

「君ら――」

眉をプルプル震わせて、声を張り上げようとするサトルに、マシロは両手を数回上下する。

「分かった、分かってる。サトルの言も一理ある。すでにあの領地ウエストランドは私たちの土地。魔族撲滅後の私たちの行動の拠点ともなる場所。地球に帰る方法も探さなければならないしさ。だから、大公側とはすでに話をつけてある」

「王選でクヌート側に協力すれば、ウエストランドの統治を認めるって？　その大公さんを信用していいものかね？　反故にする可能性は？」

ヒジリのどこか否定的な感情を含有した問いに、

「それはないわ。なぜなら、私たちにはこの世界で最高の権力と財力を有するスポンサーが付いたのだから」

マシロは左右の口角を吊り上げ、そう宣言する。

「へー、最高の権力と財力を持つスポンサーね。大体予想はつくけどさ。よく彼らが協力を申し出たね？　てっきり、魔族絶滅後、僕らを排除しようとしてくると思っていたけど？」

「ええ、彼女たちにもどうやら、私たちといがみ合っている余裕のない事情が生じたみたい。ともかく、大公側も中央教会を敵に回すような愚はおかさない。王位の承継の邪魔さえしなければ、ウエストランドの支配権は私たちに譲るはずよ」

「ま、税はしっかり国に納めるわけだしね。それなら、確かに貴族の支配と大差ない。彼らも認めざるを得ないか」

ヒジリのこの言葉に、安堵の声が上がる。

悪夢のドミノ倒し。それほど彼女たちが今おかれている状況を明確に表した言葉はあるまい。

枢機卿パンドラから始まった悪夢はマシロのこの決断により、勇者チームにも伝搬する。

そう。この場この時、勇者チームもこの世で最も恐ろしい怪物との戦争に棒切れ片手に参戦した瞬間だったのだ。

◇◆◇◆◇◆

ここはアメリア王国北西部の都市ハムストの北に広がる広大な湿原地帯、迷いの湿原。

この湿原には濃霧が立ち込めており、たとえ熟練したハンターであっても気を抜けば遭難しかねない自然が創り出す迷宮である。

その最奥にある遺跡の前には、ドロドロの肉塊と化した新米のハンターたちの屍が散乱していた。そしてその祭壇の上にある漆黒の禍々しい輝きを発している宝石。

「これで最後か……」

四大魔王アシュメディアの最側近の一人、ネイルは祭壇から宝玉を手に取り眺めながら、今も断続的に襲う強烈な罪悪感を無理矢理押さえつけ、そう呟いた。

ネイルたちは本国にいるドルチェが指定してきた七つの遺跡で人間どもを上手く扇動し、遺跡の封印を解いて宝玉を確保していた。結果、七つの遺跡のうち六つから、この黒色の宝玉を得ることができた。唯一手に入れることができなかった遺跡は、アメリア王国にある高位貴族の駐留していたサウロピークス。

当初サウロピークスにある遺跡の潜入のため近隣の街で情報を収集していたネイルたちだったが、駐留軍とともに遺跡自体が綺麗さっぱり消滅するという不可解な事件を目のあたりにする。

本国にそれをありのままに報告するが、案の定ドルチェは中々それを信じようとはせず、他の六つの遺跡のうち一つでも宝玉が獲得できなかったら、大神降臨の儀式のために民を犠牲にすると脅迫してきた。

それからネイルたちは血眼になって六つの遺跡に向かい人間たちを上手く唆して遺跡の封印を次々に解き、宝玉を獲得していく。そして、遂に最後の遺跡で宝玉を手に入れたところだ。

「憎い人間とはいえ無辜の者を騙し犠牲にして己の目的を遂げるのか。今の我らは本当に奴らのいう邪悪で救いのない輩のようね……」

今胸の底に湧き上がる強烈な後ろめたさを吐露する。当然だ。今肉塊になった人間たちはこんな目に遭う罪など一切犯してはいなかったのだから。それでも、ネイルはアシュ様の民である闇の民を守る責任と義務がある。

最も、今のドルチェは同胞の民をいとも簡単に犠牲にすると脅迫してくるような奴だ。この宝玉を渡したとしても完全に安全とまでは言い難い。それでも、今のネイルにはこうするしか術はない。

「ネイル様、本当に我らの大神が降臨すれば、人の世を終わらせることができるのでしょうか?」

側近の一人が、ネイルが常に自問自答している危惧を尋ねてくる。

「その降臨する大神様とやらが本当に我らを救ってくれる神であるならね」

神とは未だかつて魔族の誰も出会ったことない超常の存在だ。誰も見たことがない存在をネイルたちが信仰しているに過ぎない。その神様が本当にネイルたちを助けてくれるかは全くの未知数。魔族を滅ぼそうとする勇者マシロという脅威に対しての一か八かの賭けに等しい。それでも——。

「我らは信じるしかないってことですか……」

「ええ、それで新たなアシュ様の情報は?」

「いえ、全くありません」

首を左右に大きく振る側近に、

「そう……」

体中から力が抜けたような気持ちになるのを自覚しながら、なんとかそう呟く。

「ところで、ネイル様、人の高位貴族の軍を救った魔族の娘の噂に関してですが――」

「分かってる。でも駄目よ。協力は求められないわ」

エルディムを襲ったアメリア王国の高位貴族エスターク公爵の軍を邪悪な魔物から助けた魔族の娘。現在、彼女はアメリア王国の魔族との講和を求める一部の高位貴族の旗印となっているのだ。

高位貴族の軍は強力だ。その軍を壊滅させる魔物の軍勢を、その魔族の娘はたった一人で殲滅させたのだ。相当な強者なのはもはや疑いはない。下手をすれば四大魔王にすらも匹敵するかもしれない。もし、協力が得られればネイルたちにとって限りなく大きな戦力となる。

しかし、それだけはできないし、してはならないんだ。

「なぜですっ！　仮にも神の軍勢すらも、倒したであろう同胞の娘ですよ！　もし協力を得られればこの不毛な戦争を終結させることだって可能となりますっ！」

「どうしてもよ」

彼女はその行動によって本来不倶戴天の敵同士である人族の信頼を得た魔族の娘。それはアシュ様が望んだ理想の方法。

ネイルはすでに人族に対して後戻りが利かぬほどの悪逆に手を染めてしまっている。そんなネイルが協力を求めれば必ず、彼女を支持する人族との間に亀裂を生じさせてしまう。

それは絶対にできない。それをすればアシュ様の理想さえも裏切ることになりかねないから。

未だに納得がいっていないであろう側近に、

「ではこの宝玉を持ってこれから本国へ帰還する」

自らを奮い立たせるように強い口調でそう宣言する。側近は少しの間無言でネイルを見つめていたが、

「はっ!」

敬礼すると小走りで他の部下たちに指示を出していく。

「アシュ様、ご無事で」

ネイルももう何度目かになる懇願の言葉を呟きながら歩き出す。

あとがき

どうもこんにちは！　力水です。

とうとう、五巻を発売することができました。これもご購入いただいた、読者の皆様のあたたかい応援のおかげです。どうもありがとうございます！

さて、五巻目はバベルの入学試験でのお話でした。遂に悪軍と双璧をなす天軍の六天神の一柱、タルタロスが出てきました。まあ、暗躍したギリメカラたちにいいように利用されて、しまいには最強の怪物カイの逆鱗に触れあっさりと退場となってしまったわけですが。

五巻のヒロインはライラとルミネのダブルヒロインですが、実際にはルミネがメインです。ルミネはカイの配下のアザゼルと同様、特異点であり、天と悪の二つの勢力のパワーバランスを狂わせるほどの潜在能力があり、今後もライラ同様、物語に深く関わっていきます。アザゼルの過去については、カクヨムで連載中なのでご興味のある方はぜひお読みください。

さて、次の六巻は三巻で出てきた闇国と南にある【ノースグランド】の魔物の話となります。この六巻ではカイが計画したゲームが開催されます。元々常識外れのカイの主催するゲームです。闇国を制圧し絶大な力を得たと勘違いした魔王プロキオンも、この世界の不穏な空気に危機感を持った管理神アレスも、この世界で悪と天の戦争に備えて暗躍する悪軍と天軍の双方さえも、皆カイのゲームに紛れ込んだ哀れな駒として滑稽に踊ることとなります。

六巻はＷＥＢ版とは内容を大幅に改変するつもりです。冗長だった箇所はコンパクトにまとめ、主人公であるカイの活躍は増やしていきたいかなと思っております。

それでは最後に謝意を。

まずはイラストレーターの瑠奈璃亜さん、いつも、テンション爆上がりのキャラデザを提案していただきどうもありがとうございます！　シーンの一つ一つ、すごいなと思わずうなってしまうことばかりです。完成イラストは本当にいつも感動しております。

編集担当Ｎ氏には今回も妥協皆無のシナリオの修正案を提案していただきました。おかげで当初の原案と比べて自身でも満足のいくものとなったと思います。どうもありがとうございます。

五巻も世に出してくださった双葉社様、心から感謝いたします。

そして何より、この本を一巻から五巻まで実際にお読みいただいた読者の皆様。皆さまの温かな応援があったからこそ、この五巻を刊行することができました。本当にありがとうございます！

次巻も一切の妥協なく、今まで以上に胸が熱くなるような物語を書いていきます！

それでは、次巻でまた皆さまにお会いできるのを心から楽しみにしております。

本書に対するご意見、ご感想をお寄せください。

あて先

〒162-8540 東京都新宿区東五軒町3-28
双葉社　モンスター文庫編集部
「力水先生」係／「瑠奈璃亜先生」係
もしくは monster@futabasha.co.jp まで

MONSTER bunko

超《ちょう》難《なん》関《かん》ダンジョンで10万《まん》年《ねん》修《しゅ》行《ぎょう》した結《けつ》果《か》、世《せ》界《かい》最《さい》強《きょう》に
～最《さい》弱《じゃく》無《む》能《のう》の下《げ》剋《こく》上《じょう》～⑤

Mり01-05

2023年10月2日　第1刷発行

著者　力《りき》水《すい》

発行者　島野浩二

発行所　株式会社双葉社
〒162-8540
東京都新宿区東五軒町3-28
電話　03-5261-4818(営業)
　　　03-5261-4851(編集)
http://www.futabasha.co.jp
(双葉社の書籍・コミック・ムックが買えます)

印刷・製本所　三晃印刷株式会社

フォーマットデザイン　ムシカゴグラフィクス

落丁・乱丁の場合は送料双葉社負担でお取り替えいたします。[製作部]あてにお送りください。
ただし、古書店で購入したものについてはお取り替えできません。
[電話]03-5261-4822(製作部)

定価はカバーに表示してあります。

ISBN978-4-575-75331-8　C0193
Printed in Japan

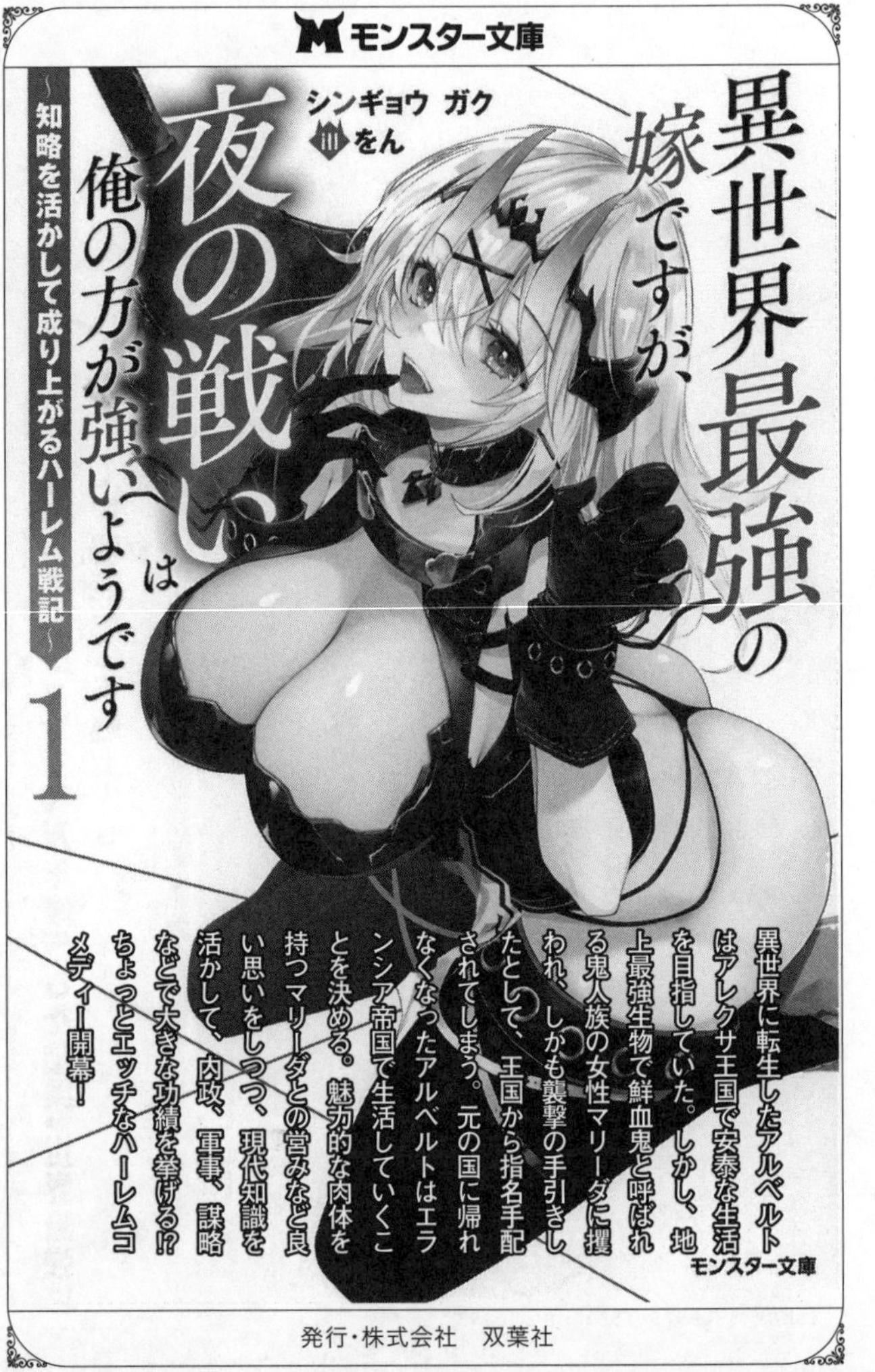
モンスター文庫
異世界最強の嫁ですが、夜の戦いは俺の方が強いようです
1
~知略を活かして成り上がるハーレム戦記~
シンギョウ ガク
画 をん
異世界に転生したアルベルトはアレクサ王国で安泰な生活を目指していた。しかし、地上最強生物で鮮血鬼と呼ばれる鬼人族の女性マリーダに攫われ、しかも襲撃の手引きしたとして、王国から指名手配されてしまう。元の国に帰れなくなったアルベルトはエランシア帝国で生活していくことを決める。魅力的な肉体を持つマリーダとの営みなど良い思いをしつつ、現代知識を活かして、内政、軍事、謀略などで大きな功績を挙げる!? ちょっとエッチなハーレムコメディー開幕!
モンスター文庫
発行・株式会社　双葉社

Ｍ モンスター文庫

どまどま
画 福きつね

おい、外れスキルだと思われていた

チートコード操作が化け物すぎるんだが。

Hey, cheat code that which was thought to be a failure skill, is too monster.

①

18歳になると誰もがスキルを与えられる世界で、剣聖の息子アリオスは皆から期待されていた。間違いなく《剣聖》スキルを与えられると思われていたのだが……授けられたスキルは《チートコード操作》。前例のないそのスキルはゴミ扱いされ、アリオスは実家を追放されてしまう。だがその外れスキルで、彼は規格外なチートコードを操れるようになっていた！幼馴染の王女もついてきて、彼は新たな地で無自覚に無双を繰り広げていく！

モンスター文庫

発行・株式会社　双葉社